자
유
인

자유인 8

조항균 판타지 장편 소설

초판 1쇄 찍은 날 § 2004년 7월 16일
초판 1쇄 펴낸 날 § 2004년 7월 26일

지은이 § 조항균
펴낸이 § 서경석

편집장 § 문혜영
편집책임 § 장상수
편집 § 김민정 · 최하나
마케팅 § 정필 · 강양원 · 이선구 · 김규진 · 홍현경

펴낸곳 § 도서출판 청어람
등록번호 § 제1081-1-89호
등록일자 § 1999. 5. 31
어람번호 § 제1-0514호

주소 § 경기도 부천시 원미구 심곡1동 350-1 남성B/D 3F (우) 420-011
전화 § 032-656-4452 팩스 § 032-656-4453
http://www.chungeoram.com
E-mail § eoram99@chollian.net

값 8,000원

ISBN 89-5831-178-9 04810
ISBN 89-5505-694-X (SET)

조항균 판타지 장편 소설

자유인

8

완결

도서출판 청어람

목차

제 1 화

재회

"아무리 생각해 봐도 벅시 나뱅크를 불러들인 게 수상합니다. 피레나만은 못해도 틸라크는 상당한 부국입니다. 아젝스파라면 굳이 부를 필요가 없다는 것이지요. 노이몬님은 그가 유일한 틸라크 출신이란 것을 들어 아젝스파라 단정 지으셨지만 전 역으로 생각해 봐야 한다고 봅니다. 아젝스 틸라크 전하나 라미에르 틸라크 여황이나 어차피 틸라크 황족입니다. 아젝스님이 죽음으로 해서 이득을 본다면 무슨 생각인들 못하겠습니까?"

"그래도 역시 나사스라 생각하네. 벅시나 야메이는 아젝스님이 틸라크의 국왕으로 있을 때부터 함께 고락을 겪었지만 나사스만은 아니지. 더구나 유일한 마법사일세. 우리가 알고 있는 단서는 빌포드와 미지의 마법사란 것을 잊지 말게나."

"아젝스님이 그렇게 간단히 배신자를 우리에게 알려주겠습니까? 빌포드를 불러들일 수 있었음에도 안 부른 이유가 무엇이겠습니까? 저도 취합된 정보로 판단컨대 나사스가 아젝스님과 두터운 친분을 쌓았을 가능성은 적다고 봅니다. 하나 이 말은 결국 나사스가 아젝스님께 위해를 가할 이유나 명분도 없다는 말 아니겠습니까? 더구나 나사스와 빌포드의 관계가 극히 좋지 않다는 건 잘 아시잖습니까? 따라서 아젝스님이 나사스를 부른 건 우리의 이목을 흐리기 위한 연막책이라 생각합니다."

"틸라크에 새로 유입된 마법사 중에 나사스만한 자가 있던가? 지금이야 무슨 이유에선지 빌포드와 관계가 악화되었다지만, 아포리아가 세워질 때 빌포드에게 가장 큰 힘을 준 마법사가 누구였던가? 또한……."

밤이 깊도록 바르타스의 대저택에서 벌어지는 토의는 그칠 줄 몰랐다. 정무를 마치자마자 모인 바르타스의 심복들은 과연 아젝스가 부른 사람 중 아젝스를 죽이려 한 배신자가 있는지, 혹 없다면 누가 빌포드의 심복인지 판단하는 데 열을 올렸다.

이제 시간이 없는 것이다. 이미 틸라크의 인사들은 도착했고 내일부터 본격적인 협상을 벌여 틸라크와 남부연방의 공조 사항을 조율하게 된다. 그리고 아젝스가 틸라크로 떠나는 것이다. 배신자를 알아낸다 해도 지금 당장 아젝스의 비밀을 알 수 있는 것은 아니지만 아라사에 있을 때 알 수 있다면 보다 유리한 조건에서 조그마한 단서라도 찾을 수 있다.

비록 아젝스가 전혀 예상치 못한 인물로 셋이나 불러 약간의 혼선을 일으키려 했지만 바르타스는 속지 않았다. 만약 아젝스가 심복들을 부르는 것만으로 틸라크로 복귀할 수 있었다면 이전에 사람을 시켜 불러들일 수도 있었고, 아니면 서신으로라도 그의 뜻을 심복들에게 알릴 수도 있었을 것이다. 그러나 그렇게 하지 않았다는 건 그것만으로는 틸라크로 돌아갈 수 없다는 것이고, 지금에서야 돌아갈 수 있다는 건 아젝스가 부른 셋 중에 틸라크로 갈 수 있는 길을 열어줄 자가 있다는 것이다. 과연 그자가 아젝스의 약점을 틀어쥔 자인지, 아니면 빌포드와의 협상을 위한 대리인인지 알아내는 것이 오늘의 주 토의 내용이었다.

"후훗, 모두 야메이는 아니라고 보는군. 그런데 비아스, 자네는 왜 말이 없나? 비록 한 달여 뿐이지만 그간 틸라크에 있었으니 우리보다는 틸라크의 사정이나 인물들에 대해 많이 알 것 아닌가? 자네 의견을 듣고 싶네."

"글쎄요……."

비아스는 난감하다는 표정으로 입을 떼었다.

"솔직히 판단이 서지 않습니다. 제가 보기에는 모두 아젝스파로 보입니다. 제가 아라사에 있었을 때는 틸라크의 실세가 빌포드 멕시밀리앙으로 생각했습니다만, 막상 틸라크에 가보니 그는 이름뿐 실제 틸라크를 움직이는 자들은 따로 있더군요. 지멘 이튼, 시멀레이러, 그리고 오늘 아라사에 온 벅시 나뱅크 등 우리에게 다소 생소한 자들이 틸라크를 좌지우지하고 있었습니다. 물론 정계에서나 외교 등에서 빌포드의 활약은 두드러져 그의 의사가 많이 반영되고 또 그의 뜻에 따라 대부분 이루어지지만, 여황의 시아비에 틸라크의 공작이라는 그가 백작이나 후작의 인물들에게 일일이 양해나 협조를 얻어야 일을 추진할 수 있다는 것에 상당히 충격을 받았습니다. 그리고 왜 아포리아 출신의 귀족들과 원 틸라크 출신의 귀족들 사이가 좋지 않은지도 이해가 되더군요. 우리가 빌포드를 실세 중의 실세로 안 까닭은 그가 대내적으로는 틸라크의 공작에, 여황의 외척인데다 대외적 활동도 많았기 때문입니다. 거기에 구아포리아 귀족들의 적극적인 지지를 받고 있기도 하지요. 그간 틸라크에 관한 문건에서 군사는 누구, 행정은 누구 하는 식으로 각 분야별 실세에 대한 보고가 올라왔었지만 이런 이유로 무시했었는데 실상 틸라크에서 직접 접해보니 그 미치는 영향력은 상상 이상이었습니다. 이번 포러스 연방 내전에서 틸라크의 정예인 전차병 3만이 투입되었습니다만, 만약 야메이 프리시 공작이 적극적으로 나서고 지멘 이튼이 동조하지 않았다면 아무리 빌포드가 애를 써도 이루어지지 않았을 것입니다. 라미에르 틸라크 여황조차 그들에게 강요할 수 없다고 하더군요. 믿어지십니까? 그러니 아포리아 출신의 귀족들이 반감을 가질 수밖에 없지요. 아포리아가 틸라크에 흡수됨과 동시에 모든 군사, 행정, 경제 분야 역시 틸라크의 실세들에게 넘어가 버렸습니다. 그들에게 주어진 권력이란 게 회의에서의 발언권과 영지에서 약간의 세수를 거두는 것, 그리고 한 줌의 사병이나 키우는 게 답니다. 한마디로 껍데기만 남은 것이죠."

"그래서 결론이 뭔가? 나사스란 말인가?"

비아스가 바르타스의 질문과 상관없는 틸라크의 사정에 대해서만 늘어놓자 노이몬이 짜증을 냈다.

"아, 말이 길어졌군요. 죄송합니다. 음…… 방금 말씀드린 이유로 벅시나 야메이는 배신자가 될 수 없다고 봅니다. 그렇다고 나사스란 말은 아닙니다. 틸라크에서 나사스의 위치는 참으로 애매하면서도 명확합니다. 아포리아의 귀족이면서도 빌포드와 대립적, 혹은 적대적인 태도를 취하고 있지요. 하나 빌포드가 주장하는 틸라크의 팽창 정책엔 적극적인 동조를 보입니다. 제가 보건대 빌포드와 나사스의 관계가 악화된 이유는 빌포드가 틸라크의 권력을 움켜쥐려는 것을 나사스가 막으려다 그렇게 된 것이 아닌가 생각합니다. 즉, 빌포드의 이상엔 동조하지만 그 주체는 틸라크여야 한다는 게 나사스의 입장인 것이죠. 그러니 당연 빌포드와 좋은 관계를 유지할 수 없었을 것입니다."

"자네 말이 사실이라면 그들 모두가 아젝스파란 것인데…… 그럼 아젝스님이 그들을 부른 이유가 뭐지? 하다못해 빌포드의 심복 정도는 되어야 협상을 벌일 수 있을 게 아닌가?"

바르타스의 물음에 비아스는 또다시 난감한 표정을 감추지 못했다.

"그 아젝스파니 여황파니 하는 것도 우리의 시선이지, 틸라크에선 그런 구분이 없습니다. 실례로 빌포드의 자식이자 여황의 부군인 윈필드 멕시밀리앙 대공만 하더라도 아젝스님을 마치 신처럼 떠받드는 형편이고, 그만이 아니라 아포리아 귀족 중 아젝스님과 안면이 있는 인사 대부분이 아젝스님에 대해선 존경 이상의 감정을 품고 말하더군요. 음…… 방금 생각난 것입니다만, 우린 틸라크의 권력 구조가 아닌 아젝스님과 빌포드, 이 양자의 관계로 축약해서 생각해 봐야 한다고 봅니다."

"양자간의 문제라……."

생각해 보면 그들의 관계가 그리 썩 매끄럽지만도 않을 듯했다. 비록 외적 관계라 하지만 라미에르 틸라크 여황과 윈필드 멕시밀리앙의 관계만 좋을 뿐 아젝스와 빌포드의 관계는 처음부터 좋지 못했다. 더구나 포러스 연방으로 분할될 당시, 만약 아젝스가 아포리아를 거들었다면 절대 포러스 연방은 성립되지 않았을 것이다. 그럼 빌포드 개인의 복수에 불과한 것인가?

"중요한 건 그것이 아닙니다. 그들만의 문제든 뭐든 아젝스님껜 절대로 숨겨야 할 비밀이 있고, 빌포드가 그걸 쥐고 있다는 것입니다. 우리도 그것을 알아야 한다는 것입니다. 비아스, 주제를 흐리지 말게!"

"그렇지. 노이몬 말이 옳아. 하지만 비아스의 말도 한번 곱씹어볼 필요가 있어. 우리는 오늘 온 틸라크 사절 중 반드시 아젝스님과 관련된 사람이 있다는 전제를 깔고 생각했네만 비아스의 말을 듣고 보니 꼭 그렇지 않을 수도 있다란 생각이 드는군. 어쩌면 아젝스님은 아라사를 내걸고 빌포드에게 협상을 제의하려는 것일지도 모르지. 현 아라사에서 아젝스님이 차지하는 위상을 보여주고 빌포드에게 선택하도록 강요하는 것일 수도 있겠어."

"말도 안 됩니다!"

"아니, 가능할 것입니다."

노이몬의 반발에 바루니아의 수비를 전담하는 크라켄이 설명을 곁들였다.

"아젝스님께서 그간 아라사에서 이룬 업적을 생각해 보십시오. 그분이 돕는다면 아라사 제국을 재건하는 건 시간문제일 것입니다. 모두가 그렇게 생각하는 한 아라사로서는 아젝스님이 무엇을 요구하든 그 제의를 무시할 수 없습니다. 결국 오늘 온 틸라크 인사를 통해 자신이 이만한 선물을 준비했으니 받겠는가 말겠는가 하는, 단순히 빌포드의 의향을 묻는 것일 수도 있습니다. 만약 우리 아라사가 돕지 않는다면 틸라크는 상당한 어려움에 처할 것입니다. 패망한다 해도 전혀 이상할 것이 없지요."

"또한 그렇지 않다고 해도 아젝스님을 버릴 수는 없지. 비밀을 알든 모르든 빌포드보단 아젝스님께 얻어낼 수 있는 게 많으니까. 하지만 그건 또 다른 문제가 있어. 그럼 왜 지금까지도 아젝스님이 본신을 드러내지 않는가 하는 거지. 만약 그럴 의도였다면 틸라크에 연락을 취할 때 아젝스님의 생존 사실을 바로 알렸어야 말이 되네."

"바르타스님, 집사장이 드릴 말씀이 있답니다."

"들여라."

그때 접견실 문을 지키던 호위의 말에 바르타스가 허락하자 방문이 열리며 집사장이 들어왔다.

"무슨 일인가?"

"방금 전 왕궁에서 연락이 왔습니다. 마사카 대공께서 틸라크의 사절단 중 나사스란 자를 방문했다 합니다. 그리고 트라쉬메데스님이 지금 입궁해 역시 틸라크의 사절인 벅시 나뱅크와의 접견을 청하고 있답니다."

"나사스와 벅시를? 알겠네. 그만 나가보게."

결국 나사스였나? 아니면 빌포드에게 조건을 제시하려는 것인가? 트라쉬메데스는 알고 움직였을까? 집사장이 나가고 한참이 지나도록 바르타스의 접견실엔 정적이 감돌았다.

"어찌 생각하나?"

"틸라크의 상황을 들으려는 것이 아닐까요? 아무래도 나사스라면 빌포드와 아젝스님과는 한발 떨어진 자니."

"나사스가 확실합니다. 아마 협상을 하겠지요. 야메이 등과 만나기 전에 입을 맞추려고 이런 오밤중에 방문했을 것입니다."

"그럼 트라쉬메데스는? 그도 아젝스님의 행적은 파악하고 있을 텐데 벅시를 만나려는 의도가 뭐라 생각하나?"

바르타스의 질문에 다시 정적이 감돌았다. 그 정적을 비아스가 깼다.

"일단 내일 아시루스 전하와의 접견 내용을 보고 판단하는 것이 좋을 듯합니다. 어차피 주체는 아젝스님과 빌포드니 지금 아젝스님께서 누굴 만나든 별로 중요하지 않다고 봅니다. 다만 내일 과연 아젝스님께서 본신으로 틸라크 인사들을 접할지 하는 것에 주목할 필요는 있겠지요. 만약 그렇다면 나사스란 자를 조사해야 합니다. 물론 아젝스님께서 틸라크 측 인사 전부를 오늘 만난다면 얘기가 달라지겠지만. 그러나 변하지 않는 것은 셋 중에 열쇠를 쥔 자가 있다는 점입니다. 그 세 명을 열심히 조사하다 보면 분명 아젝스님의 비밀에 관한 어떤 단서를 얻을 수 있을 것입니다. 트라쉬메데스님의 행동도 그런 측면에서 보면 설명이 될 듯하군요."

"그럼 아젝스님께서 여전히 마사카로 그들을 만난다면?"

"그러니 내일까지 기다리자는 겁니다. 마사카로 그들을 만난다면 단순히 아젝스님의 뜻을 틸라크에 전하기 위한 방편으로 그들을 불러들인 것으로 판단할 수 있습니다. 아마 내일 접견 내용 중에 마사카님이 그들을 부른 이유가 나오겠지요. 아젝스님이 그저 선물 보따리나 풀면 모를까, 만약 수상한 발언을 한다면 우리는 그 내용과 틸라크 인사들의 행태를 면밀히 조사하면 될 것입니다. 그리고 단순히 아젝스님의 의향을 전달하는 자리라 하더라도 최소한 틸라크와는 무슨 협약이 있을 것이고, 여기에 아라사가 낄 것이니 빌포드와 가깝게 지낼 시간을 얻을 수 있습니다. 그러니 지금 당장 무언가를 얻겠다고 서두를 필요는 없다고 봅니다."

비아스의 말이 맞았다. 지금 당장 아젝스의 비밀을 쥔 자를 안다고 해서 달라질 것은 없다. 어차피 아젝스의 비밀을 알아내기 위해선 그들을 구워삶을 시간이 필요하고, 결국 아젝스가 틸라크에 간 이후에나 이루어질 일들이다. 그 세 명과 빌포드가 어디로 사라질 것도 아니지 않은가? 아젝스가 틸라크로 돌아간다 해도 막무가내로 빌포드를 처단할 수는 없으니 당분간은 시간이 있다. 설혹 그들이 사라진다 해도 세상에 영원한 비밀이란 없는 법, 단서를 추적하다 보면 언제고 드러날 것이다.

'그래 천천히 가는 게야. 우선은 아라사 제국의 재건이 먼저지. 지금은 그저 틸라크의 도움을 받을 수 있다는 것만 생각하자.'

출렁이는 물결을 따라 바루니아가 흔들렸다. 달이 기우는 한밤이건만 바루니아는 여전히 밝게 빛나고 있었다. 조각배에 몸을 실은 아젝스는 멀어지는 바루니아의 불빛을 보며 회상에 잠겼다. 꿈결 같은 행복과 비수가 가슴을 후비는 고통, 새 인생을 설계하려던 설렘이 한순간에 무너지고 절망에 찬 칼질과 분노 가득한 비명을 지르던 나날들이 흐르는 강물처럼 아젝스의 머리 속을 휘저었다. 조각배 옆으로 대형 선박이 지나가자 아젝스의 몸이 위아래로 크게 흔들렸다. 지나가는 배가 바루니아를 가리자 다리에 힘을 주어 버티고 서 있던 아젝스가 생각난 듯 입을 열었다.

"그간 잘 지냈나?"

"…살아 계셨군요. 크윽."

나사스는 참았던 신음을 토했다. 정신이 든 것은 한참이 되었지만 아젝스가 딴생각으로 한눈을 팔자, 자신에게 가해진 제약을 풀기 위해 허벅지에서 이는 개미가 물어뜯는 고통을 참으며 마나의 끈을 잡으려 했다. 그러나 제약을 풀기도 전에 아젝스가 자신이 깬 것을 눈치 챘으니 모든 것이 허사가 되고 말았다.

"정말 아젝스 틸라크 전하가 맞으십니까? 후우, 헛된 물음이었군요. 전하의 시신을 찾기 위해 헤모시아를 몇 달이나 뒤졌지만 끝내 찾아내지 못해 못내 송구한 마음을 품었었는데, 다 쓸데없는 생각이었습니다. 후후."

"……."

"아, 전 잘 지냈습니다. 능력있는 마법사로 명성도 얻었고, 짭짤한 수익이 보장되는 영지도 있어 부도 쌓았답니다. 그리고 제 야망을 펼칠 수 있는 권력도 손아귀에 넣었죠."

"……."

"전하의 위명은 틸라크에도 잘 알려져 있답니다. 이번 남부연방의 소요로 인해 전하의 명성이 전 대륙에 퍼졌지요. 전하의 능력이 워낙 특출나시니 당연한 결과겠지요."

"……."

"……."

"기억하나, 자넨 내 운명이라 한 말?"

"악연이라 답했지요. 그날의 기억은 저도 생생하답니다."

"오늘 그 운명을 바꾸려 한다. 악연이라면 끊어 결말을 내겠다."

"…그러시리라 예상했습니다."

나사스는 떨리는 심정을 감추기 위해 고개를 떨구었다. 마비가 되었는지 허벅지에선 더 이상 고통을 느끼지도 못하겠는데 온몸에 잔경련이 일어났다. 아젝스가 자신 앞에 나타난 순간 모든 것이 끝났음을 알았다. 꿈이라 믿고 싶었다. 허상이라 믿고 싶었다. 그러나 아라사 왕궁에서 자신을 노려보던 아젝스의 눈동자가 꿈을 현실로, 허상을 실체로 만들었다. 은은한 달빛에 손목에 채워진 팔찌가 흔들리며 빛을 발했다. 그리고 손가락에 낀 반지도.

"아라사에서 사절단 일행을 일일이 지목해 이상타 여겼는데 다 이유가 있었군요. 전하께서 절 부르셨습니까? 아, 그렇군요. 오늘 제가 죽으면 전하의 비밀이 영원히 감추어지겠군요. 빌포드가 아무리 말해 봐야 제가 없으면 그저 헛소리에 불과해지니 누구도 믿지 않을 것이고 믿어도 증명할 수 없겠지요. 아라사도 수상히 여기고 또 여러 의혹도 남겠지만 이런 혼란한 시국에 묻혀 곧 잠잠해질 것입니다. 과연 전하십니다. 저 하나를 위해 가나트까지 움직이시다니……. 빌포드의 입은 어떻게 막으실 생각입니까? 전하께서 틸라크로 가시면 악에 받친 빌포드가 아이마라 틸라크 태후께 모든 사실을 발설할 텐데요. 비록 증명할 순 없다지만 전하의 성정상 태후께서 물으시면 거짓을 고하진 않으실 듯한데…… 태후는 이제 포기하셨습니까?"

아젝스는 나사스가 어머니의 이름을 들먹이자 어머니에게 한결 가까워지는 느낌이 들었다. 이제 어머니 곁으로 간다. 정이 담뿍 담긴 눈길과 온화한 미소와 따스한 온기를 다시 느낄 수 있다.

"답이 없는 걸 보니 역시 포기하지 않으셨군요. 하기야 포기하셨다면 고작 저를 보기 위해 가나트를 끌어들이는 수고를 하실 필요까진 없었겠지요. 세월이 흘렀어도 전하께선 변하신 게 하나도 없습니다."

가능할까? 과연 심장이 버텨낼까? 온몸에 힘 하나 줄 수 없는 상황에 급작스런 마나의 충돌을 과연 견딜 수 있을까?

"가나트는… 라미에르는 잘 있나?"

"예."

나사스는 라미에르의 안부를 묻는 아젝스가 이해되지 않았다. 왜 아이마라가 아니고 라미에르지? 나사스는 암흑 천지를 마냥 바라보는 아젝스에게 눈길을 돌렸다.

"얼결에 제위에 오르셨지만 중신들의 도움을 받아 틸라크를 잘 이끌고 계십니다. 아, 황위 때문이라면 그리 심려하지 마십시오. 비록 빌포드와 구아포리아……."

"난 어머니만으로 충분하다. 나사스, 해답은 찾았나?"

"무슨……."

"자네가 살 방법. 그날 우리 둘 모두가 살 수 있는 길은 없었는지 평생을 고민하겠다 스스로 숙제를 냈었지. 찾았나?"

"후우, 전 대륙을 맘대로 조종하시는 전하께서도 찾지 못한 걸 미천한 제가 찾았을 리가 없지요. 전하께서 아이마라 틸라크 태후를 포기하시기 전에는 전혀 다른 길이 없습니다. 하나 그렇기에 묻지 않을 수 없군요. 왜 그리 아이마라 틸라크 태후에게 연연하십니까? 전하의 친어미도 아닌데 전하의 모든 것, 심지어 목숨까지 위험에 빠뜨리며 곁에 두려 하는 이유가 무엇입니까? 그저 전하로 사실 수는 없습니까? 아젝스 틸라크가 아닌 전하 본연의 존재로 사실 수는 없습니까? 그럼 방법이 있습니다. 아직 틸라크는 전하의 것입니다. 전하의 한마디면 무엇이든 할 충신들로 넘쳐 납니다. 헉헉. 제가 죽지 않아도, 제가 이렇게 궁지에 몰리지 않아도 된단 말입니다. 전하, 제발."

"자네도 그런 말을 하는군. 전에 드래곤이란 존재를 만났다. 그분도 같은 말씀을 하시더군. 자네의 마법이 흑마법일진 몰라도 나란 존재는 인간이라고, 절대 마물이 아니라고 말씀하며 면죄부를 주셨지. 그러면서 나로 오롯이 살라 하셨다."

이제 까마득히 멀어진 바루니아에서 눈길을 뗀 아젝스가 처음으로 나사스를 돌아보았다.

"나사스, 자넨 아나? 내가 어떻게 살아야 나로 살지? 내가 원하는 것은 모조리 부정당하며 사는 것이 내 참모습인가? 언제나 소중한 것을 잃으며 미친 세상을 사는 것이 내게 주어진 삶인가? 그렇다면 난 거절하겠다. 거짓으로 살아도 내가 원하는 것, 내가 바라는 것을 얻어 행복하게 살겠다."

"전하의 행복을 위해 다른 사람의 행복은 짓밟혀도 상관없다는 말씀이십니까? 십수만의 병사들이 고립되어 내일을 기약할 수 없는 상황입니다. 병사 하나하나를 아끼던 전하는 어디 가셨습니까? 가나트의 군사들로 마을은 불타고 양민들은 학살당하고 있습니다. 모든 공명을 버리고 틸라크를 키우기 위해 애태우시던 전하는 대체 어디로 가셨습니까! 헉헉. 전하, 태후뿐만 아니라 라미에르 틸라크 여황도 전하의 가족이십니다. 그분께서 지금 전하 대신 죽어가는 병사들과 양민들을 위해 슬퍼하십니다. 태후는 소중하고 여황은 소중하지 않으십니까? 이런 상황에 태후께서 평안하리라 생각하십니까? 후우, 잊으십시오. 태후는 전하의 몫이 아닙니다. 떠나십시오. 아젝스가 아닌, 마사카가 아닌 전하 본연의 모습으로 사십시오."

"라미에르는 더 이상 내 가족이 아니다. 한갓 권력을 탐해 가족을 버린 그년은 한가족일 수 없어! 슬퍼? 가족도 버리는 년이 슬픔을 느낀다구? 그래, 어머니 때문에라도 라미에르를 어쩔 수는 없겠지. 잊을 것이다. 너와 빌포드를 처단하면 모든 원한을 잊을 것이다. 그래! 떠나겠다! 라미에르가 그토록 원하는 황위 따위는 다 줘버리고 어머니와 함께 틸라크를 떠날 것이다! 틸라크가 어찌 되든, 양민들이 죽든 말든 내 알 바가 아니란 말이다! 나사스, 마지막으로 묻겠다! 네가 살 수 있는 방법이 있나?"

"……."

나사스는 고개를 숙여 자신의 손가락을 보았다. 갑자기 웃음이 배어나왔다. 참 비루한 삶이다. 언제부터 자신이 이렇게 변했나 생각도 나지 않는다. 후후. 그래, 이왕 이렇게 되었다면 끝까지 악인이 되어보는 것도 나쁘지 않겠지. 나사스는 웃는 낯 그대로 아젝스를 보았다.

"훗, 전하. 이것이 답이 될지 모르겠습니다. 매직 에로우! 커억!"

나사스의 외침이 터지자 나사스의 손가락에서 회백색 빛줄기가 튀어나와 순식간에 아젝스에게 닥쳐왔다. 그 빛줄기가 그대로 아젝스를 꿰뚫듯이 복부에 부딪쳤다.

아젝스는 나사스의 손에서 빛이 일자마자 하늘로 날며 칼을 빼 들었지만 이미 늦어버렸다. 조그만 조각배는 아젝스에게 마법 줄기를 피할 시간을 허하지 않은 것이다. 몸은 그대로 하늘로 날았지만 임무를 마치고 화려하게 소멸해 가는 빛줄기와 배에서 발이 떨어지기도 전에 복부에서 일기 시작한 묵직한 통증으로 마법탄에 맞은 것을 안 아젝스는 허무한 마음이 들었다. 이제 다 되었다 생각한 순간 잠시간의 방심으로 모든 것이 허사가 된 것이다.

대체 나사스를 옆에 뉘어놓고 무슨 잡생각이 그리 많았던가? 회상은 나중에 해도 충분한 것을, 어차피 죽일 생각이었으면서 무엇을 또 구차하게 물었던가? 짧디짧은 시간 동안 아젝스의 머리에 온갖 생각이 다 들었다. 그리고 분노가 일었다. 그 마음이 칼에 전달되자 시퍼런 빛줄기가 나타나 춤을 추었다. 나사스를 보았다. 시커먼 강물을 따라 흘러내려 가고 있었다. 하늘을 오르던 추력을 잃자 몸이 아래로 떨어졌다. 나사스의 머리가 벌써 발 밑을 지나가고 있었다. 몸을 틀어 선미로 떨어졌다. 떨어지는 힘 그대로 나사스의 목을 쳐나갔다.

"쿨럭, 쿨럭!"

"왜 그랬지?"

숨이 막힌 듯 괴로워하며 몸을 비트는 나사스에게, 아젝스는 시퍼런 칼날을 나사스의 목에 댄 채 낮은 목소리로 물었다. 하늘로 오르며 느꼈던 허망함은 선미로 떨어지면서 의혹으로 바뀌었다. 분명 마법탄에 맞았음을 눈으로 보고 몸으로 느꼈건만 자신의 몸 어디에도 상처가 없었다. 통증이라야 약간 묵직한 느낌뿐 별다른 아픔도 없었다. 깨끗하게 죽기를 바랐던가? 아니면 삶을 구걸하기 위한 또 다른 술책인가? 아젝스는 칼을 치우고 나사스의 가슴을 내려쳤다.

"컥컥! 헉헉, 후우. 이제야 좀 숨 쉬기가 편하군요. 감사합니다, 전하."

"왜 그랬지?"

"허허, 저도 살 궁리는 해야지 않겠습니까? 전하께서도 그날 마지막 한 수를 남기셨듯이 저도 꽁수를 하나 두었다 생각하십시오. 다만 성공하지 못한 게 아쉽긴 하군요. 역시 전하십니다. 빈틈을 보이시지 않는군요. 전 마법 화살이 전하의 몸에 맞는 순간 성공한 줄 알았답니다. 한데 설마 마법 방어구를 지니고 계실 줄이야……. 전하답지 않게 화려한 요대를 둘렀을 때 한번 의심했어야 했는데 제 불찰입니다."

아젝스는 아시루스가 선물한 요대를 보며 중앙의 보석을 살며시 만져 보았다. 과연 아시루스의 물건다웠다. 피 말리는 정쟁 속에서 살아남기 위한 그의 노고가 오늘 자신을 살렸다. 아젝스는 허리를 펴며 다시 칼자루에 힘을 집어넣었다.

"그런가? 그럼 이제 가라."

아젝스의 말을 들었음에도 나사스의 얼굴에는 웃음이 가득했다. 뭐가 그리 즐거운지 아젝스를 번들거리는 눈으로 똑바로 바라보며 입을 벌리고 있다.

"후후, 그래야겠지요. 그전에 마지막으로 드릴 말씀이 있습니다. 조금 전 전하의 말씀을 들어보니 라미에르 틸라크 여황께 뭔가 오해가 있으신 듯하더군요. 여황께선 전하에 대해 아무것도 모릅니다. 또한 황위를 찬탈하기 위해 빌포드와 무슨 작당을 한 것도 없지요. 전하께서 죽은 것으로 판단되자, 빌포드가 말을 꺼내기도 전에 틸라크의 충신들이 솔선해서 라미에르 틸라크를 여황으로 추대한 것입니다. 그러니 여황이 가족을 배신했다는 말은 틀린 것이지요. 오히려 빌포드의 야심에 틸라크 충신들과 한마음이 되어 제동을 거는 형편이랍니다. 보를레앙 샤틀리에 국왕마저 시해한 빌포드로선 꽤나 속이 상하는 상황이 전개되곤 했지요. 하하, 쿨럭!"

"아무래도 상관없다. 잘 가라."

아젝스의 거침없는 칼질에 나사스의 목이 하늘로 날았다. 그리고 잔잔히 흐르는 바시트 강에 작은 파문을 일으키며 물속에 빠지더니 이내 수면에 떠올랐다. 그렇게 한 번 더 아젝스에게 얼굴을 내민 나사스는 다시 깊은 수면 속으로 천천히 사라져 갔다.

풍덩, 풍덩.

아젝스는 나사스의 목 없는 시신을 토막 내어 강에 집어 던졌다. 이로써 마무리가 되었다. 자신이 아젝스가 아니란 사실은 이제 영원히 감출 수 있게 되었다. 빌포드가 아무리 자신이 아젝스가 아니라고 말해도 증명할 수 없으니 그저 헛소리로 치부될 것이다. 아니, 아예 그런 말조차 꺼내지 못하게 만들 것이다. 그럴 자신이 있었다. 이제 틸라크로만 가면 된다. 어머니의 품에 안기기만 하면 되는 것이다.

그러나 아젝스의 마음은 후련하지 않았다. 기쁘지가 않았다. 다 나시스 저놈 때문이다. 죽는 그 순간까지, 아니, 죽어 물고기 밥이 된 이 순간까지 자신을 괴롭히고 있다. 그놈의 눈빛 때문이다. 라미에르가 자신을 죽이는 데 가담하지 않았다며 말하는 놈의 웃는 눈빛 때문이다. 과연 믿겠는가라는 조롱이 담긴 눈빛이었다. 뒤통수를 친 라미에르를 설마 살려줄 생각은 아니겠지라며 묻는 눈빛이었다.

콰! 콰!

신경질적인 아젝스의 발길에 조각배가 조각조각 부서져 나갔다.

"아시루스 전하께서 드십니다!"

근위의 외침과 함께 접견실 문이 열리자 방 안에 대기하고 있던 야메이와 바르타스 등이 의자에서 일어나 들어오는 아시루스를 맞이했다.

"새로운 아침을 알리는 여명처럼 아라사를 비추는 아시루스 전하를 뵙게 되어 영광으로 생각합니다. 틸라크의 야메이 프리시 인사드립니다. 이쪽은 벅시 나뱅크 후작입니다."

"아아, 기다리게 해서 미안하오. 귀경들에게 소개하고 싶은 사람이 있어 그를 기다리다 보니 좀 늦었구려."

"아닙니다. 오히려 아침부터 저희를 찾으신 전하께 감사할 따름입니다."

"자자, 우선 앉읍시다. 그런데 한 사람이 안 보이는구려. 내 듣기로는 세 명이라 했는데?"

"그것이……."

의자에 앉으며 아시루스가 지나가듯 물은 말에 벅시와 야메이는 곤

혹스런 표정을 지었다. 그들은 아시루스가 당연히 알 것으로 생각했던 것이다. 아침이 되어 나사스를 찾았지만 어디에도 없었다. 아라사의 대공 마사카가 지난밤 나사스를 방문했다는 근위의 말을 듣곤 아라사 쪽에서 아라사 출신인 나사스에게 긴히 할 말이 있어 어디론가 데려갔으려니 했다. 그러니 오히려 나사스의 행방을 묻는 것은 벅시나 야메이의 몫이어야 했다. 그런데 되려 아시루스가 물어오니 그들로서는 답을 찾지 못해 벙어리 냉가슴 앓듯 입을 다물 수밖에 없었다.

"아, 아직 오지 않았소? 나도 마사카 대공이 귀국의 나사스 경을 방문했다는 말은 들었지만 아침이 밝도록 오지 않아 혹시나 하고 물은 것이니 그렇게 너무 심각하게 받아들이지는 마시오. 뭐, 언젠가는 오겠지. 그건 그렇고… 그래, 내가 없는 사이 귀경들과 바르타스와는 무슨 고견이라도 나누셨소?"

"중정회의를 거쳐야 확실한 결정이 나겠지만, 트라쉬메데스도 있고 해서 전하께서 안 계신 사이 틸라크 사절과 대략적인 논의를 나눴습니다. 다만 시기와 파병 병력의 수는 우리 아라사가 결정할 일이 아니기에……."

"마사카 덕분에 피레나도 얻고, 미에바 병탄도 눈앞에 두고 있으니 웬만하면 틸라크에 팍팍 인심씁시다. 트라쉬메데스, 그래, 무슨 문제는 없소?"

"틸라크 측에서는 리미트를 넘어 가나트 침공을 원하고 있습니다. 이는 우리 아라사로서도 환영할 만한 조건이지만 다른 나라들도 그같이 생각할지는 솔직히 의문입니다. 가나트를 침공하자면 적어도 40만 이상의 병력이 필요한데, 그만한 병력을 끌어 모으기도 버거운 데다 스키타나 카약 등이 동조할지도 장담할 수 없습니다. 베르싱어 역시 네드발 공략을 멈추지 않을 것이니 리미트로 병력을 돌리는 것에 난색을 표명할 것이 분명합니다."

"그 문제는 마사카가 오면 다시 논의하도록 하자구. 마사카라면 좀 다른 생각이 있겠지. 이런, 손님을 앞에 두고 우리끼리만 수다를 떨었네! 원로에 수고하셨소. 여유를 두고 초청해야 마땅하나 마사카란 친구가 워낙 서두르는 바람에 이렇게 되었으니 양해하시구려."

"아닙니다. 이런 모습이 참으로 보기 좋습니다. 그저 부러울 따릅니다."

야메이의 인사치례에 벅시도 옛생각이 났다. 자신도 몇 년 전에는 이러했다. 늘상 어려운 일에 봉착해서 머리를 맞대며 숙의하고 해결책을 찾느라 고이 불린 살을 쪽쪽 빼던 때가 있었다. 해결책을 찾고 일이 순조롭게 진척되어 실룩이는 볼 살을 붙잡기 힘든 때가 있었다. 그러나 지금은 아니었다. 최근 몇 년간은 틸라크가 너무 잘 나가 걱정할 일도 없었지만 큰일이 있어도 숙의를 통해 최선을 찾기보다 협상과 타협에 의한 원만한 타결에 익숙해졌다. 라미에르가 주도적으로 회의를 이끌기보다는 귀족들이 조율한 사안에 고개를 끄덕이는 역할만 하기 때문이다. 그나마 다행으로 비교적 현명한 판단을 했기에 아직 큰 실책은 없었다. 그렇다고 예전이 그립다는 것은 아니다. 좌절과 성공, 절망과 희열이 교차하던 시간이었지만 그 단맛을 보기엔 치러야 할 대가가 너무도 썼다. 차라리 갈수록 늘어나는 뱃살을 움켜쥐며 한숨을 내쉬는 것이 나았다.

"그나저나 마사카 이 친구는 어디 가서 안 오는지 원."

아시루스의 한탄을 트라쉬메데스가 받았다.

"그러게 말입니다. 일단 그분이 와야 틸라크와 협상을 진척시킬 수 있을 터인데, 어젯밤 틸라크의 나사스 경과 나간 이후로 소식이 없으니 참으로 걱정입니다. 딴 일도 아니고 틸라크 일인데……. 쉬블락이 아직도 성문 밖에서 발을 동동거리고 있답니다. 거기서 만나기로 했다더군요.”

“마사카 대공에 대해선 우리 틸라크에도 명성이 자자합니다. 대단한 명장을 얻으셨더군요. 이 또한 아시루스 전하의 덕인가 합니다.”

“하하, 내 덕이라니 참으로 고마운 말씀이오! 그 친구를 만난 건 확실히 가이아의 은총이라고 나도 생각하고 있다오. 이따가 마사카를 보면 귀경들도 깜짝 놀랄 것이오. 내 장담하리다. 하하하!”

“저도 한 무장으로서 마사카 대공을 볼 수 있길 고대했습니다. 그런데 마사카 대공께서 우리 틸라크에 상당한 관심이 있는 듯하니 반갑기 그지없군요. 무슨 특별한 사유라도 있는지 궁금합니다.”

야메이로서는 묻지 않을 수 없었다. 비록 확답을 받고 협약을 맺은 것은 아니지만 아라사의 양대 거두인 바르타스, 트라쉬메데스와 함께 이미 대략적인 논의를 마친 상황이었다. 아라사를 주축으로 한 남부연방의 거병은 몰라도 가나트 침공까지는 힘들 듯해 되도 그만 안 되도 그만인 심정으로 꺼낸 가나트 공략에 두 사람 모두 긍정적인 반응을 보여 상당히 고무된 야메이였다.

그런데 돌아가는 분위기를 보니 마사카란 자가 이 일의 주도권을 쥐고 있는 듯했다. 아라사의 국왕인 아시루스마저 만약 마사카가 고개를 가로저으면 모든 일이 틀어진다는 것처럼 말하니 야메이는 애가 탔다.

그러나 애가 타는 것은 그만이 아니었다. 바르타스는 트라쉬메데스를 노려보다 아시루스에게 물었다.

"마사카 대공께서 무슨 언질이라도 주셨습니까?"

"아, 마사카가 오면 다 알 것을 무얼 그리들 궁금해하시나. 일단 조금 전 협의했다는 것이나 들으며 그를 기다립시다. 우리가 큰 줄기만 잡으면 그만큼 조속하게……."

"쉬블락이 알현을 청합니다."

"오오, 어서 들라 해라!"

모두의 눈이 접견실 문으로 향했다. 방문이 열리며 두 사람이 들어오자 각자의 눈이 의문과 의혹, 불신으로 물들었다.

"누구지?"

"저, 전하?"

"이게 대체……."

아시루스는 낯선 자가 쉬블락의 안내를 받으며 들어오자 의문을 표했다. 그러나 야메이와 벅시는 죽어서도 잊을 수 없는 얼굴에 할 말을 잃었다.

그러거나 말거나 아젝스는 빈자리에 앉아 차분한 시선으로 벅시와 야메이를 보았다. 쉬블락이 그런 아젝스의 뒤에 서서 아시루스의 의문을 풀어주었다.

"아젝스 틸라크 전하십니다."

"오호, 이게 본모습이라 그 말이지? 그 얼굴로 나타나리라곤 생각지도 못했는걸?"

"대, 대, 대체 아라사는 무슨 꿍꿍이를 꾸미고 있는 것이오! 어찌, 어찌 저자를 우리 아젝스 틸라크 전하로 위장시켜 사칭하는 것이오! 나사스는 어떻게 했소? 설마 나사스마저 위장시키려는 것이오?"

"벅시 나뱅크 경, 그간 살이 더 올랐구려."

"닥쳐라, 이놈! 감히 누구를 사칭하려 드느냐? 네놈의 정체를 밝혀라!"

아젝스가 정겹게 물어오자 벅시는 격렬하게 반응했다. 그러나 야메이는 달랐다.

"재미있군요. 설마 이자로 틸라크를 꿀꺽할 생각은 아니시겠고……. 가나트를 혼란에 빠뜨리자는 계략입니까? 저야 틸라크만 안전하다면 아무 상관 없습니다만, 과연 라미에르 틸라크 여황께서 용납할지 의문이군요. 설명을 부탁드립니다. 물론 합당한 이유가 있겠지요?"

"히야, 아주 열렬한 환영 인사로군. 어이, 마사카. 아니, 아젝스. 어쩔 거야? 이건 자네가 해결해야 할 문제 같은데."

웃는 낯이지만 차갑게 노려보는 야메이의 눈길에 살짝 웃은 아시루스는 아젝스에게 모든 걸 떠넘겼다.

"야메이 프리시 경, 그대가 내게 한 맹세는 아직도 유효하오?"

"그것으로 귀하가 아젝스 틸라크 전하가 되기엔 부족해 보이오만?"

차갑게 말하는 야메이를 보며 아젝스는 말했다.

"아시루스, 잠시 나가 있어."

"킄킄, 그러지. 잘해보라구."

아시루스가 선뜻 자리에서 일어서자 바르타스 등도 불만 어린 표정으로 일어날 수밖에 없었다.

"쉬블락, 소리 차단하고 나가."

"아, 예."

아젝스의 말에 쉬블락은 나가다 말고 마법을 펼쳤다.

"시험해 봐도 되나?"

"이야아아! 자객이 나타났다아!"

"뭐, 뭐야?"

쉬블락은 아젝스가 또 누구의 허벅지에 단검을 날릴지 몰라 재빠르게 고함을 질렀지만 덕분에 방문을 나서려던 아시루스 일행은 경기를 일으켜야 했다. 하나 아젝스의 노려보는 눈길과 마주치자 머쓱하게 서 있는 쉬블락을 잡아끌곤 말없이 방문을 나서야 했다.

"내가 아젝스임을 어찌하면 믿겠소? 벅시 나뱅크 경, 도자기의 유약 배합 비율을 말하리까? 유리 생산 공정을 설명하면 믿겠소?"

"헉! 아라사가 그걸 알아냈단 말인가?"

"아젝스 틸라크 전하의 오러 블레이드를 확인해 줄 무장이 없는 게 아쉽군요. 있다면 대번에 전하임을 확인할 수 있을 텐데. 그러고 보니 옛생각이 납니다. 예전 에를리히에서 가나트를 크게 이기자마자 틸라크 전하께선 맥심 블러드 각께 틸라크 군의 회군을 요청해 우리를 난처하게 만들었지요. 전력이 막강한 틸라크 군을 선봉에 내세우려 하자 병사를 아끼시던 틸라크 전하께서 그리는 못하겠다 반발하신 것이지요. 그때 틸라크 전하께서 말씀한 그 황당한 회군 이유가 기억나십니까?"

"틸라크의 안전 때문에 회군하겠다고 한 것으로 기억하오. 프리시 경에겐 황당한 이유였는지 몰라도 그 당시 나에겐 절박한 이유였소. 그런데 틸라크 군을 선봉으로 내세우려 했다는 말은 사실이오, 아니면 날 시험하려는 것이오? 난 그런 말을 들어보지 못했소."

"그렇지! 아젝스 틸라크 전하라면 반드시 기억할 일이 있지. 그러니까 전하께서 8세 되셨을 적에……."

"난 아버님께서 돌아가신 그해 가을 이전 기억은 없소. 그러니 물으려면 그 이후의 일을 물으시오."

벅시의 볼살이 부들부들 떨렸다. 자신이 물으려던 질문에 대한 답은 아니었지만 그보다 더한 확신을 주는 답이었다.

"어찌, 어찌……."

"프리시 경, 그대의 의혹은 어떻게 풀면 되겠소?"

아젝스는 여전히 의혹을 담은 야메이의 눈을 바라보며 물었다.

"전하, 제게 할 말씀이 없으십니까? 이 일은 제가 반드시 알아야 할 듯합니다만."

아시루스의 집무실에 들어서자 바르타스는 바로 아시루스에게 따지듯이 물었다. 그러나 아시루스는 그저 킬킬거릴 뿐이었다.

"큭큭큭. 아젝스 녀석, 꽤나 땀 흘리겠어. 그 야메이란 작자가 보통이 아니던걸? 아아, 바르타스. 너무 그렇게 노려보지 말라구. 나두 어젯밤 아젝스가 나사스란 자를 납치하다시피 해서 사라졌다는 말 외엔 아는 게 없다니까? 물어보려면 저기 어정쩡하게 서 있는 쉬블락하구 뻔뻔하게 앉아 있는 여기 트라쉬메데스한테 물어보라구. 뭐, 나올 말이 있을런지는 잘 모르겠지만. 큭큭큭."

바르타스의 눈길이 트라쉬메데스에게 옮겨지자 트라쉬메데스는 쉬블락을 보며 고개를 끄덕였다. 어차피 바르타스가 알아도 상관없는 일들이었다. 오히려 그와 공조를 해야 할 입장인 것이다.

"에…… 어젯밤 나사스를 방문한 시간은……."

쉬블락은 아젝스와 함께 나사스를 방문해 잠들기 전까지, 그리고 이후 아젝스를 접견실로 데려오기까지의 과정을 시간순으로 천천히 고하기 시작했다. 그러나 바르타스의 얼굴은 좀처럼 펴지지가 않았다. 내용도 들으나마나한 얘기들뿐이고, 정작 중요한 나사스의 행방에 대해선 아무것도 모른다는 말뿐이니 답답함만 더해졌다. 건진 것이라곤 나사스가 아젝스와 빌포드 사이에 깊이 관여했다는 심증뿐인데 그 나사스란 자를 아젝스가 숨겼으니 더 이상 들으나마나다.

"크크, 얼굴 좀 펴게. 하기야 나두 어제 황당했다니까? 오밤중에 다 짜고짜 찾아와서 공간 이동 스크롤을 달라고 하더라구. 그 비싼 스크롤을 뺏어가면서 전혀 미안한 빛도 보이지 않는 놈을 생각하면……. 킥킥."

"일단 비아스는 다시 틸라크로 보내야겠군요. 보아하니 열쇠는 나사스란 자가 쥐고 있는 듯합니다. 아마 아젝스님과 무슨 말이 오가고 빌포드에게 전하기 위해 틸라크로 먼저 갔겠지요."

"저도 같은 생각입니다. 그래서 벅시에게 줄곧 나사스란 인물에 대해 물었던 것 아니겠습니까?"

"이제 놓친 물고기는 그만 생각하고, 그래, 틸라크가 요구하는 것은 뭐지? 우리가 들어줄 만한가?"

아시루스가 표정을 바꾸어 진지하게 물어오자 트라쉬메데스가 정색하며 말했다. 이제는 제법 국왕티가 팍팍 나니 기꺼운 마음에 트라쉬메데스의 목소리에도 힘이 실렸다.

"틸라크가 요청한 내용은 크게 세 가지로, 남부연방의 가나트 침공과 용병 모집 및 수송, 그리고 군 운용 자금의 차후 지급이 그것입니다. 우리로서는 그리 부담이 없는 요구 사항이라 모두 수용할 수 있는 내용입니다만, 다른 나라도 그러하리란 보장이 없다는 게 문젭니다. 조금 전 말씀드렸듯이 현 남부연방의 사정이 미에바를 완전히 병탄한다면 모를까 순식간에 40만 이상을 모아 리미트를 넘기에는 좀 힘겹습니다. 롯트베이에 현재 20만이 있고 우리가 대략 5만 정도를 더 파병할 수 있지만, 그것이 지금으로서는 동원할 수 있는 전부입니다. 미에바 본군이 거의 와해되어 병탄을 눈앞에 두고 있지만 스키타는 지쳤고, 카약 역시 피해가 막심합니다. 거기다 베르싱어는 벌써 우리 아라사를 견제하고 있으니 우리 뜻대로 움직일지도 미지수지요. 그 외에 그리 큰 문제는 없습니다. 야메이가 말하길 우리가 가나트를 긴장시켜 더 이상 가나트가 틸라크로 증원군을 보내지 않게만 해준다면 장기전을 통해 그들을 몰아내겠다 합니다. 일단 드베리아 산맥으로 가나트를 막는 사이 손쉬운 휴노이부터 처리한다더군요. 그러니 틸라크가 휴노이를 처리하는 동안 용병들을 모집해 보내달랍니다. 남부연방의 군 운용 자금은 우리가 피레나로부터 얻은 부를 조금 쓰면 될 것입니다. 물론 차후 이자까지 쳐서 받아야겠지만."

"관건은 미에바입니다. 미에바를 얼마나 빨리 병탄하는가에 따라 가나트를 침공할 시기가 결정될 것입니다. 미에바만 병탄한다면 스키타와 카약이 빠지더라도 충분한 병력을 얻을 수 있습니다. 우리 아라사 군에 피레나 군까지 합한다면 그만한 병력은 될 것입니다. 다만 베르싱어를 견제하는 차원에서 베르싱어 역시 참전케 해야 합니다만."

"그놈의 베르싱어가 늘 문제로군. 언제나 베르싱어를 손볼 수 있으련지……. 쯧. 마사카, 아니, 아젝스한테 미에바 병탄을 부탁하는 건 어떨까? 이왕 손댄 거 끝까지 책임지라구 하지 뭐."

"가능할지 모르겠군요. 물론 틸라크에 도움이 되는 것이니 그리할 수도 있겠지만 이토록 서두르는 모습을 보아서는……."

"하루 이틀 사이에 결정할 사항이 아니니 좀 더 시간을 두고 중지를 모으도록 하지요. 베르싱어가 달리 나올 수도 있고, 아젝스님이 다른 생각을 갖고 계실지도 모르니까요."

이왕 일이 이렇게 되었다면 굳이 서두를 필요가 없다. 우선은 아라사의 이득을 챙기는 것이 순서인 것이다. 바르타스의 말에 모두 고개를 끄덕였다.

"전하! 살아 계셨군요! 어찌 이런 일이…… 꺼이꺼이. 이제 되었습니다. 아라사고, 남부연방이고 다 필요없습니다! 전하께서 계신데 누가 감히 틸라크를 건드릴 수 있단 말입니까? 전하, 정말 전하가 맞으시지요? 전하께서 살아 계시다니! 하하하하!"

"벅시 경은 어째 전하께서 살아난 것보다 남부연방에 줄 군자금을 아낄 수 있어 더 기뻐하는 듯하오?"

"하하. 엉엉."

접견실은 벅시의 울고 웃는 목소리로 가득 찼다. 야메이의 가슴도 크게 뛰었다. 비명에 죽었다 생각했던 아젝스가 온전한 모습으로 돌아온 것이다. 벅시와 자신이 묻는 말에 거침없이 답하는 그를 아젝스가 아니라 의심할 수 없었다. 간혹 답을 찾지 못해 무심한 목소리로 모른다는 말을 할 때도 있었지만 그것이 더욱 확신을 주는 모습이었다. 벅시의 말처럼 이제 틸라크는 더 이상 걱정이 없었다. 아젝스가 있는 한 가나트가 아니라 전 대륙을 상대한다 해도 겁날 게 없다. 그러나 그보다 더 기쁜 것은 아젝스가 살아 있다는 사실 그 자체였다. 아젝스는 처음으로 자신의 모든 것을 받칠 만한 주군이었던 것이다. 그가 돌아왔다.

"근래 아라사의 약진이 이제야 이해가 되는군요. 전하께서 마사카로 화해 아라사를 도와주었으니 당연한 결과라 하겠지요. 그런데 왜 바로 틸라크로 돌아오지 않으셨습니까? 틸라크 인 모두가 전하를 그리며 슬

폼에 잠겼었는데…… 혹시 그간 기억을 잃으셨습니까?"

"기억을 잃은 적은 없었소."

"그런데 왜……."

"……."

야메이의 물음에 아젝스가 입을 다물었다. 벅시도 분위기가 이상해지자 보다 선명히 아젝스를 보기 위해 흐르던 눈물을 닦았다. 온화한 미소를 짓던 아젝스의 얼굴이 차갑게 변해 있었다.

"아, 프리시 공작님, 틸라크 전하께서 돌아온 것으로 된 거 아니겠습니까? 전하께서 생존하신 것만도 감사히 여겨야죠. 그 딴 건 나중에 생각하기로 하고… 참, 나사스는 어찌 된 겁니까? 전하의 생환 소식을 전하기 위해 벌써 틸라크로 갔습니까?"

"나사스는 죽었소."

"예에, 예?"

분위기를 전환하기 위해 질문한 것에 아젝스는 더욱 냉담한 답을 던져 방 안을 정적에 잠기게 했다. 아무리 정신없는 상황이라지만 아젝스의 태도로 누가 나사스를 죽였는지 묻지 않아도 알 수 있었다. 벅시의 숨이 가빠졌다. 반대로 야메이는 뛰던 가슴이 가라앉았다.

"전하께서 그간 돌아오시지 않은 것에 나사스가 관련되어 있습니까?"

"……."

야메이의 질문에 아젝스가 아무 말이 없자 벅시는 얼굴이 벌겋게 달아올랐다.

"나사스, 그놈이 감히……! 처음부터 그놈 혼자서 살아 돌아왔을 때 철저히 조사했어야 했는데. 뭐랬더라? 그래! 급작스런 폭풍을 만나 배가 가라앉았다고 했지. 지도 죽을 뻔했다구? 이런 가증스러운! 내 뭐랬습니까? 전하를 버리고 저 혼자만 살아 돌아온 놈은 믿을 수 없다고 했잖습니까? 그런데 모두 그놈을 요직에 앉히려 하다니…….”

“빌포드 멕시밀리앙 공작과도 관계가 있습니까?”

“느닷없이 멕시밀리앙 공작은 왜…….”

자신의 말을 끊으며 끼어든 야메이에게 따지려던 벅시는 그 질문의 의미를 깨닫곤 뒤통수를 맞은 듯 얼이 빠져 버렸다. 그렇다. 최근에야 어쨌든 나사스는 빌포드의 사람이었다. 아젝스가 탄 배는 빌포드가 제공한 것이었다. 곰곰이 생각해 보니 아젝스가 남부연방을 순방한다는 말을 꺼내기 바로 얼마 전에 빌포드가 갑자기 틸라크를 방문했던 것도 기억났다. 그리고 마치 유언을 남기기라도 하듯이 아젝스가 귀족 하나하나에게 할 일을 부여해 주었던 것도. 갑자기 벅시의 얼굴이 새하얗게 돌변했다.

“설마, 설마…… 아닙니다! 절대 그럴 리 없습니다! 라미에르 틸라크 여황께서 얼마나 전하를 그리셨는데…….”

“…….”

벅시는 차마 말을 잇지 못했다. 빌포드의 뒤에는 라미에르가 있었다. 아니, 빌포드가 라미에르를 부추겼을 가능성이 더 높다. 하나 누가 선동했든 틸라크 황가에 골육상잔의 비극이 생겼다는 것엔 변함이 없다. 아무리 부정하려 해도 다른 해답은 나오지 않았다.

자신이 틸라크 가에 귀의한 지 어언 30여 년. 선대인 조부 때부터 따진다면 50여 년을 틸라크 가와 함께했다. 하나 그 긴 시간 동안 이런 일은 단 한 번도 없었다. 사람이 살기엔 너무도 힘겨운 틸라크지만 그럼에도 웃음을 잃지 않았던 것은, 서로 어깨를 부둥켜 안고 온기를 나

뒤주는 틸라크 인의 끈끈한 정이 있었기 때문이다. 온갖 고난이 있었지만 서로 믿고 의지하며 틸라크를 지켰다. 그리고 자신의 대에, 아젝스가 공작이 되어서야 그 결실을 보게 된 것이다. 더 이상 사막 부족이나 오크 등에게 생명의 위협을 받으며 살지 않아도 되었다. 틸라크의 존망이 걸린 전쟁터에 나가 뜨거운 피를 흘리지 않아도 되었다. 이제 틸라크 인은 생존이 아닌 풍요로운 삶을 위해 하루하루를 영위하고 있는 것이다.

"믿을 수 없습니다! 전하, 뭐라고 말씀 좀 하십시오! 정말 라미에르 틸라크 여황께서 전하의 암살에 관여하셨습니까? 아닙니다, 아닐 겁니다! 분명 욕심 많은 그 빌포드 놈의 독단일 것입니다. 전하!"

"……."

침묵으로 일관하던 아젝스는 아예 눈마저 감아버렸다. 벅시는 고개를 숙이며 소리없이 오열했다. 어찌 천진무구하던 라미에르가 그리 변할 수 있단 말인가? 어찌 영광스러운 틸라크 황가에 이런 비극이 일어날 수 있단 말인가? 믿을 수 없었다. 믿고 싶지 않았다. 벅시의 어깨는 더욱더 크게 들썩였다.

야메이는 두 눈을 감고 있는 아젝스를 바라보았다. 병사 하나라도 더 살리기 위해 간단히 죽일 수 있는 적들을 살려주어 자신을 황당케 한 이가 눈앞에 있다. 상상을 초월하는 지략과 검술로 아군에게 압도적인 승리를 안겨준 명장이 침묵하고 있다. 쓸데없는 소모전으로 병사들이 헛되이 목숨을 잃을까 자신의 목숨을 스스로 버리던 존경스런 아젝스가 분노하고 있다. 하루하루가 힘겨운 변방의 오지에서 대륙 제일의 강국으로 성장한 틸라크를 스스로 부수려는 주군이 있다. 야메이는 천천히 바닥에 한쪽 무릎을 꿇었다.

"조금 전 제가 한 맹세가 아직도 유효한가 하문하셨습니까? 제 주군은 오직 아젝스 틸라크, 바로 전하 한 분뿐입니다. 전하께서 무엇을 하시든, 제게 어떠한 명령을 내리시든 일체의 의문 없이 따르고 수행할 것입니다. 명을 기다립니다."

"공작님! 지금 무슨 말씀을……! 전하! 다시 한 번 생각해 보십시오! 절대 라미에르 틸라크 여황께선 그럴 분이 아닙니다!"

야메이의 다짐에도, 벅시의 외침에도 아젝스의 눈은 떠지지 않았다. 야메이의 변치 않은 마음이 고마웠다. 사정하는 벅시의 어깨를 다독여주고 싶었다. 그러나 아젝스는 그 마음을 받아들일 수 없었다.

"아직 전하의 명이면 목숨을 바칠 요직의 인물들이 상당합니다. 더군다나 틸라크에서 전하의 영명은 여전한 만큼 전하께서 뜻을 밝히시며 일어선다면 틸라크의 수많은 신민들이 뒤따를 것입니다."

"그럼 틸라크는 망합니다! 가나트와 휴노이가 침략한 상황이란 말입니다! 전하!"

"경들이 생각하는 일은 일어나지 않을 것이오. 틸라크가 안전해지면 난 다시 틸라크를 떠날 생각이오. 야메이 프리시 공작은 그만 일어나시오."

"예에? 아니, 그건 또 무슨 말씀이십니까?"

"황위를 포기하겠단 말씀이십니까?"

야메이는 허탈했다. 예나 지금이나 하나도 변하지 않았다. 도저히 사람으로 보이지 않았다. 저리도 욕심이 없을 수 있나? 아니, 복수심조차 일지 않는단 말인가? 방금 한 아젝스의 말로 기억을 잃지 않았으면서도 그가 틸라크로 돌아오지 않고 마사카로 떠돈 이유를 알 수 있었다. 너무도 가족을 사랑했기에 차마 돌아오지 못한 것이다. 아젝스가 아무리 포용하려 해도 절대 아물지 않을 상처를 주었기에 라미에르가 받아들이지 못할 것이다. 그리고 결국엔 둘 중 하나가 죽어야 한다. 그 결말을 알기에 아젝스는 모든 걸 포기하고 한 마리 야수가 되어 사막을 횡행한 것이다. 그리고 지금 아젝스가 본신을 드러낸 이유도 알 수 있었다. 만약 틸라크가 위험에 빠지지 않았다면, 그의 도움이 필요하지 않았다면 아젝스는 영원히 마사카로 살았을 것이다. 야메이는 더 이상 할 말이 없었다. 꿇었던 무릎을 펴고 의자에 몸을 걸쳤다. 그러나 벽시는 아니었다.

"전, 전하…… 으흑! 전하의 성심에 뭐라 드릴 말씀이 없습니다. 흑흑. 하나 빌포드, 그 죽일 놈은 그냥 둘 수 없습니다! 설마 그놈마저 용서하시려는 것은 아니겠지요? 아니, 전하께서 용서하시더라도 제가 용서치 못하겠습니다. 내 이놈을 당장!"

"빌포드는……. 후우, 일단 틸라크의 상황이나 들어봅시다. 전황은 어떻소?"

말없이 고개 숙이고 있던 야메이가 마지못한 목소리로 말했다.

"최악의 상황은 아니지만 상당히 어려움에 처해 있습니다. 아브로즈로 진격하던 11만 병력은 보급로가 끊긴 데다 퇴로마저 막혀 오도가도 못하는 상황이고, 이를 돕기 위해 출병한 10만의 병력 역시 가나트를 대비하기 위해 더 이상의 진군을 멈추고 드베리아 산맥 쪽으로 후퇴하고 있습니다. 가나트 군만 아니라면 중앙평원의 병력이 현재 로엘그린을 막고 있는 쟈므 군을 격파하고 후퇴할 수도 있겠습니다만, 어렵게 그들을 물리치고 아포리아로 나와도 가나트와 또다시 결전을 벌어야 하는 상황입니다. 가나트 군을 앞뒤에서 협공을 가해 조기에 상황을 역전시킬 수도 있겠지만 보급도 끊긴 상태에서, 더군다나 뒤에 아브로즈를 둔 상태에서는 바랄 수 없는 일입니다. 다행히 가나트 군이 자렌 성을 함락한 이후로 아브로즈가 소극적으로 나오기에 일단 틸라크 본 군이 가나트를 물리칠 동안 자체 보급을 하며 중앙평원에서 아브로즈 와 대치하라고 했습니다만 우리가 한시바삐 가나트 군을 몰아내지 않 으면 그들의 안위를 장담할 수 없습니다. 남쪽의 휴노이는 현재로선 걱정이 없습니다. 아직 휴노이의 마법사 전력이 미미한 관계로 남부의 성벽을 넘지 못하는 실정이고, 사막을 경유해 동부로 치려던 휴노이 군 역시 그간 우리 틸라크와 공생 관계에 있던 사막 부족의 도움을 받아 어렵지 않게 막아내고 있습니다. 하지만 그뿐입니다. 틸라크의 현 사 정은 휴노이마저 징벌할 여력이 없을 만큼 떨어져 있습니다. 병력이 뿔뿔이 흩어졌기 때문이지요. 구아포리아의 병력은 생각지 않더라도 일단 중앙평원에 3만이 나가 있고, 아포리아에서 드베리아로 회군 중 인 병력 중 4만이 틸라크 군입니다. 틸라크 내에 남은 병력이란 게 보 병 2만에 기병 1만이 전부인데, 그나마 보병 1만과 기병 1만은 동부의 사막 부족을 지원하고 있어 남쪽에서 대치 중인 휴노이 본군은 어쩌지 못하고 있습니다. 따라서 현재 드베리아로 회군 중인 병력 중 아포리 아 군은 드베리아에 잔류시키고 틸라크 본군 4만을 틸라크 성에 불러 들여야 남쪽의 휴노이를 도모할 수 있습니다.”

“그간 병력이 꽤 늘었소. 중앙군 말고도 드베리아와 남부 성벽을 지 킬 병력이 또 있었소?”

“늘어난 병력은 얼마 안 됩니다. 예전 전하께서 말씀하신 대로 보병 6만에 기병 4만 정도가 틸라크 본 병력입니다. 다만 아포리아를 흡수 하면서 병력이 크게 는 것뿐입니다. 보를레앙 샤틀리에 전 아포리아 국왕의 암살 건 때문에 아브로즈와 대치하다 보니 구아포리아 군을 축

소할 시기를 놓쳐 이제까지 유지했을 뿐이지요. 남부 성벽엔 3만의 병력이 있습니다만, 대략 5천 정도의 훈련병과 2만의 수비군, 그리고 인근 마을의 자경단 2천에 급조한 용병 3천이 지키고 있지요. 휴노이 군이 대략 10만 좀 안 됩니다만 성벽도 튼튼하고 마법사의 전력이 월등해 수비하는 데는 걱정이 없습니다. 감히 시멀레이러 공작이 지키는 성벽에 다가올 수는 없지요. 그리고 드베리아엔 평소 3백 정도의 병력밖에 없었습니다만 가나트의 침공 때문에 주변 자경단 3천을 긁어모은 상탭니다. 또 아포리아에 남았던 여유 병력을 드베리아로 최대한 불러모았더니 5만 정도의 병력을 집결시킬 수 있었습니다. 거기에 회군하는 병력까지 합한다면 틸라크 본군이 남쪽으로 빠지더라도 단기간 내에 무너지지는 않으리란 판단입니다. 비록 자렌을 가나트에 헌납한 결과가 되긴 했지만 중앙평원의 지원군을 편성한 덕에 가나트에 의한 병력 손실은 적었습니다."

"중앙평원의 병력을 지원할 방법은 없소?"

"그게……"

벅시가 뜸 들이듯 힐끔 야메이를 보면서 말문을 열었다.

"가나트가 침공했다는 소식을 접하고 나서 바로 미미르 성을 공략하던 아군을 뒤로 물리고 아브로즈에 화친을 청했습니다. 후퇴할 테니 퇴로를 열어달라고요. 뭐, 당연히 거절당했지요. 우리야 다 이긴 전쟁을 그만두어야 한다는 게 좀 아쉽기는 했지만 퇴로도 봉쇄당한 상태에 가나트마저 끼어들었으니 어쩔 수 없었지요. 하지만 아브로즈 역시 지금 그만두기엔 그간 당한 것도 그렇고 돌아가는 상황도 그렇고 해서 덥석 화친할 수는 없었으리라 봅니다. 그래서 지금은 쟈므와 후시타니아를 설득하고 있습니다. 일단 연합군만 흩어놓는다면 아브로즈 혼자서는 우리를 감당할 수 없을 것이고, 결정적으로 로엘그린이 열리니까요. 물론 아직 확답을 듣진 못하고 있지만 현재 아브로즈를 주축으로 한 연합군이 소극적으로 움직이는 것으로 봐선 어느 정도 먹히지 않았나 생각하고 있습니다. 하나 그 이상은 현재로선 어렵습니다. 아참! 한 가지 이상한 소문이 들리더군요. 글쎄, 가나트를 끌어들인 게 아브로즈의 샤론이랍니다. 그리고 가나트 군을 실어 나른 것은 쟈므의 수군이구요. 믿을 순 없지만 혹시나 하는 맘에 정보를 모으고 있습니다."

"그럼 아라사엔 무슨 도움을 청했소?"

"가나트를 긴장시켜 더 이상 틸라크에 증원군을 보내지 못하게 하는 것과 용병 모집, 그리고 남부연방군의 운용 자금에 대한 차후 지급을 부탁했습니다. 뭐, 이젠 필요없게 되었지만. 그렇지요, 전하? 헤헤."

돈 들 일이 사라졌다는 생각에 미치자 언제 울었냐는 듯 벅시의 얼굴엔 웃음이 감돌았다.

"꼭 그렇지만도 않네. 남부연방이 가나트를 침공하는 것은 몰라도 리미트에 병력을 집결해 줄 필요는 있어. 그리고 휴노이를 징벌하고 드베리아에서 가나트를 막다 보면 우리도 상당한 피해를 감수해야 하지. 여전히 아라사의 도움이 필요하네. 전하, 과연 아라사에 그만한 능력이 있겠습니까?"

"미에바를 병탄하면 가능할 것이오. 하나 가나트 침공은 어렵소. 알다시피 현 남부연방은 너무도 피폐해져 있소. 더 이상의 전쟁은 무리이오. 오히려 가나트가 틸라크를 침공한 것을 다행으로 여기며 가슴을 쓸어 내리고 있을 것이오."

"설마 틸라크를 외면하지는……."

"그렇지는 않을 것이오. 어쨌든 남부연방은 틸라크나 아브로즈가 필요한 입장이니까 어느 정도의 도움은 바랄 수 있소."

아젝스가 아라사에 도움을 준 것만 생각해도 아라사는 틸라크를 외면할 수 없을 것이다. 고개를 끄덕이며 야메이가 말했다.

"그럼 언제 틸라크로 돌아가시겠습니까? 조금 전 상황을 보아하니 우리가 여기에 오래 머물 필요는 없어 보입니다. 한시바삐 틸라크로 돌아가시는 것이 좋지 않겠습니까? 라미에르 틸라크 여황과 어떤 결말을 맺을지는 가나트를 몰아낸 다음에 생각하도록 하시지요."

"그게 좋겠습니다. 아이마라 틸라크 태후께서 크게 기뻐하실 것입니다. 그간 태후를 뵐 때면 고개를 들 수가 없었습니다. 전하께서 실종되신 후로 후궁에 머물며 나오질 않으십니다. 비록 어린 황태자의 재롱에 웃음을 지으시긴 하지만 때때로 슬픔에 잠긴 얼굴을 뵐 때면 제 가슴이 찢어지는 듯했습니다. 그 아름다우시던 분이……."

"아직 여기서 마무리 지어야 할 일이 있으니 일단 야메이 프리시 공작이 먼저 틸라크로 돌아가 나의 생환을 알리시오. 단, 먼저 빌포드를 찾아가 내가 황위에 오를 생각이 없음을 알려야 하오. 무슨 말인지 경은 잘 알리라 생각하오."

"…예."

"그리고 벅시 나뱅크 후작은 나와 함께 잠시 센 왕국으로 갑시다."

"예? 갑자기 센 왕국엔 무슨 일로. 용병 모집이라면 시간도 넉넉하니 아라사에 부탁해도 충분할 터인데……."

실제로는 당장 용병이 필요했다. 하나 지금 아라사에서 출발해도 최소 한 달은 넘어야 틸라크에 도착하니 결과적으로 한참 늦는다. 따라서 어차피 현재로선 도움이 안 되니, 드베리아에서 가나트를 막을 동안 휴노이를 징벌하고 다시 가나트를 몰아낼 때 남부연방에서 모집한 용병을 쓸 계획을 짠 것이다. 그 기간을 두 달로 잡았다. 좀 더 여유가 되면 좋겠지만 중앙평원의 틸라크 군을 생각하면 이도 길었다. 그래서 그 기간을 줄이기 위해 지금도 계속해서 아포리아와 틸라크에서 용병들을 모집하고 있었다.

남부연방에서 모집하는 용병이 얼마가 될진 모르지만 자신들이 원하는 때에 쓸 수 있을지도 미지수이기에 벅시는 그리 큰 기대를 하지 않고 있었다. 다만 상황이 어찌 될지 모르기에 대비하는 차원에서 용병 모집을 아라사에 부탁했던 것이다.

"센 국왕에게 받아야 할 것이 있소."

"아, 예. 뭐 맡기신 거라도 있으신가 보군요. 그런데 굳이 제가 갈 필요까지야…… 악! 아, 아닙니다. 당연히 가야지요! 어떻게 만났는데 전하 곁에서 떨어질 수 있겠습니까?"

벅시가 고개를 숙이며 말하자 그제야 자신의 발등에 올려졌던 야메이의 발이 사라지는 것을 볼 수 있었다. 그러나 이미 시퍼렇게 멍들었을 발등에서 치미는 고통에 눈물이 나는 것은 그도 어쩔 수 없었다.

"그간 전하께 저질렀던 무례를 용서해 주시고, 앞으로도 우리 아라사와 돈독한 우의를 다질 수 있길 간절히 바랍니다."

"나에게 불만이 많았을 텐데 그렇게 말해 주니 고맙소, 바르타스."

"어인 말씀. 큰 별을 몰라본 소신의 잘못이 큽니다."

퉁퉁 부은 발을 절뚝이며 아젝스를 따라 센 왕국으로 간 벅시는 다시 아라사에 돌아왔을 때 입이 귀밑까지 찢어져서 돌아왔다. 아젝스가 센 국왕에게 맡긴 물건은 다름 아닌 돈이었던 것이다. 그것도 무려 1천만 골드. 아무리 틸라크가 부국이 되었다지만 1천만 골드면 틸라크의

1년 예산과 거의 맞먹는 금액이었다. 그것도 그나마 아포리아와 합쳐진 후의 예산이지 아젝스가 국왕으로 있던 시절로 따진다면 손가락 몇 개는 꼽아야 한다.

물론 순조롭게 받을 수 있었던 것은 아니다. 일단 아젝스가 과거 센 왕국에서 마사카로 활동하던 때와 외양이 달랐기에 이를 증명하느라 애를 먹었다. 아젝스가 오러 블레이드로 겁을 주고 함께 따라간 쉬블락과 페이난사가 아젝스가 마사카임을 주장했지만 센 국왕은 창백한 얼굴로 이를 부정했다. 하는 수 없이 아젝스는 카드모스를 불렀고, 다행히 아젝스의 부탁에 브로치니아에 있던 카드모스가 친히 센 왕성까지 와 아젝스가 과거 마사카였음을 증명해 주었다.

그 다음부터는 거의 일사천리로 일이 이루어졌다. 일단 자신이 죽음의 구렁텅이로 몰았던 마사카가 틸라크의 주인임을 알자 허탈한 심정으로 아젝스가 요구한 금액에 순순히 응했던 것이다. 오히려 이 돈이 아젝스의 목숨 값이란 것을 안 벅시가 혈안이 되어 악을 쓰며 센 국왕에게 달려들자 생떼 쓰는 벅시를 아젝스가 말려야 했다.

"큭큭, 바르타스의 어깨가 축 처졌군 그래. 그 나사스란 자가 아라사에서 실종되었다고 빌포드가 공표하자 바르타스가 영 힘이 안나나 봐. 자네와 살갑게 정을 쌓았는데 이대로 떠나보내려니 섭섭하기도 하겠지. 킬킬, 역시 자네의 과감함은 알아주어야 해. 어떻게 나사스를 죽일 생각을 다 했을까 몰라? 좀 미리 알려줄 수는 없었나? 그럼 걱정도 안 했잖아? 대체 그 빌포드는 어떻게 구워삶았지? 하! 이 자슥이 이제 틸라크 황제가 된다고 친구도 몰라보네? 말 안 해? 말해, 말해!"

"시끄럽군. 그 입 좀 다물지. 술이라도 처먹던가."

"픽! 그래그래. 너 잘났다. 그나저나 빨리 틸라크가 안정되어야 할 텐데 말야. 과년한 여동생 둘이나 있으니 오라비로서 너무 신경 쓰이는 거 있지? 순서상으로는 이자녹스를 먼저 보내야겠지만 뭐, 상황이 여의치 않으면 임자있는 놈부터 먼저 보내야 하지 않겠어? 어이, 설마 대아라사의 공주와 놀아나고 나서 책임도 지지 않으려는 생각은 아니겠지? 그렇지, 처남?"

"컥!"

센 왕국에서 아라사에 돌아오자 가장 먼저 아젝스를 반긴 것은 다름 아닌 시멀레이러였다. 야메이가 틸라크로 돌아가 아젝스의 생존을 알리자 기쁨을 참지 못한 시멀레이러가 전장을 무단 이탈해 아라사까지 날아온 것이다.

세월이 흘렀어도 시멀레이러의 성격은 변함이 없었다. 아젝스를 보자마자 바로 마법탄이 아젝스를 향해 날았고, 이를 아젝스가 해소하자 눈물을 흘리는 시멀레이러의 노구가 아젝스의 품에 안기었다.

아젝스는 그간 더욱 왜소해진 시멀레이러를 포근히 감싸 안았다. 그들에겐 더 이상의 말이 필요없었다. 눈빛을 보는 것만으로도 모든 것이 통했다. 통쾌하게 웃으며 아젝스의 어깨를 두드리는 시멀레이러에겐 눈앞의 아젝스가 자신이 알던 아젝스임을 확인할 필요를 못 느꼈다. 이글거리는 마법탄을 보면서 반갑게 칼질하고, 달려드는 자신을 정이 담뿍 담긴 눈길로 맞이하는 놈은 세상에 아젝스뿐이었다.

"아젝스야, 어디 아프냐? 어디어디. 뭐야, 그냥 사례들린 거잖아? 이놈이 아직도 옛날 버릇을 못 고치고 나를 놀래켜? 어이구, 내 오늘도 참는다. 그래, 틸라크에 가서 보자, 이놈! 그나저나 이놈의 연회는 왜 이리 질겨? 빨리 안 끝나나?"

"하하, 틸라크의 원 주인이 살아 돌아온 것을 축하하기 위해 남부연방의 주요 인사들이 모두 참석했는데 어디 쉬이 끝나겠소? 더군다나 틸라크와의 공조를 위해 남부연방의 협력을 구하는 자리니 빨리 끝나면 안 되지. 하하, 그나저나 저 아젝스에게 막말하고 온전한 사람이 나 말고 또 있다는 것에 참으로 정감이 가는구려. 그대의 이름이 시멀레이러라 했소?"

"생각보다 기억력이 괜찮으시군요. 소문과는 좀 다릅니다그려? 어쨌거나 이제 아젝스가 있는데 틸라크가 뭐 아쉬워서 이러는지 원."

"하하! 좋소, 좋아! 정말 맘에 드는군. 아, 틸라크야 부국에 강병을 지니고 있으니 아쉬울 게 하나도 없겠지만, 아젝스는 아니라오. 한시라도 빨리 틸라크가 안정돼야 혼인해서 아들딸 낳아 살뜰히 살 것 아니겠소? 안 그런가, 아젝스?"

"그만 하지. 스승님, 곧 끝날 것입니다. 그러니 잠시 산책을 하시며…….."

"어째 아라사 국왕의 말이 이상하게 들리는구나. 아젝스야, 혹시 맘에 둔 처자라도 있는 게냐?"

"있다마다! 바로 내 여동생인 파비올라라오. 그 녀석이 뭐, 성질은 개 같지만 아젝스가 그래도 좋다는데 내 친구로서 말릴 수도 없고. 이미 갈 데까지 간 사이라니까?"

"허, 이런 경사가 있나! 아젝스야, 태후께서 기뻐하실 일이 또 있구나!"

"스승님…….."

"됐다, 됐어! 너도 돌아오고 틸라크의 후손도 이을 수 있고. 한 가지가 풀리니 전부가 풀리는구나! 아무렴, 그래야지. 내 아무리 생각해 봐도 그 윈필드의 아들은 영 아니었다. 애가 귀엽기는 한데 영…… 흐흐,

그 빌포드가 펄쩍 뛰는 모습이 눈에 선하구나."

  오랜만에 보는 빗줄기였다. 미에바에 가까워질수록 무성하게 자란 숲이 자주 보이더니 기어이 비까지 맞게 되었다. 미에바의 국경을 코앞에 둔 연합군은 덕분에 잠시나마 진군을 멈추고 간만의 휴식을 취하고 있었다.

  파비올라 역시 자신의 막사에서 주룩주룩 떨어지는 빗줄기를 보고 있었다. 건기가 한창인 요즘에 이런 시원스런 빗줄기를 보는 건 처음인 파비올라는 막힌 듯 답답하던 가슴이 다소 풀리는 기분이었다. 아스트리아스, 이젠 아젝스가 된 그가 전장을 떠난 지도 벌써 5일이 지났다. 자신에겐 아무 말도 없이 바루니아로 떠났던 그가 여지껏 소식조차 주지 않는다.

  "이럴 수는 없는 거야, 이럴 수는……."

  바람처럼 나타나 자신을 휘몰아치던 그가 자신을 하늘에 붕 띄워놓고 그냥 사라지려 한다. 갑자기 아스트리아스가 그리워졌다. 그 마음이 깊어가는 만큼 미움도 커져 갔다. 속았다. 그리고 속였다. 아스트리아스의 열정 어린 모습에 자신에게 관심을 집중한다고 생각했다. 자신이 필요한 것을 자신이 필요할 때에 자신이 필요한 만큼 항상 내어줄 거라 믿었다. 그러나 아니었다. 그에게 자신은 그저 여흥에 지나지 않았다. 틸라크로 돌아갈 때를 기다리며 심란함을 달랠 도구에 불과했다.

  "발키리도 알고 있었죠, 아스트리아스의 본신분?"

  "…예."

  자신만 따돌림받았다. 아스트리아스도, 오라비도, 심지어 가장 믿고 의지가 되는 발키리마저도 자신에게 아무 말 없었다. 그래, 이유가 있겠지. 알아도 말 못할 이유가 충분히 있었을 거야. 다 이해한다. 하지만 이 치밀어오르는 분함이 사라지지는 않는다.

"언제부터 알았죠?"

"제가 마사카님을 아라사로 모시고 왔습니다."

"그랬군요……. 이제 난 어쩌면 좋을까요? 후훗, 정말 갑자기 할 일이 없어진 듯하네? 그가 없으니 내가 여기 남아 있을 이유도 없구. 이제 뭘 하죠?"

"마사카님을 연모하십니까?"

"사랑이라……. 후훗."

정말 우습지도 않다. 내가 아스트리아스를? 그가 자신을 유희의 대상으로 보았다면 자신 역시 아스트리아스를 도구로밖에 생각하지 않는다. 사랑? 자신에게 아스트리아스는 상늙은이일 뿐이다. 하루아침에 아스트리아스에서 아젝스로 변했다고 해서 없던 감정이 생길 리가 없다.

"내 발로 다시 바루니아로 돌아갈 수는 없어요. 얼마나 어렵게 거길 빠져나왔는데, 감옥 같은 그곳으로 다시 들어가라구?"

"그럼 저와 함께 센 왕국으로 가시겠습니까? 공주님께서 아시루스 전하께 허락만 받으신다면 센에서 자리를 잡는 것은 쉽습니다. 일단 카드모스님도 계시고, 또 남부연방이 소란스러운 관계로 센에서 용병들이 할 일이 많을 겁니다."

"오라버니가 허락할까?"

"공주님, 지금이 아니면 공주님께서 진정 원하시는 걸 얻을 수 있는 기회는 영영 놓치고 말 것입니다. 마사카님을 사랑하십니까? 아니라면 공주님의 결의를 보이십시오. 마사카님과 공주님의 관계는 알 만한 사람이면 다 아는 사실입니다. 그들 모두가 이제까지는 그저 전장의 피비린내를 잠시 잊기 위한 유희 정도로 생각했겠지만, 마사카님이 틸라크의 황제가 된 순간 두 분의 관계를 유희로만 볼 자는 아무도 없습니다. 공주님의 뜻이 확고하다는 것을 보이지 않는다면 공주님 역시 정략 도구로 전락할 것입니다. 지금 공주님의 마음은 어디에 있습니까?"

"난, 난…… 센 왕국으로 가겠어요."

"후우. 공주님, 하루만 더 숙고하고 후회없는 결정을 하십시오. 그럼 그 뜻이 무엇이든 제가 따르겠습니다."

"그래요. 하아, 고마워요, 발키리."

"아젝스 틸라크 폐하께서 오셨다아!"

"전신께서 오셨다아!"

"국왕 폐하 만세에!"

"틸라크 만세에!"

시야를 가린 희뿌연 장막이 사라지기도 전에 자신의 귀환을 환영하는 군중들의 환호 소리가 들리자, 아젝스의 가슴은 더욱 크게 뛰었다. 저 군중 사이에 어머님이 계실 것이기 때문이었다. 그토록 그리던 어머니를 두 눈으로 볼 수 있기 때문이었다.

마침내 갑갑하던 시야가 확 트이자 아젝스는 주위를 빠르게 훑었다. 아니, 그럴 필요도 없었다. 어느새 자신을 안고 기쁨의 눈물을 흘리시는 어머니가 보였다.

"어머니……."

"오오! 아젝스! 살아 있었구나, 살아 있었어."

"와아아!"

아젝스는 떨리는 손으로 자신을 끌어안고 오열하는 어머니의 등을 쓸었다. 참을 수 없는 기쁨이 일었다. 가슴 깊이, 더욱 깊이 어머니를 끌어안았다. 그래도 사무쳤던 그리움을 채우기에는 한없이 모자랐다. 어머니의 흐르는 눈물을 닦아주며, 주름진 얼굴을 매만지며 정이 담뿍 담긴 어머니의 눈길을 확인했다. 이제 더 이상의 이별은 없을 것이다. 이 순간의 기쁨을, 지금의 행복을 절대 놓치지 않을 것이다. 아젝스는 어머니의 따스한 온기를 느끼며 다짐에 다짐을 거듭했다.

"오빠!"

"…너도 있었느냐?"

"오빠……?"

어머니의 뒤에서 함께 달려온 라미에르는 어머니와 아젝스가 떨어질 줄 모르자 더 이상 기다리지 못하고 반갑게 아젝스를 불렀다. 그러나 돌아온 아젝스의 대답은 자신의 예상과 전혀 달랐다. 정감은커녕 자신을 보는 눈길은 차갑기 이를 데 없다.

라미에르는 당황해서 순간 말문이 막혔다. 수년 만에 만난 오빠가 어떻게, 왜? 라미에르는 이 상황을 어떻게 이해해야 할지 몰랐다.

라미에르와 함께 달려온 윈필드 역시 아젝스에게 인사하려다 라미에르를 대하는 아젝스의 태도가 이상하자 덩달아 어쩔 줄 몰라 했다.

"귀환을 축하드립니다, 상황 폐하. 일단 궁으로 드시지요."

"그래그래. 그러자꾸나, 아젝스."

"예, 어머니."

아젝스는 착잡한 얼굴로 말하는 빌포드를 힐끔 보더니 한 팔로는 어머니의 어깨를 말아 안고 한 손으로는 어머니의 따스한 손을 붙잡으며 틸라크 성으로 향했다.

군중들이 물결처럼 출렁이더니 순식간에 양편으로 갈라지며 연신 환호를 외쳤지만 아젝스의 눈길은 어머니에게서 떨어질 줄 몰랐다. 아젝스가 움직이자 틸라크의 중신들이 뒤를 이었다. 라미에르 역시 무의식적으로 그 뒤를 따랐다.

빌포드는 넋이 빠진 듯한 라미에르와 차갑게 자신을 노려보던 아젝스를 보며 씁쓸한 얼굴로 고개를 가로저었다. 이제 자신의 운명은 알 수 없게 되었다. 비록 아젝스가 틸라크가 안정을 되찾으면 황위를 포기하고 떠난다 말했지만 자신마저 온전할지는 장담할 수 없었다. 아젝스의 최대 약점이던 나사스를 죽인 것만 봐도 아젝스의 의지를 알 수 있었다. 아마 약속대로 황위는 넘겨주겠지만 자신의 목숨 또한 부지할지는 미지수였다. 야메이의 전언에 아젝스가 자신을 살려준다는 말은 없었던 것이다.

"하나를 얻으면 하나를 주는 게 협상의 기본이겠지. 빌포드, 이제 살 만큼 살지 않았나? 다만 샤론의 목을 따지 못한 게 아쉽긴 하군. 과연 폐하께서 그만한 시간을 주실런지……."

빌포드는 한숨을 섞어 말했지만 군중들의 환호 소리에 묻혀 아무도 듣지 못했다.

제 2 화

속박을 풀고

　"……따라서 지금 틸라크가 가장 집중해야 할 것은 휴노이의 징벌입니다. 우리가 빠르게 움직이면 움직일수록 중앙평원의 군사들이나 아포리아 지역의 신민들이 안전해집니다."

　틸라크는 과거와 많이 달라져 있었다. 가장 먼저 눈에 들어온 것은 예전과는 비교가 되지 않을 거대한 성곽이었다. 자신이 국왕으로 있었을 때는 기초조차 없었던 성터였건만, 6년이 지나 돌아와 보니 물경 수십만은 상주할 수 있을 정도로 거대한 성을 쌓았다. 규모에 있어서는 가히 아브로즈의 미미르 성과 필적할 만했다.

　물론 완전히 공사가 마무리된 것도 아니었고 성안 역시 미미르만큼 부흥한 것은 더 더욱 아니었다. 길만 다져졌을 뿐 아직 아무것도 지어지지 않은 황량한 공터가 여기저기 보였고, 졸속으로 지어진 건물들도 많았다.

그러나 예전보다 상주하는 인구도 많아졌고 성 중심으로 들어갈수록 건물들은 보다 화려해지고 웅장해졌다. 그리고 황궁 역시 새로 지어졌다. 아직 공사가 끝나지 않은 듯 새로 건물을 올리기 위해 기초를 다지는 곳도 있고, 마무리 단장을 하는 건물도 보이는 황궁은 예전 틸라크 가의 저택이 있던 곳을 포함해 지었다.

　그런 와중에도 변하지 않은 것이 있었으니, 바로 옛 틸라크 가의 저택이었다. 지금은 어머니의 별궁으로 쓰이는 그곳은 어머니의 바람과 틸라크 중신들의 염원으로 영구히 보전키로 했던 것이다. 비록 과거의 틸라크 성은 새로 짓는 성곽 공사로 인해 해체되었지만 이 저택만큼은 틸라크 인 누구도 포기할 수 없었다. 그것이 아젝스의 기쁨을 배가시켰다. 그에게도 틸라크 가의 저택은 소중했던 것이다.

　그 기쁨을 안고 꿈만 같은 하루를 어머니와 보냈다. 밤새 어머니와 마주하며 정감 어린 시선을 교환했다. 그렇게 보고 싶던 어머니와 하고픈 말이 많았던 아젝스였지만 눈물과 미소를 함께 보이시는 어머니를 대하자 마냥 바라볼 수밖에 없었다. 사실 그것만으로도 충분했다.

　"남부연방의 협력은 순조로울 것으로 보입니다. 아직 뚜렷한 움직임을 보이고 있진 않지만 아라사가 적극적으로 나서고 있는 데다 일시적으로 남부연방과의 교역에서 무관세 정책을 펴겠다는 것에 남부연방 각국이 상당한 관심을 표명한 만큼 그들의 협력을 이끌어내는 데는 별 지장이 없으리라 판단됩니다. 또한 그들의 군 운용 자금 역시 우리가 지불하기로 했으니 그저 리미트에 병력을 집결시키는 정도로 그친다면 그들도 환영할 만한 일입니다. 뭐, 우리도 아젝스 틸라크…… 폐하 덕분에 거의 공짜에 가깝게 그들을 부릴 수 있으니 손해 볼 것은 없습니다. 센 왕국으로부터 5년에 걸쳐 1천만 골드를 받기로 했으니까요."

틸라크의 사정은 아젝스와 아이마라 모자에게 오붓한 시간을 줄 수 없었다. 틸라크에 귀환한 후 처음 맞이한 아침은 중신들의 부산한 면담 요청으로 시작되었다.

아젝스는 정신 차릴 틈도 없이 회의장에 앉아 걱정 반, 기대 반 섞인 중신들의 의견을 들어야 했다. 아젝스는 현 틸라크의 여황인 라미에르의 좌측에 앉아 무심한 듯 귀족들의 말을 들었다. 라미에르는 회의장에 들어서서 아젝스에게 미소를 보이며 인사했지만 어제와 다름없이 아젝스가 냉담한 반응을 보이자 회의장에 앉은 이후 줄곧 말 한마디 하지 않고 있었다.

"가장 걱정인 것은 드베리아 관문을 과연 구아포리아 병사들만으로 지킬 수 있느냐 하는 것입니다. 누가 뭐래도 가나트 군은 강병이고, 그간 우리 틸라크를 상대하기 위해 부단한 노력을 기울여 왔습니다. 지리적 이점에 성벽, 그리고 병력이 두 배밖에 차이나지 않기에 어느 정도 믿음이 가긴 하지만 아직 아포리아 군사들은 실전을 한 번도 치르지 못한 병사들이 대부분입니다. 거기에 가나트 군의 수장은 부카레스트 베크렐입니다. 모두 알다시피 상당한 지장이지요. 일순간에 관문이 무너질 수도 있습니다."

"그들 역시 지금은 틸라크 군의 일부요. 그렇게 딱 잘라 아포리아, 틸라크하고 나눌 필요가 있소? 그리고 비록 실전을 경험하지 못했다곤 하지만 그 병력 역시 틸라크 본군과 하등 다를 바 없는 훈련을 쌓았소. 그들을 훈련시킨 게 누구인지 모르는 게요? 병사들 또한 절반 가까이 틸라크 군처럼 농노 출신이잖소. 모두가 똑같은데 왜 그리 그들을 무시하시오? 틸라크 군은 어디 태어나면서부터 실전을 쌓았답디까?"

"그들을 무시하는 것이 아니라 가나트 군을 두려워하는 것이오. 아무리 용맹한 틸라크 군이지만 상대가 가나트라면 긴장하긴 마찬가지요. 하물며 실전조차 치르지 못한 병사들이라면 그 두려움을 어찌 감당하겠소? 여기 계신 아젝스 틸라크…… 폐.하. 역시 처음 가나트 군과 대적할 때 상당한 고심을 하셨소. 적을 얕보는 것도, 아군의 능력을 과대하게 평가하는 것도 우리는 지양해야 할 것이오!"

야메이의 말에 모두가 입을 다물었다. 틸라크 군이 강병이라는 것은 세상이 알아준다. 그리고 야메이는 지멘과 더불어 그 강맹한 틸라크 군을 이끄는 수장이었다. 그런 야메이가 가나트 군이 두렵다고 말하는데 누가 반박할 수 있겠는가? 모두가 아젝스에게 눈길을 돌렸다. 아젝스 역시 야메이와 같은 생각인지 묻고자 하는 것이다. 빌포드 역시 아젝스를 보았다. 그러나 다른 귀족처럼 아젝스가 입을 열기만 기다리지는 않았다.

"음, 모두 아젝스 틸라크 상황 폐하를 말씀하실 때 호칭을 어떻게 써야 하나 망설이는 듯하니 우선 그것부터 정하는 것이 어떻겠소? 사정이 사정이다 보니 아직 거기까지 생각이 미치지 못했소. 하나 이제라도 생각났으니 당연 틸라크로 복귀하신 아젝스 틸라크 상황 폐하……."

"폐하께서 살아 계신데 어찌 상황 폐하라 계속 호칭하시오? 라미에르 틸라크 여황께는 송구하나 제위 승계 여부는 다시 생각해 봐야 할 문제라 보오. 안 그렇소?"

"그렇지요, 예."

야메이의 말에 벅시가 한숨과 함께 동조하자 빌포드는 다른 귀족들을 죽 돌아보았다. 누구는 고개를 끄덕이고, 누구는 난감한 표정을 짓는다. 아무도 반박하려는 귀족들이 보이지 않자 빌포드의 가슴은 무거워졌다. 그러나 이왕 내친걸음이었다. 지금 여기서 확답을 듣지 못한 다면 아젝스가 제위에 오르는 것이 기정사실로 굳어버리는 것이다.

"저도 같은 생각이에요. 이 자리는 원래 오라버니의 자리였어요. 제가 잠시 지키고 있었지만 이제 원주인이 돌아왔으니 돌려주어야지요. 그렇지요, 오라버니?"

"아, 아니, 그 무슨……!"

빌포드는 느닷없는 라미에르의 말에 너무도 놀라 말을 더듬었다. 가뜩이나 라미에르를 저 자리에서 지키기가 어려운 판에 라미에르 본인이 스스로 내려오겠다니, 빌포드로서는 미치고 팔짝 뛸 일이었다.

그러나 놀라기는 아젝스 역시 마찬가지였다. 설마 라미에르의 입에서 황위를 양보하겠다는 말이 나오리라고는 생각지도 못한 것이다. 그리고 또 하나, 라미에르가 자신을 오빠가 아닌 오라버니라 지칭한 것과 평생 쓰지도 않을 듯한 경어를 썼다는 것에 놀라움과 함께 착잡함이 들었다. 이제 둘 사이엔 보이지 않는 벽이 생기고 말았다. 어쩌면 영원히 허물어지지 않을 벽이.

"난 제위에는 관심없소. 앞으로도 계속 라미에르 틸라크가 틸라크를 이끌어 나갈 것이오. 난 상황이 되든 전하가 되든 아무런 상관 없으니 편하게 부르시오."

"폐하, 틸라크의 제위는 폐하 독단으로 사사로이 주고받는 물건이 아니라 생각됩니다. 지고한 자리인만큼 그 책임 또한 무거워 아무나 앉고 싶다고 앉는 자리일 수는 없지요. 안 그렇소, 빌포드 멕시밀리앙 공작?"

"상황 폐하께서 원주인이시니 제위를 양도하는 것 역시 상황 폐하의 권한 아니겠소? 프리시 공작의 말대로 아무나 앉을 수도 없고 책임 또한 무거운 자리임에 틀림없소. 하나 그런 만큼 그에 따른 권한 역시 우리가 존중해 주어야 할 것이오. 더군다나 상황 폐하께서 양위코자 하는 분은 사적으로는 상황 폐하의 친동생일뿐더러 공적으로는 그간 상황 폐하의 빈자리를 맡아 틸라크를 잘 이끌어오신 분이기도 하오. 하등 반대할 이유가 없다고 보이오만. 다른 분들의 의견은 어떻소?"

"물론 멕시밀리앙……."

"그 얘기는 여기서 끝냅시다. 우선은 틸라크요. 틸라크가 있어야 황제고 제위고 있소. 그리고 난 여기 라미에르 틸라크가 계속 여황으로 있는 것이 틸라크의 빠른 안정에 도움이 되리라 생각하오. 그러니 더 이상 이 문제는 거론하지 마시오."

"옳으신 말씀입니다. 의당 틸라크부터 걱정하는 것이 틸라크의 주인다우신 태도일 것입니다."

아젝스가 결론짓듯 말을 맺자 그간 말이 없던 지멘이 고개를 끄덕여 동의를 표했다. 그런 지멘의 태도에 야메이는 얼굴이 벌게졌다. 틸라크에 태어나 처음부터 생사고락을 함께한 이들과 중도에 틸라크에 합류한 사람과의 차이를 경험한 것이다. 빌포드 또한 라미에르의 돌연한 말을 그제야 이해할 수 있었다. 그리고 탐욕에 물든 자신의 모습을 며느리에게 보여 심히 부끄러웠다. 그렇지만 포기할 수는 없었다.

"지멘 이튼 공작께서 절 부끄럽게 만드시는군요. 그럼 아젝스 틸라크 상황 폐하의 말씀대로 결론난 것으로 하고 틸라크의 문제를 다루도록 하지요."

"지멘 이튼 공작, 잠시 저에게 시간을 내주시겠소? 차나 한잔합시다."

회의를 통해 틸라크의 대략적인 전략이 정해지자 귀족들은 자신이 맡은 임무를 수행하기 위해 부산하게 회의장을 벗어났다. 아젝스의 귀환도 환영했겠다, 존경해 마지않는 옛 주군의 얼굴도 보았으니 이제 다시 본연의 자리로 돌아가는 것이다.

지멘 역시 동부 사막으로 돌아가기 위해 걸음을 바쁘게 재촉하던 차에 뒤에서 야메이가 부르자 한숨이 나왔다. 죽일 놈의 사막 부족 놈들이 통제가 안 되는 탓에 빨리 돌아가야 하기 때문이다. 그나마 자신 앞에서는 고개를 끄덕이지만 다른 무장들이 하는 말은 씨알맹이도 먹히지 않는다.

"난 차는 별론데…… 급한 일이 아니면 담에 술이나 한잔하지요."

"내 이번에 남부연방에서 좋은 차를 얻었소. 마음을 가라앉히는 데는 차가 제격이지. 그러니 한잔합시다, 바로 지금."

"…그럽시다."

지멘은 야메이가 꼭 차를 마셔야 한다는 듯한 눈빛을 보내자 고개를 끄덕이고 말았다. 야메이가 먹어야 한다면 그만한 이유가 있는 것이다. 야메이는 그런 지멘을 자신의 집무실로 들였다.

집무실 안은 틸라크의 상황과는 달리 보기 좋게 정돈되어 있었다. 동부 사막에 있는 자신의 막사와 비교되자 지멘은 한숨과 함께 고개를 가로저었다. 회의하랴 보고하랴, 거기다 틸라크 성의 수비도 전담해야 하는 야메이는 자신보다 더 바쁜 사람이었다.

"내 막사는 돼지우리 같은데…… 정말 비교되는군."

"뭐, 사람마다 다르니. 맡은 바 일만 잘하면 되는 거 아니겠소? 공작 덕에 내 동부 쪽은 신경도 쓰지 않고 있소."

"말이라도 고맙소. 그나저나 차나 주시오."

"술도 있소만. 드시겠소?"

지멘이 고개를 끄덕이자 야메이는 가벼운 미소와 함께 술을 내왔다. 틸라크 병사들은 전장에서 술을 먹는 것에 비교적 관대한 편이었다. 술을 과하게 먹지만 않는다면 오히려 사기 진작에 도움이 된다고 여기는 탓이다. 그렇기에 꼬장꼬장한 지멘도 선뜻 고개를 끄덕인 것이다. 이윽고 자신이 따라준 술을 지멘이 한숨에 넘기자 다시 술잔을 채우며 야메이가 말했다.

"이번 아젝스 틸라크 폐하의 귀환에 대해 어떻게 생각하시오?"

"…틸라크에게 이보다 좋은 일은 없을 것이오. 난 그것만 생각하겠소. 그러니 공작도 그렇게 생각해 주었으면 하오."

"물론 나도 그렇게 생각하오. 폐하께서 돌아오셨으니 이제 틸라크의 외환은 걱정할 바가 아니오. 하나 그와 동시에 내우라는 또 다른 문제가 생겼소. 나나 공작이나 가나트를 몰아낸 이후의 일을 미리 준비해야 할 위치에 있지 않겠소?"

"난 괘념치 않소. 현 여황이나 아젝스 틸라크 폐하나 나에겐 똑같은 틸라크 황가의 분들이오. 다만, 나중에 아젝스 틸라크 폐하께 자식이 생긴다면 그때는 또 모르겠소만. 우리 이튼 가는 틸라크 황가의 시조이신 다리안 틸라크 공작님의 시종으로 이곳에 온 이후 줄곧 틸라크와 틸라크 황가의 안녕만 생각해 왔소. 그것만 지켜진다면 나머지는 상관 않겠소."

야메이는 의자의 등받이에 몸을 기울이며 지멘을 지그시 바라보았다. 틸라크 황가의 충신 중의 충신이랄 수 있는 지멘의 뜻은 확고해 보였다. 그런 그가 자신의 말을 듣고 어떤 결정을 내릴지 야메이는 확신이 섰다. 야메이는 그것을 확인하고 싶었다. 외환에 내우까지 겹치게 하는 행동이기는 했지만 라미에르가 여황으로 있고, 빌포드가 아직 건재하는 한 또 무슨 일이 벌어질지 모르는 일이다.

"만약에 말이오, 만약에 아젝스 틸라크 폐하의 실종에 여황께서 개입되었다면 어떻게 하시겠소?"

"……."

지멘은 술잔을 든 채 뚫어지게 야메이를 노려보았다. 그러거나 말거나 야메이는 하던 말을 계속했다.

"내 생각은 이렇소. 철없는 아이가 사탕이 먹고 싶어 남의 것을 훔친다면 어른의 입장에서 계도해야 한다고 생각하오. 지금이야 여황께선 한 아이의 어미에, 현명한 군주이긴 하시지만 예전에도 그랬다 볼 순 없소. 더군다나 그때 옆에서 누가 부추겼다면 더욱 쉽게 유혹에 넘어갔을 것이오. 물론 나이가 어려도 라미에르 틸라크 여황은 현 틸라크의 폐하시고, 우리 귀족들은 받들어 모셔야 하오. 하나 이건 정상적인 상황에서의 일이오. 황제의 위를 승계하는 데 문제가 있다면 이를 바로잡는 게 우리 귀족들의 역할 아니겠소? 또 그런 일을 하라고 여태까지 비싸게 먹여 살린 게 아니오?"

"…야메이 프리시 공작 당신만큼은 썩어빠진 포러스의 귀족과는 다르다 생각했는데, 내가 사람을 잘못 본 것이오? 그렇소?"

"공작이 날 어떻게 보든 상관없소. 중요한 것은 내가 처음으로 내 모든 걸 바친 주군은 아젝스 틸라크 폐하시고, 그분께서 억울하게 제위를 강탈당했다는 것이오. 내 당신께만 말하리다. 나사스가 아젝스 틸라크 폐하의 밀명을 받고 잠시 사라졌다 했지만, 실은 폐하께 죽임을 당했소. 또한 폐하께서는 실종되신 후 기억이 온전하시면서도 폐하의 암살에 여황이 관여했다는 것을 알고 이제껏 신분을 숨기고 사셨다 하오. 이는 벅시 나뱅크 후작과 함께 폐하께 직접 들은 것이니 내 말이 거짓인지는 후에 그를 불러 직접 확인해 보면 될 것이오. 그래도 내 말 뜻을 모르겠소?"

그렇게 천진하던 라미에르였는데, 욕심이란 사람의 인성마저 바꿔 버리는가? 지멘은 더러운 권력 암투로 피투성이가 되어가는 틸라크 황가가 안쓰러웠다. 예전엔 이렇지 않았다. 칼날 위에 선 채 하루하루를 연명하는 삶이었지만 틸라크에선 가족이야말로 가장 믿고 편안히 쉴 수 있는 안식처였다. 그 안식처를 지키기 위해 기꺼이 목숨을 걸고 전장에 나설 수 있었다.

그러던 틸라크가 이제 자신의 목숨을 노리던 오크의 이빨로 목걸이를 만들어 치장하고 사막 부족과 곡물로 맞바꾼 야크로 배에 기름이 차자 틸라크의 근본을 잊어가고 있다. 근본이 썩기 시작했으니 무너지는 것은 한순간일 것이다. 그러나 지멘은 곧 자신의 생각을 부정했다.

"…여황께선 아젝스 틸라크 상황 폐하께서 원하신다면 언제든지 자리에 물러나신다 하셨소. 난 당신의 말을 믿을 수 없소. 상황 폐하께서 무슨 오해가 있었을 것이오. 아니면 당신이 곡해를 했던지. 그러나 여하한 경우라도 틸라크 황가는 지켜질 것이오, 여기 내가 있는 한."

"물론 그럴 것이오. 또한 당신의 그런 충심을 믿기에 내가 이렇게 털어놓는 것 아니겠소? 나 또한 여황의 그 말씀에 솔직히 놀랐소. 내가 뭔가 잘못 생각하고 있는 건 아닌가 하고 말이오. 하나 폐하의 뜻은 명백하오. 비록 폐하께서 황제 자리에 관심없다 하시지만 우리까지 무관심할 수는 없소. 이유는 바로 빌포드 때문이오. 그가 살아 있고 여황이 있는 한 이전과 같은 일이 다시 일어나지 말란 법은 없소. 어쩌면 여황께선 모르셨을 수도 있고, 혹은 폐하의 실종 후 후회와 함께 개심했을 수도 있소. 그러나 빌포드는 아니오. 오늘 그를 보시오. 몰랐다면 모를까 이제 그의 흑심을 아는데 또 당할 수는 없잖겠소? 지멘 이튼 공작, 조금 전 공작은 틸라크와 틸라크 황가의 안녕을 위한다 하셨소. 진정 틸라크와 황가의 안녕을 지키는 길은 무엇이겠소? 빌포드가 여황의 뒤에서 전횡을 일삼는 걸 두고 보는 것이오? 그의 손자인 그랜트 틸라크 황자가 황위를 계승한다면 과연 틸라크 황가는 온전한 것이오? 날 도와주시오!"

팍!

지멘의 손에 있던 유리잔이 파편이 되어 사방으로 흩어졌다. 꽉 쥐어진 손에서 핏방울이 뚝뚝 떨어졌지만 얼굴을 굳힌 지멘이나 결단을 요구하는 야메이나 누구도 이에 관심을 주지 않았다.

"난 틸라크와 틸라크 황가의 안녕 외엔 관심없소. 또한! 이를 해하려 하는 자 역시 그냥 두지 않겠소!"

"고맙소, 공작!"

"이 말은 공작에게도 해당되오. 명심하시오!"

"홋, 너무 그렇게 겁주지 마시오."

야메이는 지멘의 경고에 웃음으로 화답했다. 이제 아젝스의 복권은 다 된 것이나 마찬가지였다. 벅시의 의견은 이미 확인했고, 시멀레이러야 원래 아젝스 편이라 회유고 자시고가 없다. 다만 걱정이었다면 그간 극진하게 여황을 모시던 지멘의 태도였는데, 지금 그의 확답을 얻었으니 이제 문제는 아젝스뿐이다. 아무리 옆에서 옆구리를 찔러도 정작 장본인이 나서지 않는다면 아무 소용 없는 것이다. 하나 야메이는 아젝스를 반드시 틸라크의 황제 자리에 앉히고 말 생각이었다. 아무리 싫다 해도 세상이 원하면 사람인 이상 자신의 뜻대로 살 수 없다. 아니,

세상이 아젝스를 내버려 둬도 이 야메이 프리시가 그렇게는 못하겠다.

"마지막으로 공작의 도움이 필요하오."

"하실 말씀이 무엇인지……."

빌포드는 드넓은 회의실에서 아젝스와 독대의 시간을 갖자 시간이 멈춘 듯한 기분을 맛보아야 했다. 중앙의 긴 탁자를 에워싼 이십여의 의자에 이어 다시 그 주위로 늘어선 수십의 의자까지 세었다. 천장을 받치고 있는 기둥을 따라 대들보, 다시 이어지는 기둥과 바닥. 소박하나마 모서리에 칠해진 금박도 눈에 들어왔다.

회의장 문의 색이 맘에 들지 않는다. 당장이라도 시종장을 불러 밝은 색상으로 바꾸라고 해야 할 듯하다. 잠시 한눈을 판 사이 탁자에 소리없이 실타래가 내려앉았다. 조금 전에는 안 보이던 놈이었다.

"상황 폐하께서 약속은 지키시리라 믿겠습니다."

얼마의 시간이 지났을까? 아젝스는 여전히 두 눈을 감은 채 말이 없다. 호위도 없고 회의장 밖 근위들 역시 아젝스의 명 때문인지 돌아다니는 기색이 보이지 않는다. 시종들은 어디에 처박혔는지 차를 내오지 않는 것은 물론이고 뭐 필요한 건 없는지 물을 생각조차 않는다. 빌포드의 인내심은 바닥이 났다. 아니, 그보다 어차피 한 번은 겪어야 할 것이기에 더 이상 시간을 끈다는 것이 무의미하게 느껴졌다.

"후우, 상황 폐하께서 원하시는 것을 말씀하십시오. 라미에르 틸라크 여황께 양위하신다는 말씀만 지킨다 확약하시면 제 목숨이라도 당장 바치겠습니다."

"……."

"그리고 오늘 봐서 아시겠지만 여황께선 상황 폐하와 저와의 일에 대해 전혀 모르고 계십니다. 그러니 예전처럼 대하셔도 좋을 듯합니다. 그리고 제 자식놈에게까지 그걸 바랄 수는 없겠지만, 부디 상황 폐하의 조카인 그랜트까지 미워하지는 마셨음 감사하겠습니다."

"……."

"전하."

"…당신 말고 또 누가 알고 있지?"

"아, 비밀은 잘 지켜지고 있습니다! 합!"

빌포드는 아젝스가 입을 떼자 반갑게 대답했다. 그러다 자신의 목소리가 회의장에 크게 울려 퍼지자 손으로 입을 막으며 사방을 휘둘러보았다. 회의장에 자신과 아젝스만 있다는 걸 뻔히 알지만 절대 새 나가선 안 될 말이기에 저도 모르게 행한 것이다. 그리고 혹시 또 모를 일이었다. 자신이 아젝스의 비밀을 그렇게 알았듯, 또 누군가 자신과 아젝스의 대화를 엿듣게 될지. 빌포드는 다시 나직한 목소리로 말했다.

"나사스가 사라진 지금은 오직 저만이 알고 있습니다."

"내가 틸라크를 떠나는 순간까지 잘 지켜지길 바라. 그럼 목숨 하나 사라지는 것으로 끝날 수도 있겠지."

"가, 감사합니다, 상황 폐하."

빌포드는 고개를 숙여 아젝스에게 고마움을 표했다. 이번에도 자신의 생각대로 아젝스와의 협상에서 승리했다. 그러나 숙여진 얼굴엔 기쁨의 기색이 전혀 보이지 않았다. 처음 아젝스의 생환 소식을 듣고 빌포드는 거의 공황 상태까지 빠졌었다. 무엇을 어떻게 해야 할지 갈피를 잡을 수 없었다. 원하는 것을 얻지도 못하고 이루어놓은 것도 없는 상황에 틸라크가 존망의 위험에 빠지자 느닷없이 아젝스가 툭 튀어나

온 것이다.

빌포드는 고심했다. 아이마라와 라미에르, 그리고 틸라크 중신 모두에게 아젝스의 정체를 밝히고 라미에르가 틸라크 황가의 유일한 적통임을 인정받아 볼 것인가도 생각했다. 그러나 이내 고개를 가로저었다. 아직 자신에겐 그만한 힘이 없었다. 아니, 그보다는 자신의 적이 너무 많고 힘도 강했다.

나사스와 머리를 맞대고 아젝스를 제거했을 때만 해도 틸라크가 모두 자신의 손에 들어온 줄 알았다. 예상했던 것보다 더욱 적극적으로 틸라크의 중신들이 라미에르를 여왕으로 삼으려 하자 그 기쁨은 이루 말할 수 없었다. 그리고 틸라크와 아포리아를 오가며 두 국가를 하나로 뭉치려고 정력적인 활동을 벌였다.

그러나 자신이 오판했다는 것은 시간이 지날수록 확연히 알 수 있었다. 비록 자신의 며느리가 틸라크의 여왕이 되었지만, 그 시아비인 자신이 틸라크에서 할 수 있는 일은 거의 없었다. 또한 틸라크와 아포리아를 하나의 국가로 묶는 것 역시 난항을 겪었다. 세력으로 따진다면 아포리아가 틸라크에 비길 바가 못 되지만, 아포리아 귀족들은 정통성을 앞세우며 아포리아가 절대 틸라크의 공국으로 전락할 수 없다고 고집을 부렸다. 이는 틸라크 역시 다르지 않아 거의 패망 직전에 틸라크의 도움으로 명맥을 이은 아포리아의 밑으로 들어가기엔 틸라크의 위명이 너무도 컸다. 대륙 최강의 가나트와 두 번 싸워 모두 엄청난 승리로 이끈 아젝스 틸라크가 세운 나라라는 자부심이 이를 허락하지 않은 것이다.

이 문제를 해결한 것이 나사스였다. 어느 날 아포리아의 국왕 보를레앙이 변사체로 발견되었고, 그 범인으로 아브로즈의 샤론이 지목되었다. 빌포드는 나사스가 여러 번 보를레앙의 암살을 원했지만 끝내 허락하지 않았었다. 아무리 자신의 욕망을 위해 아젝스까지 죽음으로 몰았다 해도 평생 주군으로 생각했던 보를레앙마저 욕망의 희생양으로 삼을 순 없었던 것이다.

그러나 결국 나사스 독단으로 일은 벌어지고 말았고, 빌포드는 화가 치밀어 올랐지만 분노를 담아 나오는 말은 샤론을 성토하는 말뿐이었다. 그 후 아포리아와 틸라크의 합병은 순조로웠다. 복수를 원하는 아포리아는 보를레앙의 사후 정통성이란 장벽이 사라졌기에 부담이 적었고, 틸라크로서는 거대한 인구의 아포리아를 병합함으로써 제국으로 거듭날 수 있기에 좋았던 것이다.

그러나 또 다른 장벽이 빌포드를 가로막았다. 아젝스는 죽었지만 틸라크엔 여전히 아젝스의 영향력이 남아 있었던 것이다. 자신의 아들이 대공이 되고 자신 역시 틸라크의 공작이 되어 틸라크의 대외적인 일을 맡았지만 오직 외교와 행정에서만 자신이 관여할 수 있을 뿐, 그 외에 자신이 임의로 할 수 있는 일은 거의 없었다. 아포리아를 통째로 틸라크에 넘긴 게 화근이었다.

아젝스는 죽기 전 군사는 야메이와 지멘, 경제는 벅시와 시멀레이러에게 전권을 넘긴다는 것을 증서로 남겼다. 덕분에 아포리아가 틸라크에 병합된 순간 아포리아의 모든 군사와 경제마저 그들에게 넘긴 꼴이 되었던 것이다. 틸라크의 공작이 되기 전엔 알지 못했던 일이었다. 모두 라미에르를 받들어 모시며 여왕의 말에 순종적이었기에 그런 문서가 있으리라고는 상상도 못했다. 그러나 자신이 공작이 되어 아포리아 귀족들의 염원을 등에 지고 군사를 일으키고자 했을 때 지멘과 야메이, 그리고 벅시와 시멀레이러는 아젝스의 서명이 들어 있는 종이 쪼가리를 흔들며 실실 웃음을 지었다. 그들의 허락없이는 병사 한 명, 동전 한 푼도 맘대로 유용할 수 없었다. 여황의 위세로도 그들을 누를 수 없었다. 아니, 라미에르마저 그들의 편에 서서 자신과 맞서기까지 했다.

이런 상황에 아젝스의 비밀을 폭로할 수는 없었다. 나사스가 사라진 지금 아젝스의 비밀을 말한다면 자신의 말을 증명할 수 없기에 되려 반역죄로 목숨을 잃을 것이 뻔했다. 아젝스의 말을 전하며 경멸 어린 눈빛으로 자신을 비웃은 야메이만으로도 그 결과를 쉽게 예측할 수 있었다. 여황을 앞세워 위세를 펼치고자 해도 힘을 과시할 군사도 없을 뿐더러 여황인 라미에르가 자신의 뜻대로 움직일지도 솔직히 믿음이 가지 않았다. 아젝스의 비밀을 폭로했을 때 믿어줄 사람이 과연 몇이나 되겠으며, 설혹 믿는다 해도 아젝스에게 등을 돌릴 사람이 과연 몇이나 될지 강한 의문이 들었다.

빌포드가 보기엔 최소한 틸라크에서만큼은 아젝스가 마물이 아니라 그보다 더한 괴물이라 할지라도 무조건 따르고 복종할 사람들로 넘쳐나 보였다.

그랬기에 빌포드는 고심에 고심을 했고 아젝스가 오길 기다렸다. 과거에도 그랬듯이 다시 한 번 가족을 빌어 협상을 벌이고자 한 것이다. 그러나 막상 아젝스가 돌아왔을 때 라미에르를 대하는 태도를 보며 빌포드는 몹시 당황했다. 하나 이내 아젝스의 마음을 알아채곤 쓰디쓴 웃음을 지어야 했다. 자신으로 인해 아젝스가 라미에르를 오해한 것이다. 그리고 자신은 하나의 협상 조건을 잃었다. 이제 남은 것은 아이마라와 자신의 목숨밖에 없었다. 과연 그것으로 아젝스가 만족할지는 알 수 없었지만 최선을 다해야 했다. 오해를 풀 수 있다면 그만큼 자신이 유리해지는 것이고, 왕 자리를 포기할 정도로 가족을 끔찍이 생각하던 아젝스였던 만큼 자신의 목숨을 건다면 그만한 대가를 얻을 수 있을 것이라 마음을 달랬다. 그리고 지금 자신이 원하던 대가 중 하나를 얻었다. 이미 야메이를 통해 전해 들었고 조금 전 회의 석상에서 확언했지만 지금 다시 듣는 것은 그 성격이 다르다. 그것은 자신이 반드시 얻어야 하는 또 다른 대가를 위한 발판이기도 했다.

"상황 폐하, 송구스러우나 한 가지 청이 있습니다."

"그만 나가라."

"상황 폐하, 제발……."

"이틀 후에 아포리아 군이 드베리아에 도착하면 그곳으로 가라. 지금부터 정리하자면 시간이 많지 않을 것이다."

"제 목숨까지 버렸습니다. 상황 폐하를 해하려 하면서까지 틸라크를 원했던 제가 자진해서 목숨을 내놓았단 말입니다. 궁금하지 않으십니까? 제가 무엇을 위해 틸라크를 원했는지, 지금에 와서 목숨을 내놓으면서도 틸라크를 지키려 하는지 정녕 궁금하지 않으십니까?"

"듣고 싶지 않다. 나가라."

그토록 권력을 탐하던 빌포드가 너무도 쉽게 목숨을 포기하자, 이럴 것이면 왜 자신을 해하려 했는지 따지고 싶었다. 왜 수년을 사막의 모래바람을 맞으며 고통과 번뇌 속에 살게 했는지 목을 죄며 묻고 싶었다. 그래, 이유가 있을 것이다. 자신의 목숨보다 더 소중한 것, 그래서라도 반드시 얻고 싶은 것이 있을 것이다. 그랬기에 듣고 싶었고 그랬기에 듣고 싶지 않았다. 빌포드 네놈이 아무리 괴로워해도 내가 겪은 고통만은 못할 것이다. 더 괴로워해라. 더 아파해라. 지워지진 않겠지만 위로는 되리라.

"상황 폐하, 샤론 때문입니다! 제가, 반드시 샤론의 목을 제 손으로 따고 싶었기 때문입니다! 그놈의 가죽을 벗겨 바닥에 깔고, 그놈의 피를 짜내 술잔에 담고, 그놈의 살을 발라 안주로 삼아, 그놈의 뼛가루가 세상에 떠도는 것을 감상하고 싶었기 때문입니다! 그 하나를 위해 제가 몹쓸 짓을 많이 했다는 것, 저도 잘 알고 있습니다. 하나 그럼에도 제 맘속에 맺힌 한은 나날이 커져만 갑니다. 제발 저에게 시간을 주십시오! 이제 전하께서 돌아오셨으니 가나트를 물리치는 것은 물론, 아브로즈를 발 아래 놓는 것 역시 시간문제일 것입니다. 그때까지만, 샤론이 제 앞에서 목숨을 구걸하는 그때까지만 절 살려주십시오! 전하. 이렇게, 이렇게 간곡히 청원합니다!'

"나와 상관없는 일이다."

아젝스는 무릎을 꿇고 바닥에 엎드려 흐느끼는 빌포드를 내버려 둔 채 회의실을 나섰다.

창밖 하늘을 보니 해가 기울기 시작했다. 아젝스는 어머니가 계시는 별궁으로 향했다. 점심은 회의가 늦어지는 바람에 함께하지 못했으니 차라도 마시며 못다 한 시간을 벌충할 생각이다.

"어려운 와중에도 이렇게 독대에 응해주셔서 대단히 감사합니다, 전하."

"카씽이 이번 면담을 주선할 줄은 생각도 못했구려."

"지금이야 소원한 관계지만 예전에는 우리 틸라크와 두터운 친분 관계를 유지했습니다. 다행히도 카씽 후작이 옛정을 잊지 않고 저를 도와주어 고맙게 여기고 있답니다. 그러니 전하께선 카씽 후작을 의심치 마십시오. 카씽 후작은 단지 쟈므와 우리 틸라크가 과거처럼 우의를 다지길 바라는 마음에서……."

"카씽을 믿지 못하면 누굴 믿을까! 그렇게 구차한 변명을 할 필요 없소. 그러니 하고픈 말이나 하시오. 그리 시간이 많지 않소."

"감사합니다, 오초아 칸 국왕 전하. 얼마 전 우리 틸라크의 아젝스 틸라크 상황 폐하께서 돌아오셨습니다. 들으셨는지요?"

"알고 있소. 상황만 허락했다면 내 직접 틸라크로 가 그분을 뵙고 귀환을 축하했을 것이오."

"전하의 그 말씀만으로도 아젝스 틸라크 상황 폐하께서 기뻐하시며 고맙게 생각할 것입니다. 우리 상황 폐하께서도 전하를……."

"시간이 없다 말했을 텐데? 벅시 나뱅크 후작이 이곳에 온 것은 물론 내가 지금 그대를 만나고 있다는 것 역시 비밀이오. 그래, 그분이 내게 무얼 원하고 계시오?"

"송구합니다, 전하. 에에, 이미 전하께서도 짐작하시겠지만 아젝스 틸라크 상황 폐하께선 지금 로엘그린에 있는 쟈므 군이 중앙평원에 고립된 우리 틸라크 군에게 길을 열어주길 바라고 계십니다."

"그게 내 맘대로 되지 않는다는 건 그대도, 틸라크 상황 폐하도 잘 알고 있을 것이오. 심정적으로야 대가없이 무조건 틸라크를 돕고 싶소. 하나 이 일은 나 혼자만의 독단으로 결정할 수 없는 일이오. 무엇으로 귀족들을 설득할 수 있단 말이오?"

"제가 단언합니다. 아브로즈는 얼마 가지 않아 패망하고 말 것입니다. 아브로즈를 등에 지고 득세하던 귀족들의 운명도 얼마 남지 않았다는 말입니다. 길어야 반년, 그 후 쟈므의 운명은 생각지 않으십니까?"

벅시의 말에 오초아는 한숨을 내쉬며 밤하늘을 쳐다보았다. 협박과 같은 말을 들었음에도 오히려 자신을 생각해 주는 듯한 말처럼 들렸다.

원래 아브로즈로부터 얻을 것이 많았던 쟈므였기에 아젝스가 실종되고 아포리아가 틸라크에 복속됨과 동시에 포러스 연방이 깨지자 자신의 입지는 크게 약화되었다. 아브로즈의 후광에 힘입어 위세를 떨치는 귀족들을 그저 바라만 봐야 했다. 패왕이 되고자 했던 예전의 다짐은 다 잊고 선왕과 마찬가지로 그들을 달래며 자리 보전하는 데 급급한 지경에 이른 지 오래였다. 이대로 살고 싶지 않았다. 확고한 왕권을 구축하고 싶었다.

"아젝스 틸라크 상황 폐하는 변함없으신가?"

"물론입니다. 그분께서 하신 말씀은 죽는 순간까지 지켜질 것입니다."

"나에겐 힘이 없소. 로엘그린에 있는 병력의 수장 역시 내 사람이 아니오. 그런데도 내가 도울 수 있겠소?"

"물론입니다. 전하의 의지만으로도 모든 것이 전하와 아젝스 틸라크 상황 폐하의 뜻대로 될 것입니다. 감사합니다, 전하!"

"와아아아!"

"현재 휴노이 군의 수는 8만 4천으로 추산되고 있습니다. 그간 세 차례의 공방전에서 아군은 213명의 사상자가 발생했고, 휴노이는 6천 가량의 사상자가 발생된 것으로 보입니다. 적아의 사상자 수가 적은 것은 휴노이가 공성에 그리 적극적이지 않기 때문입니다. 시멀레이러 공작의 마법도 마법이지만 예전처럼 죽음을 도외시하고 성벽에 달라붙던 모습을 지금은 찾아볼 수 없더군요. 사상자 대부분이 휴노이의 첫 공세에서 나왔습니다. 그 후 휴노이 군의 태도가 돌변해 저처럼 함성만 지르다 그냥 돌아가곤 합니다."

휴노이 군은 드넓은 평원에 길게 늘어서서 거대한 함성을 지르며 아군을 위협하고 있었다. 그러나 그 이상의 행동을 보이지는 않았다. 끝도 보이지 않는 성벽과 그 성벽에 기대어 가볍게 비웃음을 날리는 병사들, 그리고 장난치듯 손바닥 위에서 불꽃을 피우는 시멀레이러가 휴노이 군을 막고 있었기 때문이다.

"아군의 사기는 어떻소?"

아젝스의 물음에 멜런은 빙긋 웃으며 말했다.

"처음에 약간 긴장하기는 했지만 휴노이의 공세도 첫 접전 이후 그리 강하지 않고 폐하의 귀환으로 전쟁에서 승리할 수 있다는 자신감이 들자 병사들의 사기는 하늘에 닿아 더 이상 오를 데가 없을 정돕니다. 반면 휴노이는 말이 아니더군요. 적 동향이 수상해서 마법사를 보내 알아본 결과 폐하의 귀환 소식을 듣고 휴노이 병사들이 샤크라가 재림했다며 전투 의욕을 잃고 겁을 내고 있답니다. 뭐, 지옥 마왕이 피를 찾아 이곳에 왔다나? 여하튼 그래서 밤마다 탈영병이 속출한다더군요. 이는 비단 하급 병사들만 그런 것이 아니고 상급 지휘관들 역시 똑같이 겁을 내고 있습니다. 아마 폐하께서 군사를 이끌고 저들 앞에 서신다면 밀가루가 바람에 흩날리듯 사라져 버릴 것 같더군요."

"방심은 금물이오. 병사들에게도 증원군이 도착할 때까지 긴장을 늦추지 말라 하시오."

"물론입니다, 야메이 프리시 공작. 매일 아침저녁으로 병사들에게 훈육시키고 있으니 그리 염려하지 않으셔도 됩니다."

"휴노이가 생각보다 빨리 기력을 되찾았소. 내 예상으로는 적어도 십 년은 걸리리라 생각했는데, 이 바샨이 생각보다 뛰어난 인물인 듯하오."

아젝스의 말에 멜런과 야메이가 동시에 고개를 끄덕였다. 틸라크의 계략으로 탈주에 성공한 운 쟈스완드는 순식간에 세력을 규합해 휴노이의 이씨 족에 대항했다.

서로 죽고 죽이는 내전을 치르는 동안 휴노이는 그 국력이 거의 바닥에 이를 정도로 떨어졌었다. 하나 이 이순시온에 이어 바샨이 국왕의 자리에 오르자 휴노이는 급격한 성장을 시작했다.

악화될 대로 악화된 운씨 족과 차씨 족을 아우르는 포용책을 펴는 한편, 가나트와의 관계를 더욱 돈독히 하며 군사와 재정의 확충을 꾀했다. 그 결과가 오늘 아젝스의 눈앞에 드러났다. 예전엔 10만의 병력을 동원하기도 힘들었던 휴노이가, 틸라크와의 전쟁에서 패한 데 이어 내전으로 엄청난 피해를 겪어 기력이 쇠할 대로 쇠했을 텐데 십 년도 되지 않아 예전보다 더한 성세를 보여주고 있는 것이다.

이는 내전을 통해 강력한 왕권을 획득한 바샨이 휴노이를 크게 변화시켰기 때문이다. 수많은 반대에도 불구하고, 바샨은 강경책과 유인책을 동시에 활용하며 기존의 유목 생활을 하던 휴노이 국민들을 정착 생활을 하도록 만들었다. 또한 가나트와의 무역을 활성화시켜 이에서 나오는 자금으로 상비군을 확충했던 것이다.

"휴노이가 정착 생활을 도입한 것만으로도 군사력을 증강시킬 수 있었으니 이번에 15만을 동원한 것은 휴노이로선 그리 무리한 것도 아닙니다. 장정 하나하나가 모두 훈련받은 병사들과 하등 다를 바 없는 휴노이 족 아닙니까? 거기에 가나트로부터 체계적인 군사 훈련까지 받았으니 비록 지금 겁에 휩싸여 있다곤 해도 녹록한 상대는 아니지요."

"잘 파악했소, 멜런 드보이 후작. 앞으로 5일이오. 증원군이 도착할 때까지만 이곳을 잘 지켜주시오. 그때 놈들에게 우리 틸라크의 힘을 보여줍시다."

"여기는 염려하지 마십시오, 공작. 이제 폐하도 돌아오셨으니 더 이상 틸라크가 무엇을 두려워하겠습니까? 이 참에 아예 휴노이마저 병합해야 합니다. 틸라크의 안전을 위해서도 언제고 해야 할 일이니 휴노이가 더 크기 전에 우리 틸라크로 복속시켜야 합니다."

야메이는 그저 웃고 말았다. 생각 같아서야 멜런의 말처럼 하고 싶었지만 틸라크의 상황이 이를 허락하지 않았다. 가나트와의 전쟁을 마무리했을 때 과연 틸라크가 얼마만큼의 여력을 남길 수 있을지 확신할 수 없기 때문이다. 지금 틸라크의 적은 휴노이와 가나트만이 아니었다.

"폐하, 오늘은 이쯤에서 그만 황궁으로 돌아가시지요."

아젝스는 야메이의 말에 다시 한 번 휴노이 군을 보곤 몸을 돌렸다. 다음에 이곳에 왔을 때는 저들이 등을 돌릴 것이다. 아젝스는 하루라도 빨리 그날이 오길 바랐다.

"어머니, 혹시 헤모시아에 가보셨습니까?"

"말만 들었을 뿐 가보진 못했구나. 그래, 그곳은 어떻든?"

"사람이 살기에 기후도 좋고, 헤모시아 인들은 순박해 다툼이 없답니다. 그들은 하루하루를 즐겁게 살더군요. 그리고 정도 많아……."

아젝스와 아이마라는 찻잔을 앞에 두고 정겨운 시간을 나눴다. 모자가 상봉한 이후 처음에는 아이마라가 그간의 일들을 말하며 눈시울을 적셨다면, 요즘엔 아젝스가 그간 그가 겪었던 세상을 말하며 아이마라의 마음을 달래주는 편이었다. 아이마라는 아젝스의 말에 즐거이 웃기도 하고 그곳에서 고생했을 아젝스의 생각에 따스히 아들의 손을 감싸기도 했다.

"어머니……."

"그래, 아젝스. 말해 보거라."

"저……."

"왜 그러느냐? 어렵게 생각하지 말고 말해 보렴. 흠, 혹시 그 아라사에 있다는 파비올라라는 공주의 일이더냐? 호호, 시멀레이러 공작한테 그 말을 듣고 얼마나 기뻤는지 모른단다. 나는 지금이라도 상관없으니 네가 좋다면 당장 혼례를 하자꾸나."

"그 일이 아닙니다. 저……."

"그래그래."

"어머니, 헤모시아에서 저와 함께 살 의향은 없으신지……."

"……."

아이마라는 아젝스의 말이 뜻밖이었다. 이곳에 남편인 그라시스를 따라온 이후 틸라크를 떠난다는 생각은 한 번도 해본 적이 없었다. 이제 틸라크는 아이마라의 고향이었고, 생의 종지부를 찍는 순간까지 함께 할 땅이었다. 아이마라는 조용히 아젝스의 손등을 쓰다듬었다.

"라미에르 때문이냐?"

"아닙니다, 어머니."

"그렇게 말하지 않아도 된다, 아젝스. 요즘 너와 라미에르 사이가 좋지 않다는 것은 이 어미도 잘 알고 있단다. 오늘만 해도 라미에르가 옆에 없지 않느냐? 황위 때문이라면 걱정하지 말거라. 이미 라미에르가 황위를 내준다고 내게 말했단다. 그러니 예전처럼 오손도손 살면 안 되겠니?"

"전 황제 자리 같은 건 아무래도 상관없습니다. 아니, 싫습니다. 그저 어머니 곁에 머물며 살면 족합니다. 하나 제가 이곳에 머물 수는 없습니다. 그렇기에 말씀드리는 것입니다. 저와 함께 헤모시아에서 살아요."

아이마라는 고개를 가로저었다.

"안 된다, 아젝스. 난 틸라크를, 이 집을, 이 방을 떠날 수 없어. 그리고 아젝스, 너 역시 내 곁을, 가족을, 틸라크를 떠나서도 안 된다."

"어머니……."

"쉿! 들어보아라, 아젝스. 아버지 그라시스의 목소리가 들리지 않니? 그분과의 맹세를 잊었니? 너와 나는 틸라크에서 벗어나선 안 된다. 그래, 네가 틸라크에 남아 있으면 틸라크가 소란할 것이다. 라미에르가 남아 있어도 마찬가지겠지. 그렇기에 라미에르가 네게 황제 자리를 양위하겠다는 것이고, 네가 틸라크를 떠나겠다는 것이 아니더냐? 하나 그런다고 문제가 해결되는 것은 아니란다. 네가 떠나도 너를 추종하는 이들이 계속 네가 황제에 오르길 간청하며 라미에르와 반목할 것이고, 라미에르가 양위한다 해도 역시 마찬가지 일이 벌어질 것이다. 이를 해결할 방법은 한 가지뿐이란다. 피하기만 해선 절대 해결할 수 없어. 아젝스, 우린 가족이란다. 이를 잊지 않아야 지금의 어려움을 헤쳐 나갈 수 있는 게야. 너와 라미에르가 예전처럼 우애롭게 살면, 다른 이들이 무슨 말을 하더라도 서로 믿고 의지하면 틸라크는 평온할 것이란다. 우리가 언제부터 황족이더냐? 가족 간의 화목보다 중요하겠니? 여기 틸라크는 그런 곳이 아니지 않더냐? 잊지 마라, 아젝스. 넌 자랑스런 틸라크 가의 장자다. 기억해라, 아젝스. 가족보다 소중한 것은 세상에 없단다."

"어머니……."

"안 되겠다. 아무래도 네 혼사를 서둘러야겠어. 적당한 상대도 있는 마당에 지체할 필요 없겠지."

"어머니."

"시멀레이러의 말을 들으니 아라사 쪽에서도 반기는 분위기였다더구나. 그러니 전쟁이 끝나는 대로 바로 혼례를 치르도록 하자꾸나. 한 나라의 황제께서 신부를 맞이하는 데는 그만한 시간이 걸리니 지금부터 준비해도 모자랄지도 모르겠는걸? 설마 전신이라는 아젝스 틸라크께서 자신의 혼수를 잃어먹지는 않을 테지? 호호, 생각할수록 재밌구나. 아, 이럴 게 아니라 지금부터라도 준비를 해야겠어. 홀린 벨러드 백작을 불러 내일 당장 아라사에 사람을 보내야겠다."

아젝스는 즐거운 상상의 나래를 펴는 어머니에게 더 이상 말을 잇지 못했다. 어머니의 말대로 가족 간의 우애만 지속시킬 수 있다면 자신이 틸라크에 살아도 될 것이다. 그러나 그 가족애를 지킬 자신이 아젝스에겐 없었다. 자신은 이곳에 있어선 안 되었다. 지금이야 조용하지만 전쟁이 종식되어서도 자신이 틸라크에 남아 있다면 빌포드는 의심하고 조급해할 것이다.

그렇다고 빌포드를 죽인다면 그 순간 가족애는 깨지고 만다. 자신에겐 몰라도 라미에르에겐 빌포드가 한가족이기 때문이다. 그리고 아젝스는 빌포드를 살려주고 싶지 않았다. 틸라크에 있는 동안 한없이 괴롭히다 자신이 틸라크를 떠나는 발판으로 삼을 생각이었다. 빌포드만 사라진다면, 그리고 자신이 틸라크를 떠날 수밖에 없게 된다면 모두가 행복하게 될 것이다. 자신은 어머니를 얻을 수 있고, 라미에르는 황제 자리를 보전할 수 있고, 비록 금이 가기는 하겠지만 가족애를 지킬 수 있을 것이다.

아젝스는 행복한 미소를 짓고 있는 어머니를 보았다. 그래, 아직 시간은 많다. 내일, 모래, 앞으로 수많은 나날을 함께할 것이다. 오늘은 운을 떼었으니 다음엔 좀 더 쉬우리라. 자신이 틸라크를 떠나는 날, 반드시 그 곁에 어머니가 계실 것이다.

"와아아! 아젝스 틸라크 폐하 만세!"

"틸라크 만세!"

"아! 젝스! 아! 젝스! 아! 젝스!"

"폐하를 다시 뵈게 되어 감격의 눈물이 파도를 칩니다!"

아젝스를 외치는 병사들의 외침 속에 베런 울프그랜이 장수들을 대표해 아젝스에게 무릎 꿇고 군례를 취하자 뒤에 있던 장수들이 베런을 따라 무릎 꿇고 고개를 숙였다.

드디어 고대하던 틸라크 정예군이 틸라크 성에 도착한 것이다.

아젝스는 베런에 이어 뒤의 장수들과 자신의 이름을 연호하며 함성을 지르는 병사들을 죽 돌아보았다. 자신과 눈을 마주치자 기쁨과 자랑스러움, 그리고 자신감에 넘치는 미소와 눈길을 보내며 고개를 숙인다.

아젝스는 가슴 저 끝에서 치미는 알 수 없는 열기가 치솟는 것을 느꼈다. 그 열기가 밖으로 새 나가지 않도록 꾹꾹 누르느라 숨 쉬기 곤란할 정도의 답답함도 함께 느꼈다.

"오느라 고생했소."

"고생이라니요! 전하, 아니, 폐하께서 겪으신 고통에 비한다면 우리들이야 봄날 나들이한 것에 지나지 않습니다. 이미 야메이 프리시 공작께 모두 들었, 악!"

앙리가 소리가 나도록 한스의 뒤통수를 후리는 모습을 확인한 베런은 다시 아젝스를 보며 말했다.

"폐하, 일단 군사들에게 휴식을 취하게 하고 남부로 떠났으면 합니다. 윤허를 바랍니다."

"좋도록. 그리고 그대들은 궁으로 들도록 하시오."

"옛!"

아젝스가 다시 틸라크 성으로 향하자 각 병과의 수장들이 바쁘게 명령을 하달했다. 그 와중에 앙리는 한스를 타박하기 시작했다.

"야, 이놈아! 그래, 나이가 몇인데 아직도 분위기 파악도 못하고 입을 나불대냐, 나불대길? 니 자식 보기도 부끄럽지 않냐?"

"아, 시끄러! 그냥 화끈하게 빌포드 놈을, 읍읍!"

"이놈이 그래도!"

"퉤, 퉤! 어따 그 더러운 손을 집어넣는 거야? 에이, 난 그 딴 거 몰라!"

"에휴, 말을 말자, 말을 말어. 여하튼! 넌 무조건 입 다물고 가만히 있어, 알았어?"

"어이구, 불쌍하신 전하. 어이구, 속 터져!"

"전하가 아니고 폐하시다. 그리고 네놈 입만 조심하면 다 잘될 거다. 그러니 좀 조용히 있어. 폐하께서 언제 우릴 실망시키신 적 있었냐?"

"그렇지? 후우, 내 그 얘기 처음 들을 때 만사 제치고……."

"또, 또!"

"알았어, 알았어."

한스는 앙리의 잔소리에 빙긋 웃으며 손을 회회 내저었다. 그런 모습을 보며 앙리는 남모르게 한숨을 내쉬었다. 한스는 하나만 생각하고 다른 하나는 생각하지 못하고 있다. 아젝스가 황위에 오르면 라미에르는 어떻게 될 것인가? 둘 모두 틸라크 황족이고 자신은 이제껏 둘 모두를 섬기며 틸라크를 지켰던 것이다. 한가족처럼 지내던 이들과 칼을 겨누고 끝내 피를 보게 되는 뻔한 결과가 앙리는 싫었다.

"문제는 중앙평원의 아군입니다. 우리가 휴노이를 물리친다면 위기를 느낀 가나트와 아브로즈가 노골적으로 공조해 아군을 전멸시키고자 할지도 모릅니다. 더구나 로엘그린을 지키고 있는 쟈므 병력의 주요 장수들 역시 친아브로즈파들이기 때문에 쟈므 국왕의 명을 무시할 가능성도 배제할 수 없습니다."

"에휴."

"어떻게 그럴 수 있단 말입니까? 다른 나라도 아닌 가나트와 야합이라니요? 도저히 용서가 안 되는 일입니다!"

"에휴우."

"현 휴노이 군의 동태는 어떻소?"

"그냥 놔둬도 절로 무너질 것 같은 분위깁니다. 폐하께서 오가신 후 적들의 동요는 더욱 심해져 근 일만의 병력이 사라졌습니다. 때문에 요즘엔 공성은커녕 함성조차 지르지 않고 있지요. 병사들의 탈주를 막느라 정신없을 것입니다."

"에휴우우!"

"시멀레이러 공작님, 어디 편찮으십니까?"

"으응? 아, 아닐세. 계속 회의하게나. 에휴우!"

"그럼 내일 바로 휴노이 군을 치는 것으로 하겠소. 귀관들의 말대로 우리에겐 시간이 부족하오. 따라서 지금 눈앞에 있는 휴노이 군을 무찌른 후 바로 드베리아로 가야 할 것이오. 그리 알고 내일 출정에 지장이 없도록 만전을 기해주시오."

"옛!"

"에휴우."

"스승님, 하고 싶은 말씀이 있으면 하시지요."

부산하게 자리를 뜨는 제장들을 따라나서려던 시멀레이러는 아젝스가 부르는 소리에 못 이기는 척 다시 자리에 앉았다. 그러나 아젝스와 마주 앉아 있자니 나오는 것은 한숨뿐이었다.

"에휴우."

"걱정되십니까?"

"에휴, 아니다. 내가 사람을 잘못 본 걸 탓해야지. 에휴우우!"

벅시가 은밀히 쟈므에 갔다 온 후, 틸라크는 한바탕 난리가 벌어졌다. 아브로즈가 가나트에게 틸라크를 침공하도록 사주했다는 소문이 사실로 드러났기 때문이다. 틸라크의 귀족들은 이에 대한 비밀이 새나가지 못하도록 조심하면서도 주동자 격인 아브로즈와 이를 묵인하고 도와준 후시타니아와 쟈므에 대한 분노는 감추지 않았다. 기필코 보복하리라 다짐을 한 것이다.

시멀레이러 역시 벅시의 말을 듣자 엄청난 분노를 보였다. 그래도 심적으로 친구라 여겼던 후시타니아의 비들에 대한 배신감 때문이었다. 그러던 그가 시일이 지나면서 시무룩해져 갔다. 말년에 얻은 친구에 대한 배신감과 함께 그 친구의 곱지 못할 죽음에 대해 걱정하는 것이다.

"저도 되도록 그런 일이 없었으면 합니다. 가능하다면 아브로즈와도 관계를 정상화하고 싶습니다. 상황이 틸라크에 유리해진다면 후시타니아의 비들 샤틀리에 국왕도 마음을 달리 먹을 것입니다. 그러니 그때 스승님께서 후시타니아로 가시지요."

"말도 안 되는 소리! 그놈을 그냥 둔다고? 넌 가나트하고 접붙어 먹은 그놈한테 화가 나지도 않더냐? 허이구, 하기야 빌포드 놈도 그냥 두는 네놈이 어디 샤론도 아니고 비들한테 화가 나기야 하겠냐? 일없다! 쓰잘데기없이 편 가르기 하는 야메이한테 코웃음 쳤다만, 네놈 꼬락서니를 보니 가만있어서는 안 되겠구나!"

시멀레이러는 자리를 박차고 회의장을 나섰다. 그 모습을 보며 이번엔 아젝스가 한숨을 쉬어야 했다. 야메이의 행동은 아젝스도 어렴풋이 알고 있었다. 그리고 몇몇 주요 인사들에게는 빌포드의 행위를 말한 듯도 했다.

아젝스는 틸라크 남부로 떠나기 전 틸라크 성에 남는 야메이에게 행동을 자제하도록 주의를 주었다. 분위기가 험악해지면 조용히 자신의 처분만 기다리던 빌포드가 돌변할 수도 있기 때문이었다.

자신만 사라지면 모든 것이 원래대로 돌아갈 것이다. 빌포드를 죽이고 라미에르와 서먹한 관계가 된다면 모두가 말없이 틸라크를 떠나는 자신을 이해하고 납득하리라. 아젝스는 그때까지 아무 일 없기를 바랐다.

"과연 틸라크입니다. 저 가나트와 맞서 이처럼 용맹을 자랑하는 강병을 지닌 나라는 틸라크뿐일 것입니다."

"과찬이시오."

겸양을 떠는 기니비서 아바르의 얼굴엔 자랑스러움이 묻어 있었다. 비록 화려하게 치장되었던 드베리아 관문은 가나트 군의 공격으로 검게 그을리고 붉게 물들었지만 최소한 오늘만큼은 틸라크 군에겐 그 모습이 더욱 화려하고 멋지게 보일 터였다.

그 옆엔 빌포드 멕시밀리앙이 만족스런 미소를 짓고서 가나트 군의 퇴각을 바라보고 있었다. 비아스는 이런 틸라크 군의 수뇌부를 보며 좀 위험하긴 해도 이곳에 온 보람이 있다고 생각했다.

수차례에 걸쳐 빌포드를 찾았지만 그는 그저 시류에 대한 얘기나 할 뿐 아젝스에 관해서는 단 한 마디도 언급하지 않았다. 그러나 요즘 틸라크가 돌아가는 상황을 보자면 결코 빌포드를 편히 내버려 두지 않을 듯했다. 야메이는 알게 모르게 사람을 모으고 있고, 틸라크 중신들 역시 대다수가 관망적이거나 동조하는 입장이다. 거기에 여황마저 아젝스에게 양위할 태세니 빌포드로서는 속이 타 들어갈 것이다. 그러나 오늘 드베리아 관문을 지키고 있는 틸라크 군의 위엄을 보니 자신의 생각을 고쳐야 할지도 모른다는 생각이 들었다.

비아스는 그간 빌포드가 입을 다물고 있는 이유가 힘이 없어서라고 생각했다. 군 지휘관 대부분이 아젝스에게 충성을 하는 상황에 정치적으로도 약세를 면치 못하는 빌포드니 자신의 목숨뿐 아니라 가문의 존망을 위해서도 조심에 조심을 한다 생각했다. 그러나 오늘 틸라크 군, 정확히는 구아포리아 군이 강력한 가나트 군을 맞아 별다른 어려움 없이 관문을 지켜내었다. 생각보다 강한 정예군이었다. 그 수가 무려 십여 만에 이른다. 이들이 빌포드를 지지하고 있다.

한직으로 쫓겨난 빌포드를 위로 겸 해서 찾았던 비아스는 자신의 생각이 얼마나 우스운 것이었는지 절실히 깨달았다. 그러면서도 아젝스의 의도가 궁금하지 않을 수 없었다. 왜 빌포드에게 힘을 주는지, 막기는커녕 더욱 부채질하는지 묻고 싶었다.

"아젝스 틸라크 상황 폐하께서 빌포드 멕시밀리앙 공작을 이리 보낸 이유를 알겠군요. 공작께서 여기 계신 한 모든 병사들이 합심해서 저 비열한 가나트 군에 대항할 것입니다."

"내가 무슨 힘이 있다구……. 여기 기니비셔 아바르 후작만으로도 충분할 것을 상황 폐하께서 괜스레 걱정을 하신 게지. 안 그런가, 기니 비셔?"

"하하, 무슨 말씀을. 공작께서 자신들과 위험을 함께한다는 것이 병사들에게 얼마나 힘이 되는 줄 모르십니까? 상황 폐하도 돌아오시고, 귀족들도 몸을 아끼지 않으니 병사들의 사기가 하늘을 찌르고 있습니다. 저도 처음엔 실전을 경험하지 못한 병력이 대다수라 걱정했지만, 한번 가나트 군과 맞서 싸우자 우리 병사들에게 믿음이 가더군요. 이대로 상황 폐하께서 오실 때까지 충분히 견딜 수 있다고 말입니다. 다 상황 폐하와 공작의 노고 덕입니다. 보십시오, 병사 모두가 전투를 끝내고서도 웃음 짓고 있지 않습니까? 하하하."

가나트 군을 가볍게 물리친 아군의 모습에 즐겁던 마음이 빌어먹을 비아스로 인해 사정없이 구겨진 빌포드였다. 아젝스가 자신을 이리 보낸 이유가 생각난 것이다. 지금은 이렇게 자신을 치켜세우는 기니비셔지만, 만일 아젝스에게 등을 돌리라는 말을 꺼낸다면 되려 자신에게 칼을 겨눌지도 모른다.

지금 중앙평원에서 고전하고 있는 알사스 나브람과 눈앞의 기니비셔는 물론이고, 구아포리아의 주요 무장 중 절반 가까이가 아젝스 추종자들이었다. 심지어는 자신의 자식조차도 그랬다. 예전엔 그 마음이 그대로 여황에 대한 충성으로 이어져 기꺼웠던 빌포드였지만, 아젝스가 살아 돌아온 지금엔 자신의 손발을 묶는 제약이 되었다. 아젝스는 그런 무장들을 가까이서 보며 자신에게 딴마음을 품지 말라 경고하고 있는 것이다. 그렇기에 야메이를 주축으로 한 귀족들의 움직임에도 조용히 지내고 있는 빌포드였다.

'아니다. 상황 폐하는 여느 사람과 다르지 않나? 믿자. 내 목숨과 황제 자리라면 결코 밑지는 장사는 아니지 않나? 샤론…….'

빌포드는 청명한 하늘을 보며 길게 한숨을 내쉬었다.

이히히힝!

전장에 이는 살기에 적응이 안 되는지 기마가 길게 울음을 토하며 앞발을 들어 올리자 치카는 애마의 목을 쓰다듬어 말을 안정시켰다. 자신은 몇 번의 전투를 치러봤지만 말은 오늘이 첫 전투인 것이다. 그러나 믿었다. 저 앞에 말을 올라타고 오연히 적진을 바라보는 아젝스 틸라크를 믿었다.

애송이였던 자신을 틸라크의 정예 중의 정예인 기마병으로 키웠듯 자신의 애마 역시 오늘 무사히 첫 전투를 마치고 자신의 단짝이 되어 평생을 전장에서 보낼 노련함을 갖추게 해줄 거라 믿었다.

갑자기 뒤를 돌아보는 아젝스가 보이자 치카는 고개를 폭 수그렸다. 아무래도 자신이 보낸 눈빛이 너무 뜨거웠나 보다.

"걱정하지 마십시오. 멜런 드보이 후작이라면 별 탈 없을 것입니다."

베런의 말에 아젝스는 고개를 끄덕이며 다시 전방으로 눈길을 돌렸다. 휴노이의 7만여 병력을 상대하는 데 기병 3만에 보병 1만으로는 부족했기에 아젝스는 남부 성벽의 수비군 2만을 이번 전투에 참여시켰다.

덕분에 현재 성벽을 지키고 있는 병력은 인근 마을의 자경단과 용병, 그리고 훈련병을 합한 1만 병력이 전부였다. 따라서 만약 자신이 패퇴한다면 그 틈을 타 성벽을 넘고자 하는 휴노이 군을 막을 수 있을지 걱정이 되는 것이다.

가나트나 다른 나라의 군이었다면 수비 병력까지 차출하는 위험을 감수하지는 않았을 것이다. 최소 무장의 기병과 사두마차의 보병을 확보한 틸라크 군의 기동력이라면 그 어떠한 적을 상대로 싸운다 하더라도 최소한의 안전은 보장받았기 때문이다.

그러나 휴노이가 상대라면 틸라크의 기동력은 빛을 잃는다. 그들의 무장은 틸라크 군보다 훨씬 가벼웠을뿐더러 전원 기병인 것이다. 또한 시간이 넉넉했어도 휴노이 군을 공격하는 데 수비군을 활용하는 방법은 지양했을 것이다. 그간 수성 임무에 주력했던 만큼 그들을 잃는다면 다시 키우는 데 상당한 시일이 걸릴 것이다.

더구나 수비군은 틸라크 정규군에 버금가는 전력을 지니고 있었다. 그들 절반 이상이 가족과 함께 살기 위해 정규군에서 나와 이곳에 정착한 병사들이었던 것이다. 따라서 아무런 대가도 없이 수비군을 잃는다면 틸라크로서도 곤란한 지경에 이르게 된다.

그러나 아젝스는 오늘 단 한 번의 전투로 휴노이와의 전쟁을 끝내고 싶었다. 이를 위해 오늘 수비군에게 가장 위험할지도 모를 임무를 맡겼다.

전력은 충실하지만 타고 다닐 마차가 없는 관계로 틸라크 정규 보병마냥 치고 빠지는 전투를 벌일 수 없는 그들이 할 수 있는 일은 단 한 가지, 바로 패주하는 적들의 퇴로를 막아서는 것이다.

아젝스는 수비군이 활로를 열기 위해 발악하는 휴노이를 상대로 잘

해낼 것이라 믿어 의심치 않았다. 다만 수비군이 그 임무를 충실히 수행할 수 있도록 자신이, 틸라크 군이, 그리고 휴노이가 움직여 줄지 걱정이 되었다.

작전이 틀어지게 되면 틸라크 정규군은 산산이 흩어지게 되고, 수비군은 적진 한가운데서 포위되는 형상이 되기 때문이었다.

"동이 터옵니다. 폐하, 공격 명령을!"

아젝스는 칼을 빼 들었다. 휴노이 군은 전투 의욕을 상실했다. 자신이 최선두에 나선다면 최소한 전투 초반만큼은 그 효과가 극에 달할 것이다. 휴노이 군이 진정되기 전에 전투의 주도권을 쥘 수 있다면 나머지는 작전대로 흐르리라.

자자자작!

하늘 높이 세운 아젝스의 칼에서 시퍼런 빛줄기가 쏟아져 나왔다. 그 빛줄기가 내려가며 한곳을 가리켰다. 그와 동시에 아젝스를 태운 말이 힘찬 도약을 시작했다. 아젝스가 움직이자 뒤에 있던 호위들이 말에 박차를 가했다.

"전구운! 돌격하라아!"

"와아아!"

베런 울프그랜의 공격 명령에 6만 틸라크 군이 거대한 함성과 함께 휴노이 군을 향해 내달렸다.

그러나 돌격한 지 얼마 되지 않아 틸라크 군은 세 부대로 나누어졌다. 아젝스를 필두로 기병이 적진 한가운데로 곧바로 내달리자 그 뒤를 1만의 전차 보병이 넓게 퍼지며 뒤를 이었고, 틸라크 남부 수비군이 뭉게뭉게 피어나는 먼지구름 속을 헤치며 아군에 뒤처지지 않기 위해 숨을 헐떡였다.

전차 보병이 전술적으로 속도를 줄인 반면 두 발로 내달린 수비군은 어쩔 수 없이 뒤처질 수밖에 없었다. 양 날개를 편 휴노이 군의 측면 공격에서 수비군을 보호하기 위해 틸라크의 전차 보병은 선두의 기병을 따르면서도 후위의 수비군과 일정 거리를 유지하며 달려야 했다.

"마법에 대응하라!"

"산개하라! 산개해!"

가나트에게 마법사를 지원 받은 휴노이 본진에서 7서클 급의 마나가 집중되자 남부 수비군과 전차 보병이 넓게 산개하기 시작했다. 그와 동시에 틸라크 마법사들이 하늘에서 내려와 그들 사이사이에 끼어 적 마법에 대응하기 위해 주문을 외기 시작했다.

반면 선두의 3만 기병은 되려 한데 뭉쳐 기마에 박차를 가하며 속도를 더욱 높였다. 시멀레이러를 믿는 바도 컸지만 적들과 가까이 다가 갈수록 마법에 안전해지기 때문이다. 또한 그만큼 적이 아군의 전술에 대응할 시간도 줄일 수 있었다. 아젝스는 전투 초반 적 본진에 심대한 타격을 입히기 위해 약간의 피해를 감수하기로 한 것이다.

"으헛!"

"크아악!"

갑자기 눈앞에 거대한 화염의 장막이 솟았다. 아젝스는 말 위에서 훌쩍 하늘로 날아 그대로 불 속으로 뛰어들며 푸른 오러 블레이드가 넘실거리는 칼을 휘둘렀다.

그 칼질에 땅이 뒤집어지며 불이 사그라졌다. 그렇게 아젝스는 불의 장벽에 조그만 구멍을 내며 순식간에 파이어 월을 통과해 버렸다. 그러나 모두가 아젝스처럼 통과할 수는 없었다.

아젝스를 따라 내달리던 호위들은 다급하게 고삐를 잡아챘지만 이

미 기마와 함께 불길 한가운데 들어가 버려 고통에 찬 비명을 질러야
했다.

아젝스가 그대로 화염의 장막 너머로 사라지자 돌격을 멈출 수 없게
된 틸라크의 기병들은 암울하게 검붉게 타오르는 불의 장벽을 바라보
며 내달릴 수밖에 없었다. 아젝스의 무위를 알기에 저 정도의 마법에
당하지는 않겠지만, 자신도 아젝스처럼 무사하길 바랄 수는 없었다.
그래도 아젝스가 저 앞에 있기에 달려야 했다. 자신은 죽겠지만 뒤따
르는 동료들은 무사히 건널 터였다.

그런 마음으로 내달리던 기병의 앞에 물줄기가 시원스레 솟구치기
시작했다. 그 물줄기가 그대로 마법 불을 덮치자 허연 연기가 일며 순
식간에 불길이 잡혔다. 이제야 고대하던 시멀레이러의 대응 마법이 펼
쳐진 것이다.

"길이 열렸다! 폐하를 따라 돌격하라!"

"와아아!"

아군이 기쁨의 함성을 지르며 자신을 따라오자 아젝스는 발끝에 힘
을 주어 휴노이 군을 향해 다시 내달렸다. 조금 늦은 감이 있었지만 그
리 큰 피해는 없을 듯해 적이 안심이 되었다.

그런 아젝스의 눈에 적 기병이 술렁이며 움직이는 모습이 보였다.
드디어 적 기병이 자신을 맞이하러 달려오는 것이다.

"하!"

"크아악!"

"꺼억!"

하늘을 가릴 듯한 화살 다발에 이어 순식간에 코앞까지 휴노이 군이
닥치자 아젝스는 도약하며 마나를 한껏 머금은 칼을 크게 휘둘렀다.

그 칼질에 세 명의 휴노이 기병이 동시에 비명을 지르며 생을 마감해야 했다.

그것이 시작이었다. 아젝스는 휴노이 군의 수장이 있을 본진 중앙을 향해 내달리며 눈앞을 가로막는 적들을 가차없이 쳐나갔다.

빠각!

돌진해 오는 적 기마병의 머리를 질끈 밟은 아젝스는 그 반발력을 이용해 한순간에 십수 가즈를 뛰어넘었다. 그러자 아젝스가 떨어지는 곳에 휴노이 기병이 칼을 내밀며 울 것 같은 얼굴을 지었다.

아젝스는 무표정하게 그 휴노이 병사의 칼과 목을 동시에 잘랐다. 그러나 아젝스의 시선은 조금 전 하늘에서 본 휴노이 수장의 막사에 가 있었다.

파이어 월을 통과한 틸라크 군은 쐐기 진형으로 전환해 그대로 아젝스의 뒤를 따랐다. 이 상태로 휴노이 군의 본진을 관통해 적을 양분하려는 것이다.

그런 그들의 앞을 휴노이 병이 막았다. 먼저 공격한 것은 휴노이 군이었다. 헤아릴 수 없을 정도의 화살이 틸라크 군을 향해 날아들었다. 틸라크 군은 조그만 방패로 앞을 막으며 최대한 몸을 말에 밀착시켰다. 자신에게 날아오는 화살이 한둘이 아니었기에 보고 피할 엄두가 나지 않은 것이다. 그저 화살이 자신과 기마를 피해 가기만 바라야 했다.

여기저기서 들리는 비명과 말 울음소리로 적들이 날린 화살비를 통과한 것을 안 틸라크 군은 다시 허리를 펴며 말에 박차를 가했다. 괴성을 지르며 칼을 휘둘러 오는 휴노이 병이 수십 가즈 앞에 보이자 이번엔 틸라크 군이 화살을 날렸다. 그리고 자신이 날린 화살로 전열이 무너진 휴노이 군에게 들이닥치며 날카롭게 날이 선 롱 블레이드를 힘차게 휘둘렀다.

"이야압!"

"크아악!"

"샤크라의 개에게 저주를! 으악!"

"서둘러라! 폐하께서 저 앞에 계시지 않느냐! 차압!"

틸라크 기병의 선두가 휴노이 군을 상대하며 속도가 줄자 바로 뒷열의 틸라크 기병이 선두를 치고 나서며 휴노이 군을 상대했다. 화살에 이어 작렬하는 롱 블레이드의 칼날 앞에 거칠 것은 없었다. 틸라크 기병을 막기 위해 일만의 휴노이 군이 달려왔지만 넓게 횡대로 펼쳐서 달려왔기에 쐐기 모양을 한 틸라크 기병은 앞길을 막아서는 휴노이 기병을 종잇장 찢듯 그대로 통과해 버렸다. 더구나 이미 아젝스가 지나가며 적 기병을 둘로 갈라놓았기에 틸라크 기병은 자연스레 그 틈을 비집고 들어갈 수 있어 더욱 손쉬웠다. 못다 처리한 휴노이 병은 뒤따르는 전차 보병과 남부 수비군의 몫이었다. 지금 틸라크 기병에게 주어진 가장 큰 임무는 앞서 달려가는 아젝스를 따라 적 본진을 관통하는 것이었다.

"양 측면의 휴노이 군이 급속히 다가옵니다!"

"한스한테 후위로 빠져 아군을 보호하라 전해라!"

"옛!"

베런의 명에 휴노이 군의 움직임을 고하던 기병이 다시 다급하게 내달렸다. 수비군이 아군 기병이 만든 통로를 따라 자리 잡을 때까지는 최대한 전력을 보존해야 했다. 그리고 지금 내린 베런의 명은 그런 수비군에 대한 마지막 배려였다.

"적진이 코앞이다! 모두 힘을 내라!"

"와아아, 휴노이를 쳐부수자!"

"쏴라!"

피비비빙! 핑!

수천 대의 화살이 하늘을 수놓으며 그대로 휴노이 기병을 향해 날아
갔다. 잠시 후 비명과 함께 낙마하는 휴노이 기병이 속출했다. 그러나
한 번의 공격으로 수백의 적을 쓰러뜨린 전과에도 불구하고 앙리의 얼
굴은 그리 밝지 않았다. 전방을 보다 다시 고개를 좌우로 돌려 측면을
본 앙리는 어찌할 것인지 결심을 못하고 있는 것이다. 계획대로라면
측면의 휴노이 군이 아군 후방을 위협하는 동시에 뒤로 후퇴해 적을
반포위해야 했다. 그러나 앞에는 적 기병이 득달같이 달려오고 있었
다.

"빌어먹을, 계속 쏴!"

선봉의 기병이 휴노이 군을 상당수 제거하긴 했지만 5천이 넘는 병
력이 남았다. 그 병력이 자신을 향해 흉포하게 괴성을 지르며 달려오
고 있었다. 자신이 이끄는 전차 보병뿐이라면 그저 말 머리를 돌려 내
빼면 그만이었다. 그러나 뒤에는 남부 수비군이 숨을 헐떡이며 달려오
는 중이었다.

기병 5천 기면 2만의 보병에게 엄청난 타격을 입힐 수 있다. 더구나
저들은 그냥 기병도 아닌 활도 잘 쏘는 휴노이 병이었다. 남부 수비군
이 지금 진형을 짜고 적에게 대응한다면 눈앞의 5천 기병이야 문제될
것이 없겠지만, 그렇게 하면 오늘 작전은 완전 실패하고 만다. 아군 선
봉이 적들을 너무 많이 남겼다. 측면 적들이 예상외로 빠른 움직임을

보였다. 빌어먹을 남부 수비군이 너무 굼떴다. 이래저래 짜증만 나는 앙리였다.

이히히힝!

"빌어먹을! 빌어먹을! 말 머리를 돌려라! 남부 수비군과 적들이 대치하기 전까지 계속 화살을 날려라!"

여기저기서 적이 날린 화살에 말들이 맞아 전차가 전복하는 모습이 보이자 더 이상 견딜 수 없게 된 앙리는 이를 악물고 조금 전의 명령을 번복해 군을 뒤로 물리라 명했다.

궁병을 상대로 정면으로 달려드는 것은 전차 보병에겐 죽으라는 말과 같았다. 말 머리를 돌리자 적과의 거리는 어느새 30여 가즈. 웃는지 우는지 징그럽게 일그러뜨린 휴노이 기병의 얼굴마저 똑똑히 보일 정도로 가까워졌다.

"전방에 아군 기병입니다!"

"정말이냐?"

마차에 바짝 달라붙는 휴노이 군을 쏘아 떨군 앙리가 시선을 멀리하자 적 기병 너머로 신나게 달려오는 일단의 기병이 보였다. 뿌연 먼지 사이로도 번뜩이는 롱 블레이드가 한눈에 들어왔다.

"뭣 하고 있어? 어서 시위를 당겨라! 아군과 난전이 펼쳐지면 쏘지도 못한다!"

앙리의 부대가 두어 발 화살을 날리는 동안 남부 수비군이 옆으로 스쳐 지나갔다 싶었는데 벌써 적 기병에게 날렵하게 검을 휘두르는 수비군이었다. 거대한 기마가 위협적으로 다가옴에도 전혀 위축되지 않고 마주 달리며 검을 내리그었다.

"이야앗! 죽어, 커흑!"

"크아악!"

진형을 무시한 채 전차 보병의 뒤를 따라 내달리다 앞을 가로막는 적에게 무작정 검을 들이민 틸라크 남부 수비군은 육중한 몸무게가 실린 말발굽이 자신의 몸통을 짓밟고, 날카로운 기합과 함께 휴노이 군이 자신의 목에 칼날을 떨구자 천지가 울리도록 비명을 질러야 했다. 돌진해 오는 기병을 상대하는 보병에겐 피할 수 없는 결과였다.

그러나 그것도 잠시, 목숨을 아끼지 않고 용감히 적 기병에게 맞선 수많은 남부 수비군의 죽음으로 휴노이 기병의 돌진이 주춤하자 사정은 순식간에 바뀌었다. 일단 기마의 움직임이 둔해지자 말 위에서 휴노이 군이 내려치는 칼날을 틸라크 수비군이 막을 수 있게 되었다. 그러면 그 틈을 놓치지 않고 주위의 다른 수비군이 우르르 달려들어 말과 휴노이 기병에게 가차없이 검을 내질렀다.

누구는 벌써 휴노이 병의 말을 뺏어 타고 기마전을 펴기도 했다. 틸라크 선봉에 이어 앙리의 공격으로 휴노이 군의 수가 확 줄은 덕분이기도 했지만, 틸라크 정규군에 있으면서 기병을 상대하는 요령을 터득했기에 가능한 일이었다. 그런 와중에 한스의 1만 기병이 휴노이 잔여군을 덮쳤다.

"수비군은 서둘러 진격하라! 길을 열어라!"

한스의 명령과 함께 틸라크 기병은 휴노이 군과 난전에 돌입했다. 그러면서 남부 수비군이 앞으로 나설 수 있도록 휴노이 군을 양 측면으로 밀어내었다.

틸라크 군과의 격전으로 인해 그 수가 채 4천도 남지 않은 휴노이 군은 1만의 틸라크 기병을 맞아 더 이상 견디지 못하고 점점 뒤로 밀리기 시작했다. 마침내 2만 수비군이 자신이 만든 혈로를 통해 길게 종대 대형으로 내달리며 빠져나가자 한스는 크게 외쳤다.

"전군! 전차 보병을 향해 퇴각하라!"

한스는 명령을 마치자마자 말 머리를 돌려 앙리의 부대 쪽으로 달렸다. 이미 전차 보병은 두 쪽으로 갈라지며 이곳으로 달려오는 양 측면의 적들을 한곳으로 몰 준비를 하고 있었다.

꿀꺽!

마른침이 목울대를 넘어가자 더욱 심한 갈증이 느껴졌다. 말 허리에 물주머니가 있지만 거기까지 생각이 미치지 못한 이 사련은 그저 혀로 입술만 축일 뿐이었다.

"장군, 후퇴하심이……."

100마장? 200마장? 점처럼 보이던 샤크라가 시퍼런 칼날을 빛내며 순식간에 코앞까지 닥쳤다. 이 사련의 눈동자는 심하게 흔들렸다.

"슐터 경, 방법이 없겠소? 저놈을 잡을 마법이 없냔 말이오."

"휴노이 군과 너무 가까이 붙어 있어서……. 더구나 너무 밀집해 있습니다. 아니라면……."

"상관없소! 어서, 어서 쓰기나 하시오! 지금 저놈이 피 빼는 모습이 보이지도 않소?"

휴노이의 참모 중 하나가 화를 내듯 윽박지르자 가나트의 마법사 슐터 바트만은 얼굴을 찡그렸다. 아젝스에게 왜 그리 겁을 내는지 이해하지 못하겠다. 물론 자신도 휴노이 군을 따라 틸라크를 침공하자마자 아젝스가 살아 있다는 말을 듣곤 대경실색하긴 했다. 직접 접해보지는 않았지만 그가 행했던 기적 같은 전훈은 두려움을 느끼게 하기에 충분했던 것이다.

그러나 자신이 느낀 두려움이 패전할지도 모른다는 막연한 두려움인 반면 휴노이 군이 느끼는 두려움은 죽음의 사신이 오늘 밤에라도 당장 자신의 목을 딸지도 모른다는 미신에 가까운 것이었다.

지금 저 앞에서 휴노이 군을 사정없이 도륙하는 아젝스를 휴노이 군은 샤크라라 칭하며 거의 공황에 가까운 공포를 느끼고 있었다.

"아젝스가 100가즈 앞까지 당도하면 제가 익스플로전을 시전하겠습니다. 하니 때를 맞추어 휴노이 군을 물리십시오."

"아니, 그대가 직접 거기까지 가시오. 언제 기다린단 말이오!"

슐터는 고개를 설레설레 흔들며 하늘에 올랐다. 이 사련조차 침착을 가장한 침묵의 동의를 표하니 더 이상 할 말이 없었다.

처음 아젝스가 오러 블레이드를 생성시키며 휴노이 군을 향해 돌진해 오는 모습을 이미지로 보여주자 휴노이 군의 제장들은 두려움에 벌벌 떨며 고개를 들지도 못했다. 이 사련조차 고개를 외면했다. 듣기로 이 사련이라 하면 휴노이에서 알아주는 용장에 지장이라 했고, 아젝스가 나타나기 전까지는 자신에게 상당히 믿음을 주는 무장이었다. 그러나 얼마 전 틸라크 남부 성벽에 나타난 아젝스를 본 이후 그의 태도는 완전히 달라졌다. 그전에는 그래도 동요하는 휴노이 군을 잘 토닥여 병력 이탈을 최대한 막았었는데 그날 이후 모든 것을 포기한 듯한 태도를 보인 것이다.

하룻밤 새 수하 장수 하나가 수천의 병사를 이끌고 이탈했다는 말을 듣고도 한숨 한 번 내쉬는 것으로 끝이었다. 그나마 지장이라는 말은 허명만은 아니었는지 넓게 양 날개를 편 휴노이의 진형에 틸라크 군이 한데 뭉쳐 치고 들어오자 곧바로 포위하란 명을 내렸다. 그리고 겁에 질리긴 했어도 이런 이 사련의 명에 곧잘 따르는 휴노이 군 역시 기특

하기는 했다. 저렇게 죽어 나자빠지면서도 누구 하나 뒤로 내빼는 병사가 없었던 것이다.

"뭐, 지금 위대한 아젝스 틸라크 폐하께서 내 손에 죽는다면 모든 게 원래대로 돌아가겠지."

슐터는 희미하게 웃음 지었다. 자국 병사들의 목숨을 몰라라 하는 휴노이 장수들도 우습고 수만의 적들에게 단신으로 뛰어든 아젝스도 우습다. 그리고 그런 아젝스에게 자신이 죽음을 선사할 수 있어 기뻤다.

슐터는 나직이 주문을 읊조리며 아젝스를 보았다. 만약 일 대 일 대결이었다면 주문을 외는 순간 바로 자신의 목이 잘렸을 것이다. 하나 지금 아젝스는 허수아비 같기는 해도 수천의 휴노이 군에 둘러싸여 사방팔방으로 펄쩍펄쩍 뛰고 있다. 아니, 이쪽으로 오고 있나?

"헉! 파이어 볼! 라이트닝 볼트!"

슐터는 주문을 외다 말고 급속 마법을 펼쳐 자신에게 직선으로 달려오는 아젝스에게 쏘아 보내곤 바로 하늘로 날아올랐다. 그러나 얼마 오르지도 못해 뭔가가 자꾸만 자신을 땅으로 끌어내리는 느낌을 받았다. 그리고 복부 한가운데서 이는 뜨거운 기운.

"크아악!"

꽈앙!

"으아악!"

"돌격하라! 돌격하라!"

마법사 하나가 하늘에서 내려오자 그 복장이 휴노이 군과 사뭇 다른 것을 확인한 아젝스는 볼 것도 없이 그 마법사에게 달려가 단검을 날려 간단히 처리하곤 다시 자신에게 달려드는 휴노이 군에게 거칠게 오러 블레이드를 휘저었다.

상황은 생각만큼 쉽지 않았다. 분명 휴노이 군은 겁에 질려 예전과 같은 흉포함은 잃었지만 악착같이 아군의 진로를 가로막고 있었다.

적아가 섞이며 난전이 벌어지자 아군 마법사가 하늘에서 내려와 마법을 시전하며 진로를 개척하는 데 도움을 주려 했지만 적이 날린 화살이 두려워 별반 효과도 못 보고 되려 위험에 빠지기 일쑤였다.

문제는 아군이 너무 밀집해 있다는 것이고, 휴노이 군은 누구랄 것 없이 궁술에 능하다는 것이다. 거기에 몇몇 마법사까지 가세해 아군을 괴롭히고 있다. 벌써 얼마나 많은 병력과 말이 목숨을 잃었는지 모른다. 한번 돌파력을 잃은 기병이 다시 기세를 되찾기는 여간 힘든 일이 아니었다.

아젝스는 시퍼렇게 휘날리는 마나 다발을 크게 원을 그리듯 내돌리며 다시 붉은 깃발이 세워진 막사를 보았다.

과연 이 사련을 죽이거나 도주케 하는 것이 효과가 있을지 확신이 서지 않는다. 휴노이에서 군 수장이 차지하는 비중은 여타 제국과 사뭇 달라, 만일 수장에게 무슨 일이 생긴다면 휴노이 군은 개개의 능력은 뛰어나지만 조직적인 움직임을 잃는 한갓 오합지졸로 전락하고 만다. 그런데 지금의 휴노이 군을 보니 비록 금방이라도 울 것 같은 얼굴이면서도 목숨을 도외시하고 자신에게 칼을 들이대고 있다.

최대한 피해를 줄이며 적진을 관통해야 하는 아젝스로서는 결코 반길 만한 일이 아니었다. 뒤를 돌아보니 자신과 벌어진 간격을 줄이기 위해 사납게 검을 내려치며 다가오는 틸라크 군이 보였다.

계획대로 하는 수밖에 없었다. 휴노이 군이 조직적인 움직임을 보이든 마비가 되어 우왕좌왕하든 적진을 관통하고 빠져나가야 살 길이 생긴다. 아젝스는 희망을 실어 크게 외쳤다.

"이 사려언!"

앞을 가로막는 휴노이 군을 발로 차며 하늘로 도약했다. 떨어져 내리며 그대로 한 기병의 가슴을 내지르곤 말을 가로챘다. 손에 쥔 칼에 더욱 마나를 집중해 시퍼런 불길을 더욱 크게 일으켰다. 그런 칼을 하늘 높이 치켜 올리며 이 사련이 있는 막사를 향해 거칠게 말을 몰았다.

아젝스의 앞길을 막는 것은 사람이든 말이든, 칼이든 창이든 남아나는 것이 없었다. 하나같이 두 쪽으로 나누어지며 피분수를 뿌리고 하늘로 비산했다.

그런 모습이 휴노이 본진 한복판에서 굵은 선으로 그어지기 시작했다. 그 선이 한곳, 이 사련이 있는 막사로 향했다.

"마, 막아랏!"

"장군을 보호하라!"

여기저기서 아우성이 울려 퍼졌다. 휴노이 군이 더욱 결사적으로 아젝스에게 달려들었다. 그러나 아젝스의 한칼을 막지도, 한발을 멈추게 하지도 못했다. 드디어 이 사련이 눈에 보였다. 수많은 호위에 둘러싸여 있어도 휴노이의 수장임을 나타내는 화려한 갑옷이 그가 이 사련임을 알려주고 있었다. 그가 말머리를 돌려 자신에게 멀어지려 하고 있다.

"이 사려언!"

아젝스는 이 사련과 자신 사이에 껴들어 오는 적들을 단칼에 양단하며 말 허리를 힘차게 찼다. 수많은 적들이 자신을 향해 달려오고 있었다. 그보다 더 많은 적들이 자신의 뒤에서 쫓아오고 있었다. 아젝스의 검은 더욱 푸르게 빛났다.

"뚫어라! 적진을 돌파하라!"

"이야압!"

"죽어! 크헉!"

보이는 게 휴노이 병이요, 들리는 게 악에 받친 괴성이었다. 베런은 이놈들이 단체로 미쳤나 의심해야 했다. 분명 예전 광포하게 칼질을 하며 피에 취해 웃던 휴노이 병은 아니었다. 그저 마지못해 내미는 칼이었고 반드시 죽이겠다는 필사의 일격이 아닌 죽기 싫어 발악하는 난잡한 칼질이었다.

반면 틸라크 군은 눈앞의 적들을 착실하게 도륙하며 앞으로 전진하고 있다. 그러면서도 아군의 진격 속도는 눈에 띄게 굼떴다.

어느새 틸라크 남부 수비군이 바짝 다가와 있는 것이다. 시체의 산을 이루면서도 몸으로 아군의 진로를 방해하는 휴노이 군의 발악 같은 저항과 밀집한 아군에 날아오는 화살 때문이었다. 거기에 간간이 터지는 마법탄까지.

"안 되겠다. 마법사를 불러라! 최대한 마법사를 보호하라!"

"이 사려언!"

갑자기 전장 한복판에 적 수장을 부르는 외침이 쩌렁쩌렁 울려 퍼지자 베런은 소리가 난 방향으로 고개를 돌렸다. 아젝스가 오러 블레이드를 빛내며 말을 타고 달리는 모습이 보였다. 순식간에 아젝스와의 거리가 더욱 벌어졌다. 그러나 베런에게선 기쁨의 외침이 터졌다.

"적들이 동요하고 있다! 폐하를 따라라!"

"죽어라!"

"차압!"

"끄어억!"

아젝스가 멀어질수록 틸라크 기병을 막아서는 휴노이 군의 저항이 약해져만 갔다. 아젝스가 적 수장을 향해 급속하게 움직이자 대경한 휴노이 군의 일단이 틸라크 기병을 내버려 두고 아젝스를 쫓기 시작한 것이다. 베런은 틸라크 군을 독려하며 적진을 돌파하는 데 박차를 가했다.

"수비군에 휴노이가 달라붙었습니다!"

"얼마 남지 않았다! 계속 밀어붙여! 마법사는 어디에 있나! 길을 열어라!"

"체인 라이트닝!"

"쯧쯧, 저놈은 하나도 변하지 않았군. 평소에는 지 아비보다 더 무게를 잡으면서 전장에만 나서면 완전 딴판이 되니 원."

수 아마지 떨어져 있었지만 전장, 그것도 휴노이 진영 한복판에서 유독 번뜩이는 오러 블레이드로 아젝스가 어디에 있는지 바로 알 수 있었다.

시멀레이러는 대응 마법을 펼치자마자 곧바로 전장에서 이탈해 약속한 신호가 오르길 기다리며 전장을 주시하고 있었다. 하늘에 떠 있는 마법사가 보내는 이미지로 파악한 전장의 흐름은 미흡하나마 대략 계획대로 되어가고 있었다.

선봉인 기병은 적진을 돌파해 이미 좌측으로 크게 회전하고 있었고, 자의 반 타의 반으로 길게 늘어선 수비군은 종대 대형으로 전장 한복판에 자리해 진형을 갖추며 휴노이 군과 맞서 싸우고 있었다. 뒤로 후퇴한 전차 보병은 양편으로 갈라져 좌측은 전차병을 따라 함께 후퇴한 기병의 도움을 받으며 수비군이 진형을 갖추고 있는 곳까지 다가가기 위해 휴노이 군을 몰아치고 있었고, 우측의 전차병은 마차에서 내려와 종대 대형으로 길게 늘어선 수비군에게 우측의 휴노이 군이 다가서지 못하도록 최대한 방해를 하고 있었다. 이제 적진을 돌파해 회전하고 있는 병력이 좌측의 휴노이 군을 포위하는 데 성공하면 계획이 완성되는 것이다.

시멀레이러는 다시 한 번 자신의 발 밑에 그려진 마법진을 확인했다. 마법진이 없어도 헬파이어를 시전하는 데는 아무 문제가 없지만 아젝스를 따라 전장에 나선 후 한 번도 몸 성한 적이 없었던 것을 상기하면 앞일에 대비해 여력을 남길 필요가 있었다. 또다시 몇 달 동안 침대에 눕는 일은 더 이상 사양이다.

전장 한복판 하늘 위에서 오색 빛무리가 터졌다. 기다리던 신호였다.

시멀레이러는 차분히 호흡을 정리하며 눈을 감았다. 천천히 양손을 위로 올리며 주위의 마나와 공명을 시작했다. 두 눈을 뜬 시멀레이러는 목표한 지점을 바라본 후 사악한 미소를 지었다.

"흐흐, 헬파이어!"

꽈과광!

집채만한 불덩이가 보인다 싶더니 순식간에 날아와 전장의 우측, 휴노이 군이 밀집해 있는 지역에 내리 꽂혔다. 불덩이가 땅에 떨어지자 커다란 불기둥이 솟아오르며 사방 1아마지의 공간을 한순간에 화염 지옥으로 만들어 버렸다.

새빨간 화염이 지나간 자리에 성한 것이라곤 아무것도 없었다. 오직 시꺼멓게 타 들어간 대지에 간간이 보이는 숯덩이뿐이었다. 천지를 진동시키는 굉음에 피비린내나는 전장은 한순간 정적에 휩싸였다.

사나운 살기를 담아 내지르던 고함도, 날카롭게 울려 퍼지던 병장기 부딪치는 소리도 사라졌다. 전신에 적의 피를 뒤집어쓰고 또 다른 적을 찾아 충혈된 눈을 번뜩이던 틸라크 군도, 사방이 포위되어 생로를 찾기 위해 분주히 칼질을 하며 헤매던 휴노이 병도 일순간 움직임을 멈추고 수많은 생명을 앗아간 헬파이어가 터진 곳으로 시선을 돌렸다.

그러나 그들이 느끼는 충격은 바로 옆에서 겪은 이들에 비할 바가 아니었다. 포위된 휴노이 군의 생로를 열기 위해 휴노이 군을 양분한 틸라크의 수비군을 향해 기마의 앞발을 들어 올리며 칼을 내려치던 휴노이 군은 시야를 샛노랗게 물들인다 싶게 고막을 찢을 듯한 굉음이 울리자 본능적으로 뒤를 돌아보았다.

시야를 가득 메운 거대한 불기둥의 춤사위와 그 아래서 붉게 타오르며 비명을 지르는 동료들의 최후가 보였다. 그것으로 그들의 사고는 멈춰 버렸다. 헬파이어에 가까스로 목숨을 건진 휴노이 병이 설탄 자신의 몸뚱이를 땅바닥에 비비며 비명을 지르는 모습을 보면서도 그저 멍하니 침을 흘리며 바라보고만 있었다.

"뭣들 하고 있어! 어서 잔당들을 처리해라! 적들을 죽여라!"

"와아아!"

앙리가 고함치듯 명령하자 그제야 틸라크 병사들이 얼이 빠진 휴노이 군에게 화살을 날리며 잔당을 처리하기 위해 앞으로 전진하기 시작했다. 얼이 빠지기는 휴노이 군과 마찬가지였던 틸라크 군이었지만 휴노이에겐 재앙과 같은 저 마법탄이 곧 틸라크에겐 승리를 가져다 주는 것이란 생각에 미치자 온몸에 힘이 솟구쳤다.

"휴노이를 쳐부수자!"

"한 놈도 남기지 마라!"

"모두 전차에 올라타라! 적들을 추살하라!"

틸라크 군 진형 뒤에 대기하고 있던 전차가 헬파이어가 작렬함과 동시에 다가오자 재빨리 마차에 오른 틸라크 군은 아직도 정신을 못 차린 휴노이 군에게 화살을 날리며 내달리기 시작했다.

앙리가 이끄는 400여 대의 전차가 거센 기세로 휴노이 병에게 달려들자 휴노이 병은 생각할 것도 없다는 듯이 공포에 찬 괴성을 지르며 뒤로 내빼기 시작했다.

어디로 도망치는지도 몰랐다. 그저 이 자리를 벗어나야 한다는 생각뿐이었다. 저 두렵기 짝이 없는 샤크라의 개에게서 멀리 떨어지는 것만이 살길이었다. 움직임이 허락된 휴노이 군은 사방으로 퍼지며 전장을 이탈하기 시작했다.

그러나 그것은 전장의 우측에 있던 휴노이 군에게만 허락된 축복이었다. 휴노이 본진을 관통해 좌로 돈 틸라크 기병과 후퇴했다 다시 한스가 이끄는 기병의 도움을 받아 휴노이 군을 몰아치며 전진한 전차병, 그리고 전장 한복판에서 종대 대형으로 진형을 구축한 틸라크 남부 수비군에 포위된 휴노이 군에겐 또 다른 재앙이 기다리고 있었다.

"적들이 얼이 빠졌다! 모조리 목을 따라!"

"화살을 쏴라! 놈들이 정신을 못 차리게 하라!"

"와아아!"

틸라크 군은 사기가 충천하여 포위된 휴노이 군을 사납게 몰아쳐 댔다. 하늘을 가릴 듯한 화살과 살기 어린 미소를 짓는 기병과 사방에서 터지는 마법탄에 휴노이 병은 어찌할 바를 모르고 우왕좌왕하기 시작했다. 악에 받친 칼날을 휘두르며 틸라크 군에 대항하는 휴노이 군도 있었지만, 곧 이어 날아든 화살과 마법탄에 맞아 낙마하며 머리부터 땅에 처박혀야 했다.

그러나 포위된 적군의 수효가 워낙 많은지라 틸라크 군의 공격에 휴노이 군이 무수히 쓰러지는 와중에도 간간이 날리는 화살과 정신없이 휘두르는 칼질에 틸라크 군도 하나둘씩 땅에 쓰러지기 시작했다.

그 대부분이 남부 수비군이었다. 틸라크 기병과 그 기병을 방패 삼아 화살을 날리는 전차 보병보다는 상대적으로 상대하기 편한 수비군에게 휴노이 군의 공격이 집중되는 것은 당연한 것이었다. 헬파이어가 터지기 전, 좌우 양측의 휴노이 군에게 공격받아 꽤나 타격을 받았던 남부 수비군은 전투 종반에 접어들어 다시 한 번 시련을 겪어야 했다.

"조금만 더 버텨라! 방패를 세워라!"

"크아악!"

"죽어라, 이놈!"

콰앙!

틸라크의 화살과 사나운 기병을 피해 휴노이 군은 본능적으로 수비군을 향해 달려들었다. 저들만 뛰어넘으면 검게 타올라 아무도 없는 평원으로 나갈 수 있다는 생각뿐이었다. 수비군은 방패를 빈틈없이 세우고 장창을 길게 내뻗었지만 살기 위해 최후의 발악을 보이는 휴노이 군의 말발굽에 하나둘씩 짓이겨지기 시작했다.

방패병 뒤에서 날리는 화살도, 하늘과 땅에서 쏟아 붓는 마법탄에도 휴노이 군의 살고자 하는 마음을 막을 수는 없었다. 수비군은 최선을 다했지만 순간순간 여기저기서 구멍이 뚫리는 것은 어쩔 수 없었다.

너무나 먼 거리를 내달리고 진형을 완전히 갖추기도 전에 휴노이 군과 맞서 싸워야 했다. 거기에 죽기로 길을 열고자 하는 휴노이 군이었으니, 헬파이어에 휴노이 군이 떼죽음을 당한 것을 보고 아무리 사기가 드높아진 수비군이더라도 밀릴 수밖에 없었다.

"베런, 길을 열어라!"

"옛! 길을 터라!"

전황을 살피던 아젝스가 베런에게 명하자 곧 이 사런이 사라진 방향에 있던 기병이 좌우로 갈라지며 좁은 길이 열렸다. 그러자 이를 본 휴노이 기병이 생각할 것도 없다는 듯이 그 좁은 길을 서로 먼저 통과하고자 우르르 몰려들었다.

한곳에 휴노이 군이 몰리자 휴노이 군 전부가 그곳으로 말을 몰았다. 저곳을 지나면 살 수 있다는 마음이 들자 더 이상 틸라크 군에게 달려들어 칼을 휘두르는 휴노이 군은 없었다. 틸라크 군은 살기 위해 몸부림치는 휴노이 병에게 가차없이 검을 내리 그으며 어서 빨리 통로를 빠져나가라 몰아세웠다.

기병을 방패 삼은 전차 보병 역시 좁은 통로를 빠져나가고자 아우성치는 휴노이 군에게 죽음의 화살을 날리며 휴노이 군의 움직임을 재촉했다. 틸라크 군은 별다른 피해를 입지 않으면서도 휴노이 군에게 극심한 피해를 주었다. 틸라크 군보다 더 무장이 허술한 휴노이 군이었기에 적에게 등을 내준 상태에서는 생명을 장담할 수 없는 것이다.

휴노이 군이 거의 빠져나가자 틸라크 기병이 다시 일렬로 늘어서며 휴노이 군을 추격하기 시작했다.

그렇게 도망치기에 여념이 없는 휴노이 군 앞에는 앙리가 이끄는 전차 보병이 대기하고 있었다. 사방팔방 흩어지는 휴노이 군이기에 별

전과는 올리지 못하겠지만, 휴노이가 당분간은 틸라크 쪽을 쳐다보지도 못하게 하는 마지막 일침이 될 것이다.

"이겼다!"

"아젝스 틸라크 만세!"

"틸라크 만세!"

"전장을 수습해라! 아군 부상병을 찾아라!"

살았다는 안도와 승리했다는 환희가 담긴 틸라크 남부 수비군의 함성이 전장 한복판에서 울려 퍼졌다. 그 함성에 전장을 수습하라는 베런의 목소리는 그대로 묻혀 버렸다.

"너무 과한 요구라 생각하지 않나? 3만 휴노이 군의 피만으로는 모자라다 이 말인가?"

"아마 그때는 전하의 피를 원하게 될 것입니다."

"끄으응!"

휴노이의 왕 이 바샨은 틸라크 사신의 대구에 편찮은 신음을 내뱉었다. 이미 오늘 아침 치른 전투에서 휴노이가 패전했다는 소식은 전해 들었다. 예전 같았으면 며칠이 지난 후에나 소식을 접할 수 있었겠지만 그간 마법사를 키운 보람이 있어 하루도 지나지 않아 전황을 들을 수 있게 된 것이다.

그러나 하나도 기쁘지 않았다. 자신이 패전했다는 소식을 듣는 걸 기다렸다는 듯, 패전하고 하루 해가 지지도 않았는데 득달같이 나타난 틸라크 사신에게 3만의 피해를 입었다 말하지만 실제는 얼마나 죽었는지 알지도 못했다.

지금 이 사련은 고작 1만여의 패잔병을 수습해 왕성으로 후퇴하는 중이었다. 나머지 병력이 모두 샤크라에게 죽임을 당했는지, 아니면 살았으면서도 샤크라가 두려워 복귀하지 않고 내뺐는지 알 도리가 없었다. 그럼에도 이 바샨은 전쟁을 계속할 용의가 있다는 뜻을 내비쳤다. 현 틸라크 상황을 어느 정도는 짐작했기에 휴노이가 결사 항전한다면 틸라크로서도 부담이 되리라 생각한 것이다. 그러나 틸라크의 사신은 되려 이 기회에 자신을 죽이고 휴노이를 병탄하겠다 으름장을 놓는다.

"내가 아젝스 틸라크를 좀 아네만, 그가 이처럼 과한 요구를 할 리 없네. 누구의 농간인가? 혹 아젝스 틸라크가……."

"예의를 갖추시오!"

"끄응! 아젝스 틸라크 상황이 나에게 원하는 것이 따로 있나?"

틸라크 사신이 자신에게 호통을 치는데 나서서 제지하는 놈이 하나도 없었다. 홀홀 단신인 그에게 수많은 문무백관이 주눅이 들어 고개조차 못 들고 있다.

바샨은 그런 대신들을 나무라는 대신 길게 한숨을 내쉬고 말았다. 예견했던 패전이었다. 샤크라가 살아 있다는 소식을 전해 듣자 운씨 족, 차씨 족 따질 것 없이 모두가 회군할 것을 주청했다. 틸라크에 가장 극심한 피해를 입은 운씨뿐 아니라 휴노이 삼대부족 모두가 샤크라의 공포에 젖어 있었던 것이다.

샤크라에게 칼을 겨눴던 수많은 휴노이 군이 지금은 모두 땅속에서 썩어 사라졌다. 그 강대한 가나트 군 역시 샤크라가 이끄는 한 줌의 병사들에게 고혈이 빨렸다. 그 샤크라가 세상에 재림했다. 지옥을 인간의 피로 물들일 첫 제물로 휴노이를 지목하려 했다. 그 공포에서 벗어나고자 대신들이 바샨을 압박했다.

그럼에도 바샨은 군사를 물리지 않았다. 샤크라에게 피를 빨리느니 차라리 자신과 싸우다 죽는 게 낫겠다며 각 부족의 수장들이 들고일어날 태세였다.

가나트의 대신이 흔들리는 자신의 마음을 붙잡고자 갖은 조건을 내걸었지만 모든 것을 거머쥔 휴노이의 국왕에겐 하찮을 뿐이었다. 그럼에도, 자신이 가장 믿는 이 사련이 병사들의 동요를 이유로 회군을 요청함에도 바샨은 계속 버텼다. 샤크라를 뛰어넘고 싶었기 때문이다. 축복의 사제가 아닌 축복의 신 그 자체가 되고 싶었기 때문이다. 왜 아젝스는 샤크라가 되고 왜 자신은 라크샤가 될 수 없는가? 가능해 보였다. 가나트 군은 이미 틸라크의 턱밑까지 쳐들어왔다. 아브로즈 등은 이미 우리와 한편이다. 남부연방은 저들끼리 치고 받느라 쇠약하기 이를 데 없다. 잠시만 버티면 틸라크가 무너질 것 같았다.

"제가 전하께 드린 말씀은 모두 아젝스 틸라크 상황 폐하의 말씀 그대로입니다. 다시 들으시겠습니까?"

"아직 귀 안 먹었네."

모든 것이 끝장이었다. 라크샤는 고사하고 강력했던 왕권마저 흔들리게 되었다. 틸라크가 요구한 것은 가나트와의 단교와 더불어 사막 부족과 연한 지역의 광대한 초지를 분할해 달라는 것이었다. 그것도 자신이 직접 틸라크까지 가 서명해야 한다.

틸라크는 휴노이의 완전한 항복을 받고자 하는 것이다. 그러나 문제는 거기서 끝이 아니었다. 틸라크가 요구하는 땅은 차씨 족의 땅이었다. 가뜩이나 자신에게 불만이 많은 차씨 족이 이 요구 사항을 받아들이기란 여간 어려운 것이 아니다. 그렇다고 틸라크에 대들 수는 없으니 그 비난의 화살은 모두 자신에게 쏟아질 것이 뻔했다.

지금만 해도 차씨 족의 대각은 틸라크 사신의 요구를 다 들었으면서
도 자신만 쏘아보고 있다. 이를 무마하자면 이씨 족의 땅을 조금 떼어
주는 수밖에 없지만, 그러면 차씨 족의 불만 어린 시선은 그대로이면서
이씨 족에게마저 욕을 들어야 한다. 결국 자신의 입지는 줄게 되고, 차
씨 족의 입김은 커지고, 운씨 족은 그 틈을 비집고 들어와 설칠 것이다.

　틸라크를 따라잡는 길이 더욱 멀어졌다. 어쩌면 영원히 그런 날이
없을지도 모른다. 바샨은 가슴이 답답했다.

　"틸라크의 요구 사항은 잘 들었네. 하나 우리도 생각할 시간이 필요
하고 또 하루 이틀 만에 결정할……."

　"그럼 사흘 드리겠습니다. 만약 그 안에 확답이 없을 시는 대틸라크
제국의 제안을 거절한 것으로 간주하겠습니다. 그럼 저는 이만 물러가
지요. 부디 양국이 만족할 만한 소식이 들리길 기원합니다."

　틸라크의 사신은 바샨에게 가볍게 읍하곤 이내 돌아서서 당당한 걸
음으로 대전 문을 나섰다.

　"국왕, 그 땅을 틸라크에 내준다면 내가 아무리 부족의 우두머리라
도 초지를 잃은 그들을 달랠 수 없소이다!"

　"하나 어쩌겠소? 샤크라의 분노를 가라앉히자면 재물이 필요하지
않겠소? 그럼 차씨 족의 피로 샤크라를 달랠 생각이오?"

　"뭣이!"

　"아아, 싸우지들 말고…… 이럽시다. 이씨 족의 땅을 조금 떼어 차
씨 족에게……."

　"말도 안 되오! 그렇다면 운씨 족 역시 그에 마땅한 땅을 내놓으시
오!"

　바샨은 시끄럽게 떠드는 대신들을 외면한 채 지끈거리는 머리를 손

으로 감쌌다.

"오라버니께서 돌아와 정말 다행이에요."

휴노이를 대파했다는 소식이 전해지자 틸라크는 빠르게 안정을 찾기 시작했다. 피난할 준비를 하며 전전긍긍하던 이들은 짐을 풀었고, 병영에 찾아와 입영 신청을 하던 이들도 하나둘씩 제자리로 돌아갔다. 그리고 마을마다 거리마다 아젝스를 찬양하며 술잔을 부딪치는 소리가 요란하게 울렸다.

아젝스가 돌아와 희망을 품긴 했어도 틸라크가 워낙 비세의 국면에 있었기에 일말의 불안감을 지우진 못했다. 그러나 이젠 본업에 충실하며 기다리면 전신 아젝스 틸라크가 예전의 평화를 가져다 줄 것을 믿었다.

"용서해 줄 순 없는가요?"

남부연방도 혼란을 종식시켰다. 미에바가 무조건 항복을 선언한 것이다. 이에 남부연방은 미에바의 현 국왕을 폐위시키고 새 국왕을 물색 중이었다.

이 과정에서 미에바에게 가장 큰 피해를 입은 스키타에게 미에바에 대한 우선권을 주는 것을 조건으로 아라사는 피레나, 베르싱어는 네드발에 대한 주도권을 쥘 수 있었다. 카약이 불만을 토로했지만 아라사 등이 카약에게 약간의 이득을 챙겨주는 것으로 입막음시켰다. 이로써 틸라크는 가나트를 압박할 수단이 생겼다.

아젝스는 미에바가 항복하자마자 아라사에 사람을 보내 빠른 시일 내에 리미트로 병력을 집결시킬 것을 종용했다. 그와 더불어 현재 센 왕국에서 모집 중인 용병들을 틸라크가 아닌 리미트로 보내는 것으로

합의를 보았다. 아젝스는 눈앞의 가나트 군에만 신경 쓰면 되는 것이다.

"죄송해요. 하지만 전 윈필드를 사랑해요. 그리고 그 사이에 태어난 그랜트 역시. 시아버지가 오라버니께 한 짓을 알곤 증오심이 일었어요. 하지만… 후우, 전 시아버질 버릴 수 없어요. 윈필드와 그랜트가 슬퍼할 테니까요. 차라리 제가 떠날게요. 윈필드는 아직 영문을 모르고 있지만 시아버지가 오라버니께 어떻게 했는지 안다면 그도 틸라크를 떠나고 싶어할 거예요. 그러니 다신 틸라크를 떠난다는 말은 하지 말아요. 틸라크엔 오라버니가 필요해요."

"틸라크는 나에게 속박일 뿐이다."

"오빠……."

"예전에 널 의심했었다. 그러나 지금은 아니야. 그래도 난 틸라크를 떠난다."

"하지만……."

"네게 미안하구나."

"아군의 피해가 외형상으로는 그리 크다 말할 순 없지만 실질적으로는 엄청난 피해를 입은 거나 다름없습니다. 용병들을 더 이상 믿을 수 없게 된 데다 병사들의 사기도 뚝 떨어졌습니다. 죄송합니다, 폐하."

드베리아 관문의 전경은 아젝스가 알고 있던 모습과 완전히 달라져 있었다. 가파른 경사면 사이에 난 좁은 협곡이 보여야 할 관문 앞엔 야트막한 언덕이 딱 버티고 앉아 길을 막았고, 경사면과 그 위 언덕에 듬성듬성 나 있던 관목도 시꺼먼 재로 변했다.

지난밤 가나트는 대규모 공세를 취하며 관문 돌파를 시도했다. 비좁은 협곡으로 인해 대군을 효율적으로 활용하지 못해 피가 내를 이루고 시체가 산을 이루었지만 가나트의 공세는 멈출 줄 몰랐다. 협곡을 막은 관문은 물론이고 가파른 경사면 위에서도 공격을 감행했다. 그럼에도 드베리아 관문을 지키는 틸라크 군은 굳건히 관문을 사수했다.

협곡을 가로막은 관문과 가파른 경사면을 따라 세운 낮은 성벽, 그리고 위에서 아래로 공격하는 지리적 이점은 근 두 배 병력의 가나트와 대등한 전투를 가능하게 해주었다. 그러나 전투 상황이 틸라크 군에게 유리하게 돌아간다 생각하던 순간, 순식간에 방어선의 일각이 무너져 버렸다.

처음 드베리아 관문을 세울 때 관문의 용도가 적으로부터의 방어가 아닌 행인의 출입을 통제하기 위한 것이었기에 돌로 이루어진 성벽은 그리 길지 않았다. 틸라크의 얼굴이라 해서 관문만은 멋들어지고 웅장하게 지었지만 경사면 위의 언덕은 그저 밀입국을 막기 위한 목책으로 이루어졌던 것이다.

그리고 가나트가 침공한 지금도 그 모습은 변함이 없었다. 사람이 못 오를 경사면도 아니고 언덕 위 역시 충분히 운신할 수 있었지만 대군을 운용하기엔 적당치 못했다. 띄엄띄엄 난 관목과 울퉁불퉁 튀어나온 돌부리가 기병의 발목을 잡아 조직적인 움직임을 보일 수 없는 데다, 언덕 위의 평지도 그리 넓지 않아 보병만으로 오자면 목책에 다다르기도 전에 화살밥이 되기에 딱 좋은 지형이었다.

그렇기에 틸라크 군은 그곳에 전투력이 떨어지는 용병들과 민병 등을 배치시켰고, 마찬가지로 가나트 군 역시 소수의 병력으로 목책을 공격하며 궁병을 올려 보내기는 해도 주력은 늘 비좁은 협곡과 경사면 쪽에 두었다. 그 목책이 순식간에 무너진 것이다.

지난밤 가나트 군은 평소와 다름없이 경사면 위로 소수의 병력만을 투입한 채 드베리아 관문에 주력을 투입했고, 틸라크 군 역시 이에 적당히 대응하며 적에게 피해를 강요했다.

　수천의 적군이 창에 꿰이고 화살에 맞아 경사면을 뒹굴었다. 오늘도 변함없이 적들이 엄청난 피해만 입은 채 퇴각하리라 생각했다. 그 순간 사단이 벌어졌다. 갑자기 양측 목책이 소란스러워진다 싶더니 가나트 군 수천이 목책을 넘어 관문 안으로 난입한 것이다. 급박한 상황 속에 아군 용병들과 민병들이 서로 죽고 죽인다는 보고가 올라왔다. 새로 받아들인 용병과 민병들 틈에 가나트 군이 스며들었다.

　드베리아 관문의 총책임자인 기니비서 아바르의 생각은 거기서 멈췄다. 누가 아군이고, 누가 적군인지 모르는 상황에서 용병들을 아군과 한데 섞어놓을 수는 없었다. 뚫린 방어 진지 안으로 소수일지언정 계속해서 적군이 들어오는 상황이었다. 관문 앞에는 이제나저제나 성문이 열리길 고대하며 성벽에 피칠을 하는 가나트 대군이 있었다. 관문만은 절대 가나트에게 내주어서는 안 되었다.

　"후작의 임기응변으로 저 경사면을 무너뜨려 협곡을 막지 않았다면 오늘 관문의 주인은 저 가나트가 되었을 거요. 너무 자책하지 마시오. 그나저나 용병들은 지금 어찌하고 있소?"

　"그렇게 말씀해 주시니 송구할 따름입니다, 야메이 프리시 공작. 음, 일단 정규군과 신원이 확실한 사람을 제외한 나머지 병력은 전부 따로 수용하고 있습니다. 어제 상황이 급박해 언덕에 불을 놓고 관문 내에 난입한 적들을 처단하는 와중에 용병들 역시 상당수가 다치거나 죽었습니다. 누가 아군인지 판단할 수 없는 상황이라 정규군이 무너진 방어선을 되찾기 위해 좀 과한 행동을 한 탓이지요. 이 과정에서 서로 앙심이 좀 생겼습니다."

"그래, 색출은 잘되고 있소?"

"그게…… 믿을 만한 사람과 안면이 있는 민병과 자경단의 경우엔 숨어내기가 편한 반면 용병들은 그렇지가 못합니다. 그렇다고 마법사에게 전부 맡기기엔 수가 많고. 해서 4천의 용병들이 여전히 풀려나지 못하고 있습니다. 관문 내에 믿을 수 없는 병력이 4천이 생긴 격입니다."

"이제 휴노이도 처리했으니 남부의 병력이 이곳에 도착하면 가나트를 몰아낼 수 있소. 그러니 그때까지만 좀 더 수고하시오."

야메이는 여전히 얼굴을 펴지 못하는 기니비서를 위로했다. 그렇지만 야메이의 얼굴 역시 웃는 낯이 아니었다. 이제 지리적 이점이 사라진 것이다. 너무 급박한 나머지 관문과 너무 가까운 거리의 경사면을 무너뜨렸다.

물론 적 마법사의 대응 마법을 염려해 한 행동이었겠지만, 결과적으로 고지의 이점이 사라졌다. 협곡을 막은 언덕과 관문의 거리는 고작 백여 가즈, 높이도 얼추 되어 망루라도 새운다면 관문 안도 볼 수 있을 듯했다. 틸라크 군이 그간 화살 공격으로 재미를 보았는데, 이젠 가나트가 천연의 방패를 얻었으니 가나트 역시 언덕을 이용해 화살을 날릴 것이고, 아군은 궁병은 물론이고 마법사들까지 활동에 제약을 받게 되었다. 한시도 긴장을 늦추지 못하게 된 것이다.

"놈들이 관문 앞 경사면을 마저 무너뜨릴 수도 있으니 이점 각별히 유념하시오."

"예. 저도 무너뜨린 다음에야 그 점을 깨달았습니다. 다행히 레미언 샤를 후작이 먼저 알아채고 적 마법사의 공격에 대응했기에 망정이지……."

"참, 레미언 샤를 후작은 어떻소?"

"어제 과도한 마법을 시행하느라 당분간 마법 시전은 어려울 듯합니다. 아무래도 시멀레이러 공작이 와야 할 듯싶군요."

야메이는 기니비셔의 말에 고개를 끄덕이며 아젝스를 보았다.

무슨 생각을 그렇게 하는지 그저 협곡을 막은 언덕과 그 위에서 부산하게 움직이는 가나트 병사들만 바라보며 아무 말이 없다.

확실히 예전과는 달랐다. 과거에는 어려운 일이든 쉬운 일이든 먼저 중신들의 의견을 수렴하고 자신의 의사를 밝혔다. 그러나 지금의 아젝스는 거의 독단에 가깝게 일을 수행하고 있다. 누구에게도 의지하려 않는다. 아니, 자신들을 믿지 않는다고 봐야 하나?

"폐하, 일단 틸라크 성으로 가시지요. 비록 아군의 피해도 큽니다만 적들 역시 막대한 피해를 입었으니 당분간은 조용할 것입니다. 그리고 휴노이의 이 바샨이 곧 올 듯하니……."

"빌포드는 떠났소?"

"예?"

"예, 폐하의 명을 받고 바로 출발했습니다."

야메이의 말에 생각났다는 듯이 아젝스가 빌포드에 대해 묻자 기니비셔가 간단히 답했다. 빌포드에 대한 아젝스의 처사가 맘에 들지 않은 탓이다. 그래도 빌포드 멕시밀리앙 하면 대틸라크 제국의 공작에 구아포리아 귀족의 후원을 한 몸에 받는 세력가다. 그런 빌포드를 척박하기 이를 데 없는 신생 영지로 보냈다. 휴노이에게 새로 받은 지역의 일부를 빌포드의 새 영지로 하사하며 틸라크에 우호적인 사막 부족이 그 지역에 정착할 수 있도록 도움을 주라 명한 것이다.

그러나 말이 좋아 신생 영지지 지금은 아무도 없는 허허벌판인 곳이다. 그곳에 사막 부족을 이끌고 와 경작과 방목 기술 등을 전파시키고 더불어 휴노이를 경계할 자체 군사력까지 배양시키자면 언제 중앙 정계로 돌아올 수 있을지 모르는 것이다.

솔직히 자신 같으면 평생을 바쳐도 될까 말까 한 대사업이나 다름없다. 아마 지금 빌포드는 새로 정착할 땅을 찾아 사막 부족을 이끌고 틸라크 군과 함께 사막을 횡단하고 있을 터였다. 이 뜨거운 한여름에.

"그런데 빌포드 멕시밀리앙 공작을 중앙에 불러들이는 것이 좋지 않겠습니까? 그분의 능력을 그런 곳에 허비하기엔……."

"가나트 군을 뒤로 물려야겠소."

"예?"

"아직 남부의 병력이 이곳에 도착하자면 며칠 더 있어야 하니 관문의 방비도 염려되고, 아군이 도착해도 저 언덕을 넘자면 상당한 피해를 입게 되오. 더구나 지금은 지리적 이점을 취하고 있다지만, 그건 수비할 때 얘기고 막상 공세로 돌아서면 우리로서도 불리하긴 마찬가지요."

"방법이 있겠습니까?"

야메이가 물었다. 현재로서는 아군이 비세였다. 병력에서도 달리고 그간 병력 차를 극복할 수 있었던 지리적 이점도 거의 사라졌다. 남부의 병력이 도착하지 않은 지금의 호기를 가나트가 포기하고 뒤로 물러설 리 만무했다. 그럼에도 야메이의 물음엔 희망이 담겨져 있었다.

아젝스는 마술 상자였다. 원하는 것이면 무엇이든 척척 내어준다. 과거와 달라지지 않은 아젝스의 단면이었고, 야메이가 아젝스에게 반한 이유 중 하나였다.

"기니비셔 아바르 후작, 중앙평원의 알사스 나브람 후작에게 최대한 빨리 로엘그린으로 병력을 집결시키라 전하시오. 그리고 동부의 지멘이튼 공작과 남부의 베런 울프그랜 백작을 틸라크 성으로 부르시오."

"예!"

일말의 주저도 없이 명하는 아젝스에게 야메이와 기니비셔가 힘차게 답했다.

"신 바프아가 오초아 칸 국왕 전하를 뵙습니다."

"아아, 노고가 많소. 그만 일어나시오."

"누추하나마 제 막사로 드시지요."

몸을 일으킨 바프아 쑹은 오초아를 자신의 막사로 안내했다.

오초아는 십여 명의 호위와 수행원에 둘러싸인 채 바프아를 따르며 자신을 환영하기 위해 사열한 병사들과 쟈므 군의 진중을 살펴보았다. 역시나 긴장감이라곤 찾아볼 수 없었다. 대다수가 전투 경험이 없는 병사들인데다, 비록 전쟁에 참여했다지만 이제껏 전투다운 전투 한 번 치러보지 않았다. 더군다나 적군은 눈 씻고 찾아봐도 없으니 그저 놀러 나온 것이나 다름없는 상황이었다.

"이 험한 곳을 찾아주시어 감사합니다, 전하."

"병사들의 사기가 꽤 높소. 모두 밝은 얼굴이더이다. 참으로 잘된 일이오. 이 모두가 바프아 쑹 후작의 공이오."

"어인 말씀을. 보다 부강한 나라를 세우고자 부단히 애쓰시는 전하의 뜻에 병사들이 감복한 탓이지요. 제가 한 일은 없습니다, 전하."

덕담이 오가는 막사 안은 화기애애한 분위기였다. 비록 틸라크 군이 멀리 떨어져 있다 하나 언제 무슨 일이 일어날지 모르는 전장이었다.

그런 곳에 고귀하신 쟈므의 국왕이 찾아와 노고를 치하하니 바프아를 비롯한 20여 명의 제장 모두가 흐뭇한 마음이었다.

"아, 그런데 틸라크의 움직임이 수상하다는 정보는 들었소?"

"예, 아브로즈로부터 전해 들었습니다. 중앙평원의 틸라크 군이 이곳 로엘그린으로 급속 이동 중이라 하더군요. 해서 아군의 마법사를 투입해 틸라크 군의 동향을 파악하도록 했습니다."

"잘했소. 내 그 소식을 듣자 후작과 병사들이 걱정되어 가만히 있을 수가 없더구려."

"심려하지 마십시오, 전하. 우리 쟈므 군은 휴노이 군이 아닙니다. 더군다나 틸라크 군은 오랜 전투로 지치고 보급 또한 끊긴 지 오래라 사기도 떨어졌을 것입니다. 비록 지금은 틸라크 군이 조그마한 승리로 사기가 오른 것을 기화로 이곳으로 달려온다지만, 뒤에는 아브로즈가 위협하고 앞에는 지리적으로 유리한 로엘그린을 우리가 지키고 있으니 저들의 패배는 불 보듯 뻔합니다."

"하나 십만에 달하던 휴노이 군이 한순간에 증발해 버렸소. 모두가 아젝스 틸라크…… 때문임은 누구도 부인하지 못할 것이오. 그가 없는 틸라크는 조금도 무섭지 않고, 그래서 내 아브로즈와 협력하여 틸라크 공략에 일조하기로 마음먹었지만, 지금 틸라크는 아젝스 틸라크 하나가 있음으로 해서 전혀 다른 나라가 되었소. 그렇기에 내가 걱정하지 않을 수 없구려."

"야만족 휴노이에게 큰 기대를 걸지는 않았지만, 그토록 허무하게 무너질 줄은 저도 몰랐습니다. 그래도 틸라크에게 약간의 혼란이라도 줄 줄 알았건만 되려 궁지에 몰린 틸라크에게 생로를 열어주는 발판이 될 줄이야……. 하나 전하, 대세엔 변화가 없습니다. 그들이 어찌 우리와 견줄 수 있겠습니까? 아브로즈와 후시타니아, 그리고 우리 쟈므에 가나트까지 합세한 연합군을 틸라크가 어떻게 이길 수 있겠습니까? 우리 앞의 틸라크 군은 지쳐서 검조차 제대로 들지 의문이 드는 오합지졸이고, 아젝스 틸라크가 이끄는 틸라크 군은 막강한 가나트 군과 맞붙어야 합니다. 혹여 아젝스 틸라크가 가나트 군을 무찌르고 드베리아 산맥을 넘는다 하더라도 만신창이가 되어 있을 것입니다. 그런 틸라크 군을 두려워할 필요는 없습니다, 전하.”

“하나 아젝스 틸라크가 이룬 업적을 생각해 보시오. 낙관만 할 수는 없소. 더구나 숙적이라 할 가나트와 손잡고 혈육과도 같던 틸라크를 친다는 것이 못내 맘에 걸리는구려. 바프아 쏭 후작, 아브로즈와 틸라크를 화해시키고 서로 잘 지낼 방도는 없겠소?’

오초아의 말에 바프아가 인상을 찡그렸다.

“전하! 어찌 그런 심약한 말씀을 하십니까? 이 전쟁을 누가 먼저 일으켰습니까? 틸라크는 아포리아에 이어 아브로즈까지 병합하려는 야욕으로 먼저 선수를 쳤습니다. 그 야욕을 지금 분쇄하지 못한다면 다음엔 우리 쟈므가 틸라크의 먹이가 될 것입니다. 아브로즈가 그간 우리 쟈므에 얼마나 많은 도움을 주었습니까? 우리 쟈므는 결코 아브로즈, 샤론 휠테른 공작의 은혜를 잊어서는 안 될 것입니다. 더구나 이번 전쟁에서 승리한다면 우리 쟈므에게 얼마의 이득이 생길지 헤아릴 수도 없잖습니까? 전하! 가나트는 그저 틸라크를 치기 위한 도구에 불과할 뿐, 틸라크만 도모한다면 다시 가나트로 쫓아낼 것입니다. 전하의 말씀처럼 숙적 가나트입니다. 어찌 그들과 손을 잡겠습니까? 이번 전투로 가나트가 얻는 것은 아무것도 없을 것입니다. 틸라크를 상대하느라 가나트의 국력은 쇠할 것이고, 틸라크의 부를 나눈 포러스 연방은 승할 것이며, 나아가 대륙 제일의 부강한 국가를 형성할 것입니다. 그런 쟈므의 장래를 어찌 생각지 못하십니까?"

오초아는 속으로 한숨을 내쉬었다. 바프아의 말은 모두가 옳았다. 지금 무찌르지 못한다면 틸라크는 조만간 과거 포러스의 영광을 재현할 것이다. 그러나 틸라크가 사라진다면 아브로즈가 틸라크를 대신해 포러스 제국을 재현할 것은 생각지 못했다. 아니, 알면서도 말하지 않았는지도 모른다. 또한 그간 아브로즈로부터 받은 도움을 생각한다면 결코 아브로즈를 외면해선 안 될 것이다. 하나 그랬던 만큼 쟈므의 국왕인 자신이 겪어야 했던 굴욕은 말하지 않는다. 지금 이곳, 쟈므의 진중 한가운데 수많은 쟈므의 무장들이 모이고, 타국의 시선이 있는 상황에서 저 바프아는 자신에게 윽박지르듯 소리치고 있다.

오초아는 자신을 에워싼 호위들을 보았다. 그리고 다시 바프아를 보았다.

"진정 그대의 뜻이 그러하오? 바뀔 여지는 없는 것이오?"

"전하! 이곳에 모인 수많은 무장들을 보십시오! 이들 앞에서 어찌 그런 말씀을 하실 수 있단 말입니까? 전하께서 방금 하신 말씀을 샤론 휠테른 공작이 알아보십시오. 그분이 얼마나 섭섭해하시겠습니까? 또 그 뒷일을 어찌 감당하려 하십니까?"

"그렇구려. 그대의 뜻은 잘 알았소. 허허, 나 역시 그대가 그렇게 말하리라 짐작했다오. 그래도 혹시 몰라 내 그대를 떠본 것이니 너무 섭섭해 마시오. 이제 그대의 뜻도 알았으니 내 선물 보따리를 풀어야겠구려. 그대도 알다시피 요즘 틸라크의 아젝스와 빌포드의 사이가 좋지 않소. 그런데 아차! 이 일은 밖으로 새 나가면 안 되니……."

오초아의 태도가 확 바뀌며 만족스럽게 웃자 바프아는 내심 당혹스럽고 황당했다. 자신을 떠보기 위한 행동이었다지만 어딘가 석연치가 않았다. 그런데 이번엔 또 갑자기 화제를 바꾸며 비밀스런 말이 있으니 이목을 숨기라 한다. 바프아는 오초아 뒤의 호위들에게 눈길을 주며 말했다.

"전하, 여기 있는 장수들은 모두가 전하께 충성을 다짐한 이들입니다. 이들 앞에서 못할 말이 무엇이겠습니까?"

"허허, 내 어찌 그것을 모르겠소? 다만 많은 사람이 알면 그만큼 새 나가기 쉬우니 그런 게지. 물론 여기 있는 모두가 함께 들어야 할 내용이오. 하나 병사들마저 알아선 안 되오. 하니 막사 밖의 병사들을 물리고, 혹 모르니 마법사에게 이곳의 말이 새 나가지 않도록 소리를 차단케 하시구려."

"수카야."

바프아는 자신의 부관인 수카야를 시켜 오초아가 원하는 대로 해주었다. 분명 국왕이 뭔가 꿍꿍이가 있기는 한데 그것이 무엇인지 짐작이 가지 않았다. 오초아는 늘상 아브로즈로부터 벗어나고자 했던 인물이었다. 보다 강력한 군주, 보다 자주적인 쟈므를 원했던 오초아였기에 금번 틸라크의 승전보에 자극을 받았을지도 모른다. 더구나 오초아는 아젝스와 비교적 두터운 친분을 쌓기도 했었다. 빌포드와 아젝스라……. 아젝스에게 뭔가 얻어낼 것이 있는가? 그것이 오초아에게 어떤 이득을 안겨줄지는 몰라도 자신에게는 아닐 것이다.

전쟁에 참전하며 바프아는 대아브로즈 제국의 대귀족이 된 자신을 꿈꾸게 되었다. 오초아가 얻고자 하는 것은 그런 자신에게 해로운 것임에 틀림없었다. 따라서 자신의 생각대로라면 바로 샤론 휠테른 공작에게 알릴 생각이었다.

수카야가 다시 막사 안으로 들어오며 자신에게 고개를 끄덕이자 바프아는 오초아를 보며 말했다.

"모든 조치가 끝났습니다, 전하. 이제 안심하시고 말씀하시지요."

"그런가? 그렇다는군요, 아젝스 틸라크 폐하."

"무슨… 크악!"

"커흑!"

막사 안은 한순간에 피바다가 되었다. 오초아를 둘러싸고 있던 호위들은 오초아의 말을 신호로 칼을 빼 들자마자 막사 안을 휘젓고 다니며 도살을 시작했다.

이에 쟈므의 장수들은 검을 빼 들기도 하고 막사 밖으로 뛰쳐나가려 하기도 했지만, 누구도 죽음을 면치 못했다. 아젝스와 아젝스가 데려온 틸라크의 무장들 때문이었다. 하나같이 틸라크 군에서 일당백의 검술을 자랑하는 무장들만 엄선했기에 쟈므의 무장을 놓치는 실수란 있을 수 없었다. 더구나 아젝스까지 있었으니 더 더욱 실수란 용납될 수 없었다.

아젝스는 오초아의 말이 나오기가 무섭게 막사 입구로 날아가 쟈므 무장의 퇴로를 막았다. 그리곤 시퍼런 오러 블레이드를 빛내며 도주하려는 쟈므 무장을 가차없이 쳐 죽였다. 막사의 벽은 핏빛 무지개가 그려지고 바닥은 시신에서 흘러나온 핏물을 가득 배어 물었다.

"수고하셨소, 오초아 칸 국왕."

"끝났습니까?"

도살극이 끝나길 기다리며 눈을 감고 있던 오초아는 아젝스의 말에 눈을 뜨며 막사 안의 참사를 바라보았다.

온전한 시신이 하나도 없었다. 귀청에 울리던 비명이 다시 생생하게 들려왔다. 바프아의 머리는 눈도 감지 못하고 저 멀리 날아가 구석에 처박혀 있고, 그를 따르던 무장들 역시 하나같이 두 쪽이 되어 바닥에 널브러져 있었다.

오초아는 참담한 마음이 들었다. 비록 자신을 따르지 않던 무리들이었지만, 그래도 샤므의 무장이었다. 그들을 타국의 검으로 죽게 했으니 자신 역시 죽은 저들과 다를 바 없었다. 다시는 이런 일이 없을 것이다, 다시는!

오초아는 떨리는 몸을 추스르기 위해 탁자 위의 술잔을 들었다. 그 잔에도 선홍색 핏방울이 맺혀 있었다.

"귀왕께 몹쓸 짓을 시켰소. 미안하오."

"후우, 아닙니다. 탓하려면 못난 저를 탓해야지요. 앞으로 폐하께서 잘 이끌어주시기 바랍니다."

"나갑시다. 자리가 흉하오."

"그래야지요, 아직 끝난 것이 아니니. 병사들이 수상히 여기기 전에 서둘러 군을 장악해야지요. 나가시지요."

제 3 화

파비올라

후루룩, 후루룩.

"허허, 요즘 공주님의 식탐이 대단하십니다!"

"호호, 그러게요. 저도 조금만 먹어야지 하면서도 좀처럼 자제하질 못하겠군요. 아무래도 검술 훈련이 몸에 배어 그런가 봐요."

"그도 그렇겠군요. 드시는 양이 거의 일반 사병과 다를 바 없어 보입니다. 많이 드시고 더욱 실력을 배양하십시오, 허허허."

"고마워요, 카드모스님."

"공주님, 단 음식은 몸에 해롭습니다. 검술을 수련하는 이에게는 독이나 다름없습니다. 음식을 많이 드시는 것은 좋은 일이나 단 음식은 자제하시기 바랍니다."

"아아. 나도 알아요, 발키리. 하지만 자꾸만 단 게 먹구 싶은 걸 어쩌라구. 자다가두 왕성에서 먹던 사탕이 생각나 벌떡 일어난다니까?"

"허허, 마치 입덧하는 새색시 같은 말씀을 하시는군요. 그리고 보니 제 며늘아기가 죽자고 포도를 먹던 생각이 납니다. 그때 포도를 구하느라 제 아들 녀석이 고생깨나 했었는데……. 갑자기 손주 녀석이 보고 싶구만. 쩝."

"그럼 잠시 바루니아에 다녀오시지 그러세요? 오시며 사탕도 좀 가져오시고. 호호."

"허허, 어째 꼭 가라 말씀하시는 듯하군요?"

발키리는 카드모스와 파비올라의 대화에 끼어들 수 없었다. 그녀의 머리 속은 조금 전 카드모스의 말이 빙빙 돌며 새끼를 치는 것을 따라잡느라 그들이 무슨 말을 하는지 듣질 못했다.

"아참, 페이난사 얘기는 들으셨습니까? 틸라크로 간다고 하더군요. 얼마 전까지만 해도 모집한 용병들을 이끌고 틸라크로 갈 거라 좋아했었는데, 용병들 전부가 리미트에 투입된다는 말을 듣자마자 어깨가 축 처져 보기 안쓰럽더니 기어이 마음을 정한 모양입니다. 그제엔 저에게 쉬블락을 만날 수 없겠냐며 부탁하더군요. 그래도 틸라크까지 가려면 쉬블락 정도의 마법사가 필요하다는 것을 아는 걸 보니 페이난사도 꽤나 여기저기 수소문한 모양입니다만 어디 이런 난리통에 7서클 급 마법사를 구경이나 할 수 있었겠습니까? 답답한 마음에 절 찾았겠지만 저라고 뾰족한 수가 있을 리 없지요. 요즘 센 왕국에 마법사 씨가 마를 지경이니……."

쉬블락이 있었다. 발키리는 믿을 수 있는 그가 필요했다.

아군의 피로 검붉게 변한 드베리아 관문을 바라보는 부카레스트의 심정은 착잡했다. 벌써 3만이나 병력 손실을 보았으면서도 저 관문 하나 열지 못한 것이다. 막강한 전력의 기병은 활용도 못하고 불굴의 중장보병은 적 궁병의 사냥물로 전락했다. 기략으로 절호의 기회를 맞이하기도 했지만 한순간에 1만의 피해를 보는 것으로 끝나 버렸다. 빌어먹을 드베리아의 지형은 부카레스트에게 정공법만을 강요하는 듯했다.

"난놈은 난놈이야. 한 번의 승리로 약세의 국면을 역전시켰어."

"언제는 미친놈이라더니, 그새 바뀌었나?"

"뭐, 난놈이기도 하구 미친놈이기도 하지. 제정신이라면 틸라크를 내팽개치고 센에서 검술을 연마할 생각을 할 리 없지. 하기야 익스퍼터 때 소드 마스터에게 덤볐던 놈이니 그때 알아봤어야 했는데. 대체 죽었다고 소문까지 내며 무슨 수련을 쌓았을까? 어떻게 검술을 연마하면 저렇게 되지? 자네도 들었지? 오러 블레이드가 무려 3가즈나 뻗는대. 그것도 셀 수도 없을 정도의 오러 블레이드가. 이제야 겨우 소드 마스터 초입에 이른 나는 쳐다볼 수도 없는 대륙 제일의 검사가 되었어. 볼 수 있을까?"

"싫어도 보게 되겠지."

부카레스트는 씁쓸하게 답했다. 어차피 굴욕적인 패배를 예상한 원정이었다. 아브로즈의 제안을 들었을 때 원정대의 말로를 예상치 못할 만큼 가나트의 귀족들이 멍청하지는 않았다. 그렇기에 패전의 책임을 지고 자숙하던 자신과 파츠에게 원정군 총사령과 부사령이란 직책이 맡겨진 것이다. 정확히는 자신들이 요청한 것이지만 형식적으로는 패배한 장수에게 재생의 기회를 주기 위해 자애로우신 폐하께서 은총을 내린다는 식으로 이루어진 인사였다. 원정군이 의외의 선전으로 틸라크의 패망은 물론 아브로즈를 압박해 포러스 연방을 무너뜨릴 수 있는 발판을 마련하면 좋고, 예상대로 아브로즈에게 이용만 당하다 가나트로 귀환한다 하더라도 마에스타를 얻을 수 있으니 가나트로서는 손해 보는 원정은 아니었다. 그럼에도 부카레스트는 기뻤다. 가나트 귀족들의 속내를 빤히 알았지만 라팔레타의 복수를 할 수만 있다면 자신이 어떻게 되든 아무 상관 없었던 것이다.

그러나 전황은 약삭빠른 가나트 귀족과 자신이 예상했던 패전으로 흐르지 않고 있다. 자렌을 불태우고 아포리아를 피로 물들이긴 했지만 정작 틸라크 본토로는 한 발짝도 들어서지 못했다. 원정길에 오르며 풀 포기 하나 나지 않는 불모지로 만들거라 다짐했던 틸라크는 날이 갈수록 생생해지고 있었다. 더구나 원흉 아젝스는 살아서 펄펄 뛰어다니고 있는 것이다. 그 아젝스가 지금 자신을 옥죄며 더욱 비참한 말로를 계획하고 있다. 틸라크의 발목을 잡던 휴노이를 아예 일어서지 못할 정도로 짓밟아 버렸다. 어제는 로엘그린을 틀어막고 있던 쟈므 군이 틸라크 군에게 길을 터주었고, 포러스 중앙평원의 틸라크 군이 아군의 배후를 노리기 위해 이곳으로 내달리고 있다.

"간악한 가나트와 손잡고 피를 나눈 틸라크에게 더 이상 칼을 겨눌 수 없다? 크크, 개가 웃을 일이지."

"그 개가 우리에게 미소를 보내니 문제지."

"그래, 어떻게 할 거야? 설마 여기서 끝장보자는 것은 아니겠지?"

"이제야 원정군 부사령다운 말이 나오는군."

이곳에 머물러 있으면 안 된다. 중앙평원의 틸라크 군이 드베리아에 들어오기 전에 넓은 평원으로 빠져나가야 한다. 그래야 막강한 기병을 활용할 수 있고, 앞뒤에서 협공받는 위험도 피할 수 있다. 그렇다고 이대로 물러설 수는 없었다. 틸라크 군이 대륙 제일의 기동력을 갖춘 부대란 것은 차치하더라도 심정적으로 아무런 대가도 없이 후퇴할 순 없었다. 그리고 이는 아군의 안정적인 후퇴를 보장하기 위해서도 반드시 필요했다. 틸라크 본토의 병력이 드베리아 관문에 도착하려면 아직 며칠의 여유가 있었다.

"마법사 몇 놈 자폭시키자."

"마법사? 그럼 땅굴은?"

부카레스트의 제안에 파츠가 의문을 표했다.

"시간이 그리 많지 않아. 빨리 뒤로 물러서야 한다구. 더구나 휴노이가 너무 빨리 무너지는 바람에 틸라크 군의 마법사 전력도 막강해졌으니, 별 효과도 못 보고 아군 병사들만 생매장시킬 가능성이 농후해."

"그럼 틸라크는? 아니, 아젝스는? 이대로 내빼자고?"

"파츠, 상황이 달라졌네."

거친 숨을 몰아쉬며 분을 삭이는 파츠를 부카레스트는 안쓰럽게 바라보았다. 예전 같았으면 불 같은 성정을 이기지 못해 자리를 박차고 고함을 질렀을 것이다. 십여 년 세월이 변화시킨 파츠를 부카레스트는 원래의 모습으로 돌려놓고 싶었다.

"아직 기회는 많아. 틸라크 군은 여기만 있는 게 아니지. 우리가 겪었던 아픔을 아젝스도 느끼게 해주어야지 않겠어? 그러기 위해 잠시 물러서는 거야. 지금까진 아브로즈가 무슨 짓을 하든 상관하지 않았지만 이젠 아니야. 우리가 놈들을 이용하자고. 그럼 아젝스의 가슴에 비수를 꽂을 수 있다. 그리고 가장 화려한 축제를 준비하자. 아젝스 하나만 초대해도 우리의 바람은 이룰 수 있어."

"후우, 근데 죽으려는 마법사가 있을까?"

"뭐, 이것저것 챙겨줘야겠지."

"쏴라! 적들을 뒤로 물려라!"

"가나트 군이 좌측 능선을 넘는다! 나를 따르라!"

"으음."

마법사가 비춰주는 영상을 보는 기니비셔는 답답한 마음을 감추지 못했다. 오늘은 가나트가 작심했는지 관문 돌파는 물론이고 상당수의 병력을 양 측면으로 보내 목책을 넘으려 하고 있었다. 거기다 그간 활용 빈도가 낮던 마법사들까지 하늘에 올려 관문 일대에 마법탄을 난사하는 중이었다. 마음 같아서는 개미 떼처럼 바글거리는 가나트 군을 마법 한 방으로 날려보내고 싶지만, 틈만 보이면 언제든지 광역 마법으로 관문을 휩쓸 준비가 되어 있다는 가나트 군의 마법사 때문에 그저 희망 사항에 불과할 뿐이다. 시멀레이러는 지금 가나트 마법사의 마법에 대응하기 위해 관문 후위에서 마나를 끌어 모으고 대기 중이었다.

"놈들의 발악이 대단하군요."

기니비셔는 옆의 아젝스에게 말했다. 휴노이와 조약을 맺는 자리에 참석하는 것을 뒤로하고 이곳으로 달려와 병사들과 함께하는 아젝스에게 무한한 존경과 송구한 마음뿐이었다. 자신의 실책으로 휴노이와의 대전에서 승리한 아젝스를 쉬지도 못하게 하였고, 이전 같으면 느긋하게 의자에 앉아 아군의 화살에 나뒹구는 적군을 감상했을 텐데, 지금은 마법사의 도움을 받아야 성루에서 전황을 살필 수 있게 되었다.

"피해를 감수하면서도 계속 아군 병력을 분산시키는 것이, 부카레스트가 뭔가 노리는 모양이오."

"저도 같은 생각입니다. 해서 마법사에게 주변을 돌며 혹시 우회한 적이나 마법사가 있는지 확인하라 명했습니다. 다행히 적 마법사에 7서클 이상 광역 마법이 가능한 마법사는 단 한 명에 불과하니 광역 마법은 그리 걱정할 바가 안 됩니다만, 이전 같은 상황이나 혹은 땅굴을 통한 도발도 무시할 수 없으니까요."

기니비셔는 투명한 마법 방패에 막혀 투두둑, 떨어지는 화살 사이로 보이는 전경을 살폈다. 한밤중이지만 마법 광구 덕에, 쏟아지는 화살에도 계속해서 관문 주위에 사다리를 대고 올라오는 가나트 군과 뻘겋게 번들거리는 창으로 적병을 찔러 떨구는 아군들이 확연히 보였다. 하늘에선 적 마법사와 아군 마법사가 형형색색의 마법탄을 퍼부으며 화려한 불꽃놀이를 하고 있었다.

다시 마법사가 비추는 영상으로 시선을 돌렸다. 관문 양측의 목책은 아직 건재했다. 오히려 관문 앞보다 우세하게 전투를 이끌고 있었다. 관문은 지리적 이점을 잃어 적이 날리는 화살 때문에 사다리를 타고 오르는 적군을 물리치다 목숨을 잃기도 했지만 목책 쪽은 여전히 지리적 이점이 유효했다. 이쪽은 쌓이는 시체도 제대로 처리하지 못해 곤욕을 치르는 반면, 경사면과 언덕 위의 목책 쪽은 마법으로 땅을 갈아엎는 방식으로 시체를 처리하고도 어서 오라고 가나트 군에게 야유까지 던지는 여유를 보이고 있었다. 새로 생긴 언덕 너머엔 이전과 마찬가지로 적 기병이 관문이 열리길 고대하며 대기하고 있었다.

하늘의 마법사를 제외하면 이전과 다를 바 없는 전투 양상이었고, 약간의 어려움은 있어도 급박한 위기 상황까지 갈 정도는 아니었다. 그러나 기니비셔의 가슴에는 왠지 모를 불안감이 감돌았다. 분명 뭔가 노림수가 있는데 그것이 무엇인지 감이 잡히지 않는다.

"성문의 수비는 걱정없소?"

"물론입니다. 폐하께서도 보셨다시피 이전의 허술한 문짝 대신 튼실한 통나무로 입구를 봉쇄한 데다 성문이 부서질 경우를 대비해 항시

두 명의 마법사가 대기하고 있습니다. 따라서 적들의 도끼질에 뚫릴 리도 없겠지만 혹여 성문이 뚫린다 하더라도 적 기병이 당도하기, 어?"

쾅!

"크아악!"

"무슨 일이냐!"

꽈광!

"마, 막아랏!"

기니비셔는 아젝스가 자신을 떠밀자 어리둥절해하다 주변에 화광이 충천하자 하얗게 질린 얼굴로 외쳤다. 도저히 일어날 수 없는 일이 벌어졌다. 어떻게 진중 한가운데서 적 마법사가 마법을 시행한단 말인가? 그것도 자신은 물론 아젝스까지 있는 성루에서 고작 수십 가즈밖에 떨어지지 않은 곳에서!

그러나 적 마법사가 마법을 시전한 것은 엄연한 현실이었고, 그 충격으로 자신이 휘청거린 것도 사실이었다. 성루 일대가 화광으로 환해졌다.

기니비셔는 제대로 상황 인식이 되지 않는 와중에도 적 마법사에게 달려가는 아군 병사들과 또 다른 마법사가 뭔가를 찢는 모습을 볼 수 있었다.

쾅!

"으아악!"

"폐하!"

기니비셔는 성루가 흔들리는 충격으로 또다시 바닥에 나뒹굴자 그제야 아젝스가 생각났다. 더 큰일이 나기 전에 피해야 했다. 그러나 사방을 둘러봐도 아젝스가 보이지 않았다. 아니, 보였다. 아군에 둘러싸인 적 마법사가 스크롤을 찢자마자 하늘로 오르려다 화살에 맞아 쓰러졌다. 또 다른 마법사가 하늘에서 떨어져 내리며 스크롤을 찢으려 했다. 거기에 시퍼런 칼을 든 아젝스가 있었다.

"익스, 크아악!"

꽝!

또다시 마법탄이 성문에 작렬하며 터지자 기어이 성문이 뚫렸다. 연이어 터진 마법탄엔 두꺼운 통나무도 얼마 버티지 못한 것이다. 대마법 방어진이 있었지만 관문 안에서 시전하는 마법까지 막을 수는 없었다.

아젝스가 스크롤을 찢으려는 마법사를 제지했지만 스크롤을 든 가나트의 마법사는 그 하나만이 아니었다. 아젝스는 빠르게 하늘과 인근을 살피며 가나트의 마법사가 더 있는지 살폈다. 벌써 여섯이나 죽음을 각오한 마법사가 있었지만 더 있을지도 몰랐다. 그러나 주위의 화광은 하늘을 더욱 어둡게 하여 아무것도 볼 수 없었고 관문 주변은 정신없이 움직이는 병사들로 혼란스러웠다.

"성문을 사수하라! 적병을 몰아내라!"

"적 기병이 온다!"

"통나무를 가져와라! 마법사는 어디 있나!"

가나트 중장보병이 뚫린 성문으로 진입하자 틸라크 병사들이 서둘러 성문으로 내달렸다. 스크롤을 이용한 가나트 마법사의 마법으로 성문을 지키던 병사들은 물론 인근 마법사까지 죽음을 면치 못했다. 스크롤을 찢자마자 하늘로 도주하려 했던 마법사가 있던 반면, 죽음을 도외시하고 자신에게 달려드는 틸라크 병사들에게 최후의 마법을 시전하고 죽은 가나트 마법사도 있었다. 그 덕분에 관문 앞에서 공성전을 벌이던 가나트의 중장보병은 별다른 제지 없이 순식간에 뻥 뚫린 관문을 통해 틸라크 진영 안으로 난입해 들어왔다. 거기다 그간 성문이 열리길 기다리며 도열해 있던 가나트 기병이 언덕을 넘어 달려오고 있었다.

"궁병들은 무얼 하는가! 쏴라! 적 기병을 저지하라!"

"크아악!"

아젝스가 가나트 마법사를 염려하는 동안 이미 수백의 가나트 군이 관문 안으로 들어와 계속해서 가나트 군이 들어올 수 있도록 성문 앞을 지키는 한편, 일부는 관문을 사수하고자 달려드는 틸라크 군과 맞서 싸우며 공간을 더욱 확대하고 일부는 관문을 완전 장악하기 위해 계단을 타고 성벽 위로 오르고 있었다. 거기에 적 기병마저 들어온다면? 더 이상 관문을 사수할 수 없었다. 비록 관문 앞에 언덕이 생김으로 해서 그 의미가 많이 퇴색하긴 했지만 아직은 유효한 방어 수단이었다. 게다가 아군은 관문을 중심으로 넓게 분산되어 있는 반면 적들은 협소한 관문 일대에 집중 배치된 형상이었다. 그들이 관문 안으로 모두 밀고 들어온다면 아군이 입을 피해는 상상할 수도 없다.

아젝스는 관문을 향해 내달렸다. 진을 짜고 성문을 지키려는 가나트 중장보병을 가차없이 쳐나갔다. 꾸역꾸역 관문을 통과해 들어오는 가나트 군의 몸을 두 쪽으로 가르며 더 이상 적들이 진입하지 못하도록 뻥 뚫린 관문으로 향했다.

가나트 병사들도 필사적이었다. 도저히 상대가 안 됨을 뻔히 알면서도 일말의 주저함도 없이 창검을 내밀었다. 앞 동료의 피를 뒤집어쓰면서도 전진하던 발을 멈추지 않았다. 뒤에서 등짝을 미는 동료들에 힘입어 더욱 빨리 아젝스에게 달려들었다.

아젝스는 적이 내미는 검을 맞받아 치며 그 탄력을 이용해 하늘로 올랐다. 자신에게 덤비는 가나트 군을 상대하며 나가기엔 적들의 수가 너무 많았다. 30여 가즈의 거리를 오며 수십의 목을 땄지만 그 수배의 적이 관문을 통과했다. 시간이 없었다. 이미 적들은 교두보를 확보해 가나트 기병을 불러들일 만반의 준비를 갖췄다. 최소한 적 기병의 진입은 막아야 했다.

아젝스가 적들의 몸을 디딤돌 삼아 몇 번을 널뛰자 관문에 도달할 수 있었다. 아젝스는 하늘에서 떨어져 내리며 기다랗게 늘어난 칼날을 횡으로 그었다.

"크아악!"

"커흑!"

"이익! 죽엇!"

발 디딜 틈조차 없던 관문 입구에 수많은 비명이 울리며 커다란 공간이 생겼다. 그러나 언제 그랬나 싶게 밀려드는 가나트 군으로 인해 순식간에 아젝스가 만든 공간이 사라졌다. 아젝스의 칼이 다시 한 번 크게 휘둘러졌다. 그러면서 아젝스는 자신에게 달려드는 가나트 군을 몰아붙이며 관문의 출구를 막아섰다.

관문 밖의 상황은 조금 전과 다를 바 없었다. 하늘에는 적아의 화살이 날아다니고 수천 수만의 가나트 군이 관문을 돌파하기 위해 달려들고 있었다. 거기에 변화가 생겼다. 가나트 기병이 적 보병이 내어주는 길을 따라 아젝스가 지키는 관문으로 달려오고 있었다.

쒸— 쒸잉!

거칠게 대기를 가르며 무언가가 무서운 속도로 아젝스에게 날아왔다. 가나트의 투창기병이 날린 단창이었다. 한두 개가 아니었다. 수십 개의 단창이 아젝스 단 한 명을 노리고 날아오고 있었다.

아젝스는 관문 진입을 노리는 적들을 저지하다 가나트 기병이 날린 단창을 확인하곤 오러 블레이드를 이용해 푸른 장막을 쳤다. 그러면서 다시 관문 안쪽으로 자리를 옮겼다. 적 기병을 보자 좋은 생각이 난 것이다. 지금도 적들의 시체가 쌓여 산을 이루고 있었다. 관문 중앙에 자리해 적 기마의 목을 친다면 순식간에 관문 입구가 가로막힐 것이다.

그 순간이었다. 관문 통로 중앙에 자리해 적 기마가 들이닥치길 기다리던 아젝스의 뒤쪽에서 섬뜩한 기운이 감지되었다. 자신과 가까운 곳에서 위협스러울 정도로 집중되는 마나. 아젝스는 생각할 것도 없이 뒤로 윈드커터를 날리며 다시 관문 밖으로 뛰었다.

꽝!

"폐하!"

기니비셔는 정신이 하나도 없었다. 적 마법이 관문에 폭사하고, 가나트 군이 물밀듯이 관문을 통과하고, 적 마법사를 상대하던 아젝스가 이를 막기 위해 다시 관문 안으로 사라지고……

워낙 순식간에 벌어지는 상황이어서 기니비셔는 두 눈으로 아젝스의 행보를 따라잡기에도 벅찼다. 그런데 아젝스가 사라진 관문 입구에 마법탄이 작렬한 것이다. 기니비셔의 머리 속은 하얗게 변했다.

"폐하……!"

"적 기병이 들어왔다! 적 기병이 들어왔다!"

"마법사는 무얼 하는가! 통나무를 떨궈라!"

기니비셔가 아젝스의 안위 때문에 넋 놓고 관문을 바라보는 동안 그의 수하 장수들은 관문으로 들어선 가나트 군을 몰아내기 위해 사력을 다했다. 비록 초반에 느닷없는 기습으로 혼란을 겪어 적의 관문 진입을 허용했지만 가나트 군의 수는 그리 많지 않았다. 전체적인 병력수는 가나트보다 적을지는 몰라도, 최소한 관문을 통과한 적보다는 관문 주위에 있던 틸라크 군이 더 많았기에 적들을 에워싼 채 가나트 군을 막아설 수 있었다. 적 마법사가 교두보를 확보한 가나트 군을 위해 배리어를 친 덕에 처음엔 화살 공격이 먹히질 않았지만 하늘에서 상대를 잃은 아군 마법사가 합세하자 더욱 매섭게 적들을 몰아칠 수 있었다. 거기다 잠시만 버티면 협소한 장소 때문에 후위로 빠져 있던 아군이 달려올 터였다. 그런 상황에 적 기병이 들이닥쳤다. 적 기병은 잔혹하게도 자신의 앞길을 막는 가나트의 중장보병을 그대로 짓밟으며 틸라크 군을 향해 돌진했다.

"크아악!"

"이익, 커흑!"

"막아라!"

포위망이 그대로 뚫렸다. 몇 겹의 포위망이었지만 기병의 돌파력을 막기엔 턱없이 부족했다. 사방에서 쏟아대는 화살도, 여기저기서 터뜨리는 틸라크 마법사의 마법탄도 가나트 기병의 질주를 막을 수 없었다. 관문에선 준비해 두었던 통나무를 관문 입구에 떨어뜨리고 궁병과 마법사가 적 기병의 난입을 막으려 애썼지만 좀처럼 적의 관문 진입을 막을 수 없었다.

가나트 군이 관문 전면뿐 아니라 관문을 통과한 적군이 계단을 통해 관문 위로 오르려 했기에, 관문 위의 틸라크 군은 앞뒤에서 자신들을 위협하는 적들을 상대하느라 연이어 관문을 진입하려는 적들을 막는 데 주력할 수 없었던 것이다. 아젝스로 인해 잠시 주춤했던 가나트 군의 난입은 더욱 속도가 붙었다.

"후작!"

"헉! 폐하! 살아 계셨군요!"

"상황은 어떻소?"

아젝스에겐 기니비셔를 위로할 시간이 없었다. 위급한 상황을 넘기고 다시 관문을 막아서려 했지만 적들의 수가 너무 많았다. 그리고 조금 전과 같은 상황이 재현되지 말라는 법은 없다. 손이 맞는 마법사의 보조를 받는다면 모를까, 앞뒤의 적들을 막으며 마법사까지 상대할 수는 없었다. 아젝스가 적이 성벽에 놓은 사다리를 타고 다시 기니비셔에게 왔을 때는 이미 적 기병이 관문에 난입해 아군의 포위망을 뚫고 있는 상황이었다.

"그게……."

"상황이 좋지 않습니다!"

아젝스를 걱정하느라 적 동향을 파악하지 못한 기니비셔를 대신해 그의 부관이 나서서 아젝스에게 상황을 전했다.

"적 기병의 난입으로 아군이 갈가리 분산되어 유기적인 운용이 불가한 데다, 장소가 협소해 기병을 최후방으로 돌려 적 기병을 막을 병력이 없는 상황입니다! 기병이 당도하려면 시간이 걸릴 것입니다. 더구나 지금 적 기병이 돌진하는 방향엔 시멀레이러 공작이 있습니다!"

"이런!"

기니비셔의 탄식이 아니어도 상황의 위급함은 충분히 인식할 수 있었다. 아직까지는 그래도 방어 태세가 완전히 무너지지 않고 있지만 시멀레이러가 적 기병을 피해 자리를 뜬다면 기회를 잡은 가나트의 마법사가 광역 마법을 시전할 것이고, 드베리아 관문의 수비벽은 그대로 무너지고 말 것이다.

그런 위기에 봉착하고도 아젝스는 도저히 부카레스트의 작전을 이해할 수 없었다. 물론 지금은 틸라크 군이 최악의 상황을 맞이했고, 조만간 관문마저 적들의 손에 넘어갈 듯 보였다. 그러나 전투는 이번 한 번으로 끝나는 것이 아니다. 지금은 몰라도 다음 전투에선 마법사 전력에 균형을 잃어 가나트 군이 상당한 열세에 놓일 것이 분명했다.

관문은 그만한 가치를 가지고 있지 않았다. 밖에서 오는 적을 막을 때는 든든한 방패지만 안에서 밀고 들어오는 적에게는 하등 쓸모가 없는 것이다. 알사스가 이끄는 틸라크 군을 막는 동시에 지금 틸라크 성에서 이곳으로 오는 아군까지 상대할 병력이 가나트 군에게 있다면 모를까, 알사스의 틸라크 군이 드베리아에 도착하면 대번에 수적 열세에 빠지는 가나트로서는 이런 피해를 감수하면서까지 관문을 얻어봐야 별 이득이 없는 것이다.

더욱이 현 가나트 병력만으로 알사스가 오기 전에 틸라크에게 항복을 받아낼 전력이 아닌 바에야. 그렇기에 이런 식의 기습은 상상도 못 했고, 그랬기에 틸라크 군의 방어선은 순식간에 무너졌다.

"헬파이어?"

갑자기 전장을 환하게 밝히며 거대한 불덩이가 하늘로 솟았다. 시멀레이러가 적 기병이 나타나자 준비한 마법으로 선수를 친 것이다. 이로써 시간은 벌었다. 적 마법사는 가나트 진영으로 날아드는 헬파이어에 대응해야 할 것이므로 아군과 마찬가지로 당분간 광역 마법을 시전하지는 못할 것이다. 시멀레이러의 헬파이어가 관문을 통과하자 적진에서도 대응 마법이 펼쳐졌다. 그러자 불덩이가 하늘에서 방향이 비틀어지며 우측 언덕을 넘어가 엉뚱한 곳에서 무시무시한 폭음을 내었다.

꽈과광!

지축을 울리는 소리에 아젝스는 정신이 번쩍 들었다. 부카레스트의 속내는 나중에 따져도 된다. 우선은 지금의 위기를 극복해야 했다.

　"후작, 병사들을 경사면으로 올리고 적 보병을 견제하며 측면의 민병들과 합세해 후퇴하라 하시오! 후방에서 이곳으로 오는 아군 보병에게도 아군 기병이 적 기병을 저지하기 전까진 돌파하는 적 기병은 그대로 통과시키고 뒤따르는 적 중장보병을 상대하며, 아군의 후퇴를 도우라 전하시오. 어서!"

　"그럼 관문이……."

　"관문은 포기하오. 적 마법사 전력이 상당히 떨어졌으니 아군 마법사와 협력한다면 적 보병을 상대하며 안전하게 후퇴할 수 있을 것이오. 이곳의 병력도 측면으로 돌아 후퇴시키시오."

　"예! 폐하의 말씀을 들었느냐? 각 군에게 후퇴를 명하라!"

　"예!"

　기니비서가 바쁘게 명령을 하달하는 동안 아젝스는 난전이 벌어지는 전장을 살폈다. 후퇴 명령이 전달되지도 않았는데 불어만 가는 적군에 의해 아군이 자연스럽게 경사면으로 밀리고 있었다. 그러나 다행스럽게도 그리 당황하지 않고 정연하게 대오를 갖춰 적들과 대적하고 있었다. 상황은 틸라크 군에게 불리하게 돌아가지만 아군 마법사의 전력 우위를 바탕으로 크게 밀리진 않고 있는 것이다.

　아군 마법사는 틸라크 군의 보호를 받으며 공격 마법을 시전하는 반면 적 마법사는 사방에서 날아오는 아군의 화살에서 가나트 군을 보호해야 했기에 대응 마법조차 제대로 펼치지 못하는 실정이었다. 그러나 불안한 균형이었다. 적군의 수는 갈수록 느는 반면 아군은 여전히 분산된 상태였다. 적들이 완전히 관문을 통과하기 전에, 그리고 아군 기병이 적 기병을 저지하며 새로운 전선을 구축하는 동안 아군 보병이 다시 전열을 가다듬어야 했다. 그래야 적들을 밀어내고 다시 관문을 되찾을 순 없을지라도 최소한의 피해로 안전하게 후퇴할 수 있었다.

"폐하! 그만 자리를 피하십시오. 적들이 벌써 성벽 위까지 올라왔습니다."

"기니비셔 아바르 후작은 우측의 아군을 지휘하시오. 난 좌측을 맡겠소."

고개를 숙이며 인사한 기니비셔가 다급히 뛰어가자 아젝스는 힐끔 성루 아래를 확인하곤 성벽을 따라 내달렸다.

레미언 샤를이 아쉽기 그지없었다. 그만 있었으면 협소한 공간에 밀집한 적군을 한번에 몰살시킬 수 있었을 것이다. 그러나 세상사에 만약이란 없다. 정말 레미언이 있었다면 가나트 군이 이런 상식 밖의 작전을 펼치지도 않았을 것이고 아군이 이렇게 궁지에 몰리지도 않았을 것이다.

"현재 가나트 군은 자렌이 아닌 아포리아 서부로 향하고 있습니다. 또한 자렌에 남아 있던 가나트의 잔여군 역시 가나트 본군과 합류하기 위해 진군 중입니다. 이로 미루어 가나트는 아브로즈와 협력해 알사스 나브람 후작이 이끄는 아군을 도모하려는 것이 분명합니다."

"아브로즈의 태도는 어떤가?"

"로엘그린을 막고 있는 쟈므 군을 압박하며 최대한 병력을 불리고 있습니다. 이전의 소극적인 태도가 아닙니다."

"가나트와 야합한 비밀이 폭로되었으니 이젠 남의 눈치 볼 일도 없이 대놓고 가나트와 공조하는 게 당연해. 아니, 그 길 외엔 아브로즈가 살아남을 방법이 없겠지. 후시타니아는? 그쪽도 아브로즈와 생사를 함께할 것 같나?"

야메이의 물음에 후시타니아를 담당하는 정보관이 일어났다.

"현재로서는 그렇습니다. 여전히 아브로즈와의 공조 관계가 원활히 이루어지고 있으며 아브로즈의 북부, 후시타니아 평원에 있던 병력이 급속히 남하해 연합군의 병력 증강에 힘을 쏟고 있습니다. 하나 태도가 변할 소지도 다분합니다. 가나트와의 야합 사실을 몰랐던 후시타니아의 귀족들이 비들을 압박하고 있고, 이미 전장에 투입된 무장들 중 반기를 들어 명령을 거부하는 이들도 있답니다. 따라서 우리가 또 한 번 커다란 승리를 한다면 후시타니아 귀족들도 이에 힘입을 것이고, 비들에 대한 압박도 더욱 거세질 것입니다."

"어디 그게 우리 맘대로 되는 일인가? 그런 근거없는 희망 말고 후시타니아를 아브로즈한테 떼어낼 좀 더 현실적인 방안을 생각해 보게."

야메이가 핀잔을 주자 후시타니아 정보관이 고개를 숙였다.

비록 핀잔을 주었지만 야메이의 얼굴은 그리 어둡지 않았다. 이제 전세가 역전된 것이다. 드베리아 관문에서 승리한 가나트가 되려 난공불락의 자렌마저 포기하고 서부로 빠르게 후퇴하고 있는 것이 그 증거였다. 비록 그들이 알사스의 부대를 노린다곤 하지만 그 역시 그리 만만한 일은 아니다. 알사스의 부대는 자의 반 타의 반으로 그간 충분한 휴식을 취했고, 틸라크가 승세를 탄 데 이어 쟈므까지 틸라크 편으로 돌아서서 병사들의 사기가 높았다. 거기에 쟈므로부터 모자란 군수품까지 보급받았으니, 비록 병력에 있어선 열세라 하나 백전노장 알사스라면 충분히 자웅을 겨루어볼 만했다.

알사스에 생각이 미치자 갑자기 몸이 근질거리며 짜증이 인다. 예전 포러스 시절이나 지금이나 지위에 있어선 자신이 위에 있었지만 나이는 알사스가 많았다. 그런데 자신은 병권은 쥐고 있지만 거의 관리직으로 전락한 반면 알사스는 여전히 현역으로 전장을 누비고 있다. 그러고 보니 자신보다 한참이나 늙은 지멘도 손에서 검을 놓지 않고 있었다. 억울한 생각이 든다. 편안한 노후를 즐겨야 할 지멘이 사막의 모래바람을 맞으며 고생해서야 되겠는가? 이제 휴노이도 잠잠해졌으니 사막 부족을 이끄는 것은 아무나 해도 될 것이다.

"폐하께선 지금 어디에 계신가?"

아젝스는 가나트에게 크게 당한 후 드베리아 산맥을 넘어 병력을 재정비하고 가나트의 공격에 대비했다. 그러나 더 이상의 공격은 없었다. 가나트는 틸라크 군이 드베리아를 넘어 보이지 않게 되자 그대로 후퇴해 협곡을 벗어난 것이다. 정찰 보낸 마법사가 이 사실을 알리자 아젝스는 다시 병사들을 이끌고 드베리아 관문으로 돌아왔다.

다급하게 달려온 아젝스를 반긴 것은 철저하게 부서져 돌덩이로 변한 관문과 헤아릴 수 없는 부상병들이었다. 더구나 가나트 군은 1파르상에 이르는 협곡 수십 군데를 허물어뜨리며 후퇴했다. 빠른 기동을 위해서는 반드시 정비된 도로가 필요한 틸라크 군으로서는 어쩔 수 없이 허물어진 협곡을 재정비해야 했다.

이런 광경을 목도한 아젝스는 그제야 무리한 작전을 펼친 부카레스트의 의도를 어느 정도 짐작할 수 있었다. 부카레스트는 시간이 필요했다. 그런데 무슨 시간? 부상병을 치료하며 막힌 협곡을 뚫는 동안 아젝스의 의문은 저절로 풀렸다. 당연히 자렌으로 이동하리라 여겼던 가나트 군은 그대로 서부로 이동해 로엘그린으로 향하고 있었다. 그리고 그 방향엔 알사스가 이끄는 틸라크 군이 있다.

드베리아 관문을 침공할 당시의 가나트 군은 18만의 대군이었다. 그 병력이 지금은 자렌의 잔여군과 합류해야 16만이 조금 넘게 된다. 반면 아군은 휴노이와의 전투를 마치고 드베리아로 온 베런의 부대와 관문 수비를 하던 틸라크 군을 합친 병력이 14만에 알사스의 부대가 10여 만, 총 24만의 대군이었다. 물론 드베리아의 관문에 모인 병력을 전부 동원할 수는 없다. 민병과 자경단은 해산시켜야 하고, 용병과 정규군 일부는 관문 수비와 협곡 정비를 위해 드베리아 협곡에 남겨야 할 것이다. 그래도 가나트보다 병력에 여유가 있다.

부카레스트는 이를 염려한 것이다. 그렇기에 병력 우위라는 이점을 살릴 수 있는 알사스의 부대와 누구의 방해도 받지 않고 한판 벌일 시간을 원했던 것이다.

부카레스트의 생각대로 알사스의 부대를 대파할 수 있다면 가나트는 여전히 틸라크보다 우위에 설 수 있고, 설혹 잘되지 않는다 하더라도 아브로즈라는 보험이 있으니 모험 아닌 모험을 시도해 볼 만했다.

이것을 생각한 아젝스는 알사스에게 최대한 가나트의 진군을 늦추며 로엘그린의 쟈므 군과 합류할 것을 명했다. 가나트가 로엘그린에 다다르기 전에 자신이 이끄는 부대가 가나트 군의 후미를 노리게 된다면 가나트 군은 궁지에 몰리게 된다. 반대로 가나트 군이 먼저 로엘그린에 도착한다면 알사스의 틸라크 군이 쟈므 군과 함께 남하하면 그만이다. 비록 아브로즈 등의 연합군과 가나트 군이 대군을 형성해 로엘그린을 점령함으로써 중앙평원의 드넓은 영지를 잃게 된다는 것이 아쉽기는 하지만, 조기에 틸라크의 안정을 보장받을 수 있게 된다. 또한 가나트가 순순히 아브로즈에서 떠날지도 의문이 가므로 틸라크로서는 한 가지 노림수를 가지게 되었다.

"오늘은 여기서 야영할 것이다! 서둘러라!"

"와아아!"

고된 행군이 끝났다는 말에 환호성을 지르는 병사들을 보며 아젝스가 기니비셔에게 물었다.

"가나트는 지금 얼마나 전진했소?"

"로엘그린을 4일 거리에 두고 있다 합니다. 하나 알사스 나브람 후작이 있으니 좀 더 시일이 걸리겠지요. 너무 걱정하지 마십시오, 폐하. 그러면 우리가 도착할 때까지 충분히 가나트 군을 묶어둘 것입니다."

고개를 끄덕인 아젝스는 잿더미로 변한 농경지를 바라보았다. 드베리아 관문에서의 전투에서 틸라크 군은 3만여의 사상자가 발생했다. 이들 사상자의 후송과 치료, 그리고 막힌 협곡의 길을 뚫느라 시간을 소비한 아젝스는 7일이 지나서야 드베리아 산맥을 벗어나 아포리아 평원에 이를 수 있었다.

그러나 푸르게 빛나야 할 농경지는 시꺼먼 재로 둔갑해 있었다. 가나트 군이 서부로 진군하며 보이는 족족 농경지에 불을 지른 것이다.

아포리아 남부는 상공업이 발달한 반면 중북부는 대부분이 농경지였다. 그 농경지의 절반가량이 불타 버렸다. 이는 아젝스에게 드베리아에서의 패전보다 더욱 심대한 타격을 주었다. 비록 틸라크가 기름진 땅으로 인해 늘 식량이 남아돌긴 하지만 아포리아 전부를 먹여 살릴 정도로 산출량이 많은 것은 아니었다. 아포리아에 사는 국민 수는 틸라크의 몇 배나 된다. 거기다 아브로즈가 로엘그린을 장악할 경우 중앙평원마저 잃게 된다. 아무리 계산서를 다시 써봐도 올 겨울 틸라크가 굶주림에 허덕이는 것은 피할 수 없게 되었다. 지금 벅시는 모자란 식량을 구하기 위해 발바닥에 땀나도록 뛰어다니고 있을 터였다.

"서둘러야 하오. 더 이상 가나트의 분탕질을 방관해선 안 되오. 병사들에게 알려 좀 고되더라도 참고 견디라 전하시오."

"폐하, 저들은 틸라크 군입니다."

베런의 말에 아젝스는 물론이고 기니비셔까지 고개를 돌려 베런을 보았다. 그리고 다시 야영 준비에 한창인 병사들을 보았다.

"그렇지. 저들은 틸라크 군이지."

자신 역시 틸라크의 자랑스런 무장이었다. 기니비셔의 가슴엔 알 수 없는 열기가 피어올랐다.

"누구냐? 여기는 틸라크 제국의 황궁이다!"

"아, 나는 아라사의 쉬블락이라 하네. 그리고 이분께선 대아라사의 4공주이신 파비올라 공주이시고."

"정말이시오? 그런 연락을 받은 적이 없는데……."

쉬블락의 말을 들은 수문지기는 순간 처음의 위세를 잃고 주춤했다. 눈앞의 인물이 들먹인 신분이 장난이 아닌 탓이다. 그러나 오늘 이런 대단한 손님이 방문한다는 말은 수문장에게 듣지 못했다. 보통 일국의 사신이나 중요 인사의 방문이 있을 경우엔 특별히 행사를 마련하지는 않더라도 실수를 저지르는 일은 없도록 수문장을 통해 방문객의 신원을 알려주었던 것이다. 그리고 일국의 공주가 행차한 것이라 보기엔 왠지 미덥지 못했다. 수행원이 고작 3인? 그리고 보니 행색도 의심스럽다. 그렇기에 수문지기의 태도는 누그러졌지만 길을 막은 자세는 그대로였다.

"사적인 방문일세. 아젝스 틸라크 상황 폐하께서 아라사에 계실 때 우리 공주님과 잠시 인연이 있었는데, 금번 우리 파비올라 공주님께서 여행길에 오르시어 세상을 주유하다 상황 폐하가 그리워진다 하시어 오늘 틸라크를 방문하게 되었네. 하니 지금 상황 폐하께 알리어 우리 아라사의 4공주 파비올라 공주님께서 뵙기를 청한다 전해주시겠나?"

"잠시 기다리시오. 내 수문장께 알려 시종장께 고하라 전하리다. 한 데 아라사의 공주임을 증명할 무슨 증표라도 지니고 계시오?"

"허허, 그런 것이 있을 리 있나? 서로 안면이 있으니 대면하면 자연스레 증명될 것을. 그러니 염려 말고 전하라 하시게."

"그럼 곤란하오. 대틸라크 제국의 상황 폐하께선 현재 황궁에 계시지 않소. 하니 다음에 다시 절차를 밟아 방문하시길 권하오."

"젠장! 거 더럽게 비싸게 구네. 너! 나중에 마사카님 만난 다음에 보자구! 누구 끝발이 좋은지!"

"페이난사!"

수문지기에게 손가락질하는 페이난사를 말리는 발키리를 보며 쉬블락은 한숨을 내쉬었다. 그나마 수문지기가 예의를 차려 말한 것인데 이를 모르고 대드는 페이난사가 한심하고, 아시루스 모르게 아젝스와의 만남을 갖기엔 아젝스가 너무 높은 곳에 있었기 때문이다.

서두르는 파비올라 때문에 틸라크까지 오기는 왔지만 막상 아젝스를 만나려니 방법이 막막했다. 더구나 시간도 그리 많지 않았다. 일단 자신만 해도 예전의 널널한 용병이 아니었다. 그간의 공적을 인정받아 트라쉬메데스의 직속 수하로 피레나에서 활동하게 된 것이다. 그러다 발키리의 부탁으로 브로치니아에 잠시 들렀다 발목 잡혀 여기까지 오게 되었다. 따라서 일이 잘 마무리된다면 모를까, 며칠 동안 자신이 자리를 비우면 트라쉬메데스의 문책은 물론, 파비올라의 일도 들통나고 만다.

이런 사정은 파비올라 역시 마찬가지였다. 아무리 내놓은 공주라지만 그래도 일국의 왕족이었다. 그런 그녀가 아무런 말도 없이 사라졌다면 대번에 난리가 난다. 지금이야 카드모스에게 잠시 외유한다 둘러댔지만 계속해서 연락이 없으면 바로 아시루스에게 고할 것이다.

이 모든 것이 파비올라 때문이다. 마음이 있으면 아시루스에게 전해 정식으로 혼례를 치르면 되고 아니라면 조용히 뒤처리하면 그만인 것을 밑도 끝도 없이 틸라크로 가자니, 가서 대체 어쩌겠단 말인가?

물론 파비올라의 심정을 이해 못할 바는 아니다. 정략 도구로 전락하는 것이 싫어 그토록 아시루스에게서 멀어지기를 갈망하던 파비올라였으니 자신이 아젝스의 씨를 잉태했다는 사실을 절대 알리고 싶지 않았을 것이다. 또한 그간 아젝스와 함께 지냈으니 정이 붙지 않았다면 그 또한 말이 안 된다. 결국 파비올라는 아젝스와 자신의 욕망 사이에서 갈등하는 것이고, 아젝스와의 만남을 통해 자신의 선택을 결정하려는 것이리라.

"어쩌시겠습니까, 공주님? 아무래도 당분간은 아젝스 틸라크 상황을 뵙지 못할 듯싶군요."

"방법이 없을까요?"

"그것이……."

쉬블락은 애절한 눈길의 파비올라를 외면할 수밖에 없었다.

"볼일이 없다면 그만 물러나시오. 여기는 대틸라크 제국의 황궁 앞이오."

"뭐야? 와, 미치겠네! 어이, 쉬블락! 가자구. 우리가 직접 찾아가면 될 거 아냐? 마사카님 성격에 설마 저 깝깝한 황궁에 붙어 있겠어? 분명 전쟁터에 계시겠지. 그러니까 공간 이동을 하든 하늘에서 뚝 떨어지든 마사카님께 직접 가자구! 설마 우리들이 마사카님 앞에 나타났는데 대놓고 내치시겠어? 아, 뭐 해!"

수문지기의 말에 화가 치민 페이난사가 길길이 날뛰었다. 황궁 주위를 지나던 사람들이 의문 섞인 눈으로 보기도 하고 킥킥거리며 비웃기도 했다. 그러거나 말거나 발키리는 고래고래 소리치는 페이난사를 진정시키느라 바빴고, 파비올라는 활짝 열린 궁문 안을 들여다보느라 여념이 없었다. 그리고 쉬블락은 조금 전 페이난사의 말을 음미하느라 땅바닥에 시선을 주고 있었다.

페이난사의 말대로 아젝스는 전쟁터에 있을 확률이 더 높았다. 굳이 그의 성격이나 그간의 행동에 비추어보지 않더라도 틸라크의 사정상 아젝스가 황궁이 아닌 전장이 있는 것이 당연하다. 전장에 나섰다면 아젝스가 어디에 있는지 찾아내는 것은 쉽다. 대군을 이끌고 있으므로 수소문하기도 쉽고, 어디쯤 있는지 알아내기만 하면 하늘에 올라 한 바퀴 휘돌면 되리라. 그리고 무엇보다 아젝스를 만나는 데 귀찮은 절차를 밟을 필요도 사라지게 된다는 것이 매력적으로 다가왔다. 왜 그 생각을 못했나 모르겠다. 파비올라가 페이난사를 챙길 때, 자신의 능력으론 조금 벅찬 듯해 한 번 더 공간이동을 해야 한다는 생각에 내심 짜증이 일었는데 이런 데서 보람을 찾을 줄은 몰랐다. 확실히 세상에 쓸모 없는 놈은 없다더니.

"공주님, 가시지요. 페이난사의 말이 옳을 듯싶군요."

"정말 그럴까요?"

"아, 내가 아니면 누가 마사카님을 알겠어? 확실하다니깐."

"휴우, 그래요. 그렇게라도 만날 수 있다면……."

파비올라가 힘없이 틸라크의 황궁을 등지자 모두 그녀를 따라 발길을 돌렸다.

그들이 사라지자 수문지기는 수문장에게 보고하기 위해 황급히 궁문 안으로 들어섰다. 이런 비상 시국에 거동이 수상한 자가 나타났으니 당연히 보고해야 하는 것이다. 일국의 공주란 신분으로 사전 연락도 없이 타국의 황궁을 방문한 것도 수상한데 자신의 말 한마디에 그대로 발길을 돌린 것은 더욱 수상했다. 수문지기 따위가 귀족을 능멸한다고 고래고래 호통치는 것은 고사하고 마법사로 보이는 자가 있음에도 자신들의 신분을 증명하기 위해 어떤 행동도 하지 않은 것이다. 만약 대어라면 자신은 지긋지긋한 수문지기에서 벗어날 좋은 기회를 잡은 것이고 아니어도 맡은 바 소임을 다했으니 적어도 보고를 안 하는 것보다는 낫다. 발길을 재촉하는 수문지기의 발걸음이 더욱 빨라졌다.

아젝스가 이끄는 10만 대군은 오늘도 거의 질주하다시피 검푸른 초원을 내달리고 있었다. 한여름 햇살을 받아 싱그럽게 자란 초원을 맞이하게 되었지만 이를 감상하며 즐길 여유가 틸라크 군에겐 없었다. 알사스의 부대가 가나트 군과 조우해 언제라도 전투가 벌어질 수 있는 거리에서 대치하고 있는 것이다. 아젝스가 알사스에게 마법사를 지원해 주기는 했지만 과연 병력의 열세를 만회할 수 있을지는 미지수였다. 그렇기에 적어도 사흘 이상의 시간을 벌어야 하는 알사스 군으로서는 호시탐탐 뒤로 내뺄 틈을 노리며 불안한 대치를 할 수밖에 없었다.

"남부연방이 드디어 리미트로 이동한답니다. 생각보다 빠른 움직임입니다. 이제 틸라크를 침범하면 어떤 최후를 맞이하게 되는지 가나트에게 확실히 알려줄 때가 왔습니다, 하하!"

"남에게 의지해선 안 되오. 다시는 가나트가 넘볼 수 없는 굳건한 틸라크가 되어야 할 것이오."

"물론입니다, 폐하. 가나트를 몰아내고 가증스런 아브로즈와 후시타니아를 병탄한다면 우리 틸라크 제국은 과거 포러스 제국을 넘어 명실공히 대륙 최강의 제국으로 거듭날 것입니다."

그럴 것이다. 영토가 넓어지고 인구가 늘고, 거기에 꿈마저 있으니 틸라크는 크게 성장할 것이다. 그러나 그것은 여기 기니비셔와 라미에르의 몫이었다. 자신은 그저 어머니가 근심없이 떠날 수 있는 평화로운 틸라크만 있으면 된다. 가나트만 몰아내면, 그래서 누구도 틸라크를 넘볼 수 없게 되면 자신은 어머니와 함께 떠날 것이다.

"폐하, 정찰 부대의 보고입니다. 파비올라라는 아라사의 공주란 분이 폐하를 뵙고자 한답니다, 여기."

통신 마법사가 수정구를 앞으로 내밀자 수많은 틸라크 군에 둘러싸인 파비올라와 쉬블락, 그리고 발키리와 페이난사가 보였다.

"그들에게 말을 내주어라."

"예."

통신 마법사가 뒤로 물러서자 빙글거리는 기니비셔 등이 아젝스에게 얼굴을 들이밀었다.

"정말 아라사의 공주가 맞습니까?"

"오호, 정을 잊지 못해 님을 보고자 전장을 찾은 타국의 공주라!"

"아, 옛 생각이 나는군요. 저도 한때는……."

틸라크로 오면서 잊었던 얼굴이었다. 틸라크의 생활은 아젝스에게 그들을 생각할 틈을 주지 않았다. 그러나 뜻밖의 손님을 맞은 아젝스는 반가운 마음이 먼저 들었다. 그리고 파비올라의 행동에 웃음이 나왔다. 자신과 파비올라를 어떻게든 엮으려는 아시루스의 꿍꿍이를 아는 그녀가 대놓고 이곳에 온다고 떠벌리며 왔을 리는 만무한 터. 분명 한가한 남부연방을 떠나 아직 전운이 가시지 않은 틸라크로 지 오라비 몰래 왔을 것이다. 그렇기에 사전 연락도 받지 못한 상태에서 이곳에 나타난 것이리라. 그러나 파비올라의 움직임은 국가적인 문제였다. 틸라크의 상황인 자신이 맘대로 감출 수도 없지만 조만간 아시루스에게 파비올라의 행방이 알려질 것이다. 그것도 생각 못하고 철없이 행동하는 파비올라를 보니 아젝스는 즐거웠다.

"마사카님!"

"오랜만이구나, 페이난사."

"헤헤."

무뚝뚝한 아젝스가 살풋 웃음을 지으며 반갑게 자신을 맞자 페이난사의 마음은 하늘을 날 것 같았다. 어떻게 자신에게 한마디 말도 없이 사라질 수 있냐고, 마사카님께 모든 것을 맡긴 자신을 왜 이제껏 부르지 않았냐고 따지려던 생각이 송두리째 사라져 버렸다.

"폐하를 뵙습니다."

"아스트리아스?"

"잘 왔다."

"네."

온전한 얼굴에 투구 밑으로 흘러내린 검은 머리. 파비올라는 자신이 알던 아젝스와 지금 눈앞에 있는 아젝스가 전혀 딴사람이자 주춤할 수밖에 없었다. 페이난사나 발키리, 쉬블락과는 달리 아젝스의 본모습을 직접 보는 것은 처음이었다. 비록 쉬블락이 마법으로 아젝스의 본모습을 보여주기는 했지만 자신이 기억하는 아젝스와 지금 눈앞에 있는 아젝스가 너무 달라 생경한 느낌을 지울 수는 없었다. 거기에 전에 없이 따뜻하게 자신을 맞이주는 아젝스의 태도에 파비올라는 어찌할 바를 몰랐다. 어렵게 용기를 내어 틸라크까지 왔는데 그냥 돌아가라 말하면 어쩌나 불안하던 그녀였다. 언제나 무표정한 얼굴에 말이 없던 아젝스에게 불쑥 나타나 무슨 말부터 해야 할지 고민하던 그녀였다. 그러나 예상과는 달리 자신을 반가이 대하는 낯선 얼굴의 아젝스 때문에 파비올라는 더욱 말이 궁색해졌다. 이런 아젝스는 처음이었다. 그러나 싫지만은 않다. 모습이 달라지니 성격도 달라진 모양이다. 반가운 일이었다.

"지금은 때가 좋지 않으니 해지고 나서 얘기하자."

"예."

파비올라는 자신에게 야릇한 눈길을 보내는 주위의 시선을 피해 아젝스 뒤로 빠졌다. 그러자 아젝스는 다시 말에 박차를 가해 질주하는 틸라크 군과 보조를 맞추며 행군 대열에 끼어들었다. 파비올라 역시 힘차게 말을 몰며 멀어지는 아젝스를 뒤쫓았다.

"이랴! 하!"

발키리와 어깨를 나란히 하며 말을 모는 쉬블락은 이제 느긋한 마음이 되었다. 아젝스의 태도를 보니 일이 좋게 마무리되어질 듯하다. 또한 더 이상 시간에 쫓기지 않아도 된다. 오늘 중으로 아라사에 파비올라의 틸라크 방문 소식이 전해질 것이기 때문이다. 모든 것이 만족스러웠다. 파비올라는 아젝스와 단둘만의 시간을 가질 수 있어 좋고, 페이난사는 아젝스를 곁에서 모실 수 있어 좋고, 자신은 새로운 임무를 맡을 수 있어 좋았다.

"봤냐, 발키리? 마사카님은 날 잊지 않았다구! 으하하하!"

"입 다물어. 먼지 들어간다."

틸라크가 과연 파비올라와 자신 등에게 기회의 땅이 될지는 두고 봐야 할 것이다. 첫 단추는 제대로 끼워졌다. 앞으로의 일은 아젝스의 태도와 파비올라의 결정에 달렸다. 거기에서 자신이 할 일을 찾아야 한다. 쉬블락은 아젝스와 파비올라가 후회없는 결정을 하도록 돕고 싶었다.

"오늘 아침을 기해 피레나의 테르미오스가 5만의 병력을 이끌고 리미트로 출발했습니다. 동시에 피레나의 대장군이었던 튀르고에게 3만의 병력을 주어 카약과 인접한 지역의 반군을 토벌하라 명했습니다."

"불만을 표하진 않던가?"

"아직까지는 아라사에 순종적이랍니다."

"다행스런 일이야. 미에바는 어떤가?"

"스키타가 미에바의 새 국왕감을 찾았답니다. 보고에 의하면……."

미에바로 인한 남부연방의 소요는 잠들었지만 아라사의 중정은 여전히 바빴다. 피레나를 거의 수중에 넣었지만 카약이 수시로 딴지를 거는 상황이었고, 도란에 있던 피레나의 2왕자는 어디로 사라졌는지 행방이 묘연했다. 또한 네드발을 집어삼킨 베르싱어도 견제해야 했고, 미에바에서도 아라사의 이익을 챙겨야 했다.

수많은 일이 산적해 있지만 하나뿐인 몸뚱이로 모든 일을 동시에 수행할 수는 없어 아라사의 귀족들은 하루가 어떻게 지났는지 알지도 못했다. 늘 수십의 귀족들로 빈자리가 없던 중정회의장의 탁자는 트라쉬메데스의 자리를 비롯해 여기저기 이빨 빠진 모습을 내보여 주며 아라사의 현 사정을 그대로 말해 주고 있었다.

"아, 그리고 파비올라 공주께서 지금 틸라크에 계시답니다. 지난밤, 틸라크에서 파비올라님의 소식을 전해주더군요."

"자알~한다. 가만히 있으면 어련히 이 오라비가 알아서 해줄걸, 그새를 못 참아 그래, 틸라크까지 날아가? 지 몸값 떨어뜨리지 못해 아주 안달이 났구만!"

밤낮없이 행해지는 잦은 회의로 잠이 모자라 거의 졸다시피 자리만 차지하고 있던 아시루스가 파비올라의 얘기가 나오자 짜증을 부렸다. 지끈거리는 머리로 회의를 주관하던 바르타스도 고개를 뒤로 젖혔다.

파비올라는 이제 아라사의 중요한 재원이었다. 틸라크의 상황이 좋아지면 좋아질수록 파비올라의 가치는 그만큼 높아진다. 그것을 알기에 파비올라의 신변에 관한 보고가 수시로 중정에 올라왔다.

며칠 전 피레나에 있던 쉬블락을 호출해 외유를 한다기에 이참에 아예 바루니아로 불러들일까도 생각했지만 파비올라의 성질머리를 생각한다면 되려 역효과가 날지도 몰라 그저 감시만 붙인 것으로 끝냈었다. 그러다 그녀의 행적을 놓쳐 당황시키더니 이번엔 느닷없이 틸라크에 나타나 황당케 한다.

"큰일이군요. 그러다 아이라도 들어선다면 빼도 박도 못할 텐데……."

"설마 그렇기야 하겠소? 그래도 명색이 틸라크의 상황에, 전장에 나간 장수가 아니오? 아젝스 틸라크 상황이라면 그쯤은 알 것이오."

"피끓는 젊은 남녀 사이에 어디 그게 맘대로 되겠소? 눈길만 마주쳐도……."

"그만. 이왕 벌어진 일이니 대책이나 생각해 보게. 그들을 불러들이는 게 좋겠나, 그곳에 머물게 하는 것이 좋겠나?"

언젠가는 이루어질 혼사였다. 위상이 달라진 아라사라면 아젝스로서도 마다할 이유가 없는 데다, 이미 둘 사이에 정분마저 났으니 걸릴 것이 없다. 그러나 지금이어서는 안 된다. 틸라크가 안정되고 내실을 다졌을 때, 그래서 아라사가 틸라크에 줄 것보다 받을 것이 많을 때 파비올라와 아젝스가 혼인을 맺어야 했다.

"당연히 불러들여야 하지 않겠습니까? 갈수록 틸라크의 전황이 좋아지긴 하지만 전쟁은 장기화될 조짐을 보이고 있습니다. 가나트의 만행으로 올해 식량 사정이 좋지 못할 틸라크라면 파비올라 공주를 빌미로 우리에게 손 벌릴 공산이 큽니다."

"하나 벌써 아젝스 틸라크 상황 곁에 있다는데 무작정 데려오자면 모양이 좋지 않습니다. 파비올라님 성정으로 봐도 곱게 아라사로 오지는 않을 것이고 잘못하면 파비올라님의 소환으로 틸라크와 감정의 골이 파이게 하는 역효과가 날지도 모릅니다."

"그러다 애라도 들어서면 어쩔 참이오? 틸라크가 한창 전쟁 중인데 혼인을 미룰 수도 없게 되지 않소? 틸라크가 지금 필요한 게 어디 한두 가지겠소? 그들이 지참금으로 얼마를 요구할지 계산이나 되시오? 우리 아라사도 남부연방을 통일하자면 힘을 비축해야 하오. 그 일환으로 파비올라님의 혼인을 계획한 게 아니오? 그런데 역으로 틸라크를 돕다니, 말도 안 되오!"

타앙!

바르타스가 소리나게 탁자를 치자 소란스럽던 회의장이 일순간에 정적에 빠졌다.

"아는 얘기 말고 좀 색다른 말 없나?"

"바르타스, 좀 색다른 건 좋은데 날 놀래키는 건 삼가면 좋겠군. 심장이 멎는 줄 알았다구."

"죄, 죄송합니다, 전하."

잠이 부족해 모두 신경이 날카롭게 선 상태였다. 오히려 전쟁을 치를 때보다 더 정신이 없다. 피레나를 손에 넣고 뭔가 해냈다는 마음도 잠시, 부여된 임무가 자신의 능력을 상회하자 모두가 힘들어한다. 그렇기에 조금만 기분이 상하면 과격해지는 것이다.

바르타스는 갈수록 인재 부족을 느꼈다. 일을 맡기고 시킬 사람이 없었다. 나라를 키운다는 것은 그저 땅덩이만 넓힌다고 끝나는 것이 아니었다.

"후우, 모두 마음을 가다듬고 다시 생각해 보세. 지금은 틸라크와 혼인을 맺을 적기가 아니야. 하지만 틸라크의 눈치도 봐야 하네. 만약 여기서 틸라크와 감정 상하는 일이 생긴다면, 후에 틸라크가 안정되고 아젝스 틸라크 상황의 혼인 문제가 본격적으로 거론될 때 오늘의 일을 상기하고 아라사에 섭섭한 마음을 드러낼지도 모르네. 양자 모두 만족할 만한 대안이 없겠나?"

회의장의 귀족들이 슬금슬금 눈치 보며 자신과 눈길을 마주치지 않자 바르타스는 또다시 화가 치밀었다. 그래서 탁자에 둘러앉은 귀족들을 향해 뭐라 한소리 하려는데 누군가 눈에 들어온다.

"눈치 보지 말고 할 말 있으면 해보게. 욕먹는 게 그렇게 싫은가?"

"아니, 저…… 제 생각엔 파비올라 공주님이 틸라크에 계시는 것이……"

"자네, 틸라크한테 뭐 먹은 거라도 있나? 거의 볼모나 다름없는……."

"노이몬!"

바르타스는 화난 표정으로 발언 도중 끼어든 노이몬을 제지했다. 그리고는 바짝 얼어 말도 제대로 못하고 고개를 수그린 이름 모를 귀족에게 부드럽게 말했다.

"계속 말해 보게. 파비올라 공주가 틸라크에 남으면 우리에게 무슨 이득이 있지? 물론 회의를 죽 지켜보았으니 이번 일이 갖고 있는 문제는 잘 알고 있을 터. 당연히 자네가 대안을 갖고 그런 말을 했으리라 믿네. 아, 자네 이름이 뭔가? 내 정신이 없어 자네 이름이 기억나지 않는군."

"크리타니스라 합니다. 이번에 새로 증정에……. 아, 예. 틸라크가 안정된 후 파비올라 공주님과 아젝스 틸라크 상황이 반드시 혼인한다는 보장은 없습니다. 에, 저, 그러니까 아라사가 유리한 건 사실이나 아직 그렇게 확정된 것은 아닌 것이죠. 따라서 이번 기회에 이를 기정사실화할 필요가 있습니다. 그래서 타국으로부터 우선권을 인정받아야 합니다. 무, 물론 심정적으로만 말이죠."

"흠, 심정적이라……. 좀 더 구체적으로 말해 주겠나? 심정적이든 어쨌든 그들의 혼인이 기정사실이 된다면, 거기다 혼인 전에 아이까지 들어선다면 파비올라 공주를 빌어 틸라크가 우리에게 무엇을 요구할 때 이를 거절할 명분이 없지 않나?"

크리타니스는 바르타스가 자신의 말에 긍정적인 반응을 보이자 보다 자신감을 갖고 의견을 피력하기 시작했다.

"그러니까 그 둘을 떼어놔야 합니다. 그렇다고 아라사에 불러들이자는 말은 아닙니다. 공주라면 당연 피비린내나는 전장보다 틸라크 황궁에 머무는 것이 더욱 어울리지 않겠습니까? 그리되면 혼인 날짜는 우리가 원하는 때로 미룰 수 있습니다. 표면적으로 아라사와 틸라크의 우호 관계를 중진하기 위한 방문 정도로 하면 틸라크가 대놓고 우리에게 무엇을 요구하지는 않을 것입니다. 무엇을 요구한다 하더라도 시간을 끌 명분이 생기지요. 그러면서 파비올라 공주님과 아젝스 틸라크 상황과의 관계를 은근히 소문 내면 될 것입니다. 거기에 아젝스 틸라크 상황이 아이마라 틸라크 태후를 끔찍이 생각한다니 파비올라 공주님께서 태후께 눈도장을 받으면 일이 더욱 쉬워지겠지요."

"심정적인 인정이라……."

가능할 듯도 했다. 국가 간의 혼약이야 자국의 이익에 따라 언제든지 파혼할 수도 있고, 얼마든지 상대를 바꿀 수도 있다. 물론 안면몰수할 만큼 그 상대를 힘으로 찍어누를 수 있을 때에야 가능한 말이지만, 틸라크라면 그만한 힘이 있었다. 그렇기에 그런 일을 미연에 방지하기 위해 상대에게 부담을 지우고 족쇄를 채우는 것이다. 그런데 크리타니스의 말대로 한다면 그런 족쇄를 채우거나 찰 필요 없이 아젝스와 파비올라의 혼인을 인정받을 수 있을 듯했다. 전쟁통에 여럿 죽어 나가 중정에 새로 귀족을 들였는데 저런 인재가 있는 줄은 미처 생각지 못했다.

"자네, 크리타니스라 했나? 좋은 의견이었네. 노이몬, 틸라크의 비아스에게 전하게. 서둘러야 할 게야."

쉬블락은 저녁 식사를 하는 틸라크 군을 보며 여러 번 놀라야 했다. 전장 한복판에서 갓 구운 듯한 빵에 말랑말랑한 고기 한 점이 식사로 나온 것이다. 야영지를 정하고 병사들이 막사를 세우는 동안 행군 내

내 틸라크 군 후미에 빠져 있던 수송대가 도착하더니 그중 일부 마차가 각 소부대 사이사이에 끼어들기 시작했다. 그리고 사방에서 병사들이 몰려들자 수송 마차는 문을 열어 구수한 냄새가 나는 꾸러미 한 개씩을 나눠 주는 것이다. 그 안에는 열 명분의 빵과 고기가 들어 있었다.

"곧 전투가 임박한 모양이지요? 음식물이 좋습니다."

쉬블락은 자기 옆에서 식사를 하는 아젝스의 호위에게 그 놀람을 표현했다. 그러나 그 호위는 별일 아니란 듯이 말했다.

"늘 이렇게 먹습니다. 우리가 행군하는 동안 수송대는 식사를 준비하는 것이죠."

"제가 보기엔 수송대가 한 번도 멈춘 적이 없었는데……."

"달리는 중에도 취사가 가능한 마차가 있습니다. 물론 마법사의 도움을 받아야 하지만. 그래서 전투가 임박하면 마법사의 전력을 아껴야하는 터라 되려 음식이 좋지 않을 때도 있습니다."

"그렇군요. 부럽습니다. 전장에 나선 병사들에게 먹거리만큼 중요한 것은 없지요. 틸라크 군이 강맹한 이유를 또 하나 알았군요. 허허, 그런데 장수들도 늘 저렇게 병사들과 함께 똑같은 식사를 합니까?"

쉬블락이 다시 한 번 주위를 둘러보며 물었다. 처음엔 아젝스를 비롯한 틸라크 군 모두의 무구가 일반 사병과 똑같아 구분이 가지 않았지만 자세히 살펴보니 투구에 붉은 수실을 달아 사병과 장교를 구분 짓고 있었다.

그들이 지금 병사들 틈에 끼어 흙바닥에 주저앉아 주위 병사들과 담소를 나누며 식사하고 있었다. 저쪽에 기니비셔라는 틸라크 군 장수가 페이난사를 붙잡고 늘어져 대소를 터뜨리는 모습도 보인다. 아라사에

선 생각할 수도 없는 장면이었다.

"예. 아젝스 틸라크 상황께서 병사들과 함께 식사하시는 데 다른 장수들은 말할 것도 없지요. 예전부터 그래 와서 그리 특별한 일은 아닙니다. 아, 오늘은 손님이 오셔서 상황께서 안 보이는군요."

그러면서 호위는 야릇한 시선으로 아젝스의 막사를 힐끔 본다. 쉬블락도 호위를 따라 막사를 바라보았다. 저 안에서 아젝스와 파비올라가 오붓하게 식사를 하고 있을 터였다.

'부디 잘돼야 할 텐데……'

"억지로 먹을 필요 없다."

"아, 아니…… 후우, 솔직히 식사가 좀 그러네요. 당신이 정말 틸라크 제국의 상황 맞아요?"

"전장에서 이 정도면 호사다."

기니비셔가 쓸데없는 짓을 했다. 지금 자신의 앞에는 십여 가지의 요리가 푸짐하게 쌓여 있었다. 주변 마을을 돌며 맛난 재료를 구하느라 마법사를 동원했으리라. 그러나 자신은 물론이고 정작 이 음식의 주인이라 할 파비올라마저 불만스레 식사를 하니 기니비셔의 마음씀씀이는 정말 쓸데없는 짓이 되어버렸다. 아젝스가 물로 입 안을 가시는 것으로 식사를 마치자 뒤에 시립해 있던 호위가 탁자를 치우기 시작했다. 그리고 기다렸다는 듯이 차를 든 숙수가 들어선다.

"저희들은 이만 나가서 경계를 서겠습니다."

호위들이 아젝스에게 고개를 숙이며 숙수와 함께 막사를 나섰다. 평소와 다를 바 없는 행동이었지만 어쩐지 위화감이 들었다. 곰곰이 생각해 보니 호위의 얼굴에 감도는 웃음 때문인 듯하다. 놈들은 자신은 물론이고 파비올라에게도 희미한 미소와 함께 공손히 고개를 숙였다.

"아마 지금쯤이면 아시루스도 네가 여기 있다는 소식을 접했을 거다."

"관심없어요, 그런 거."

아젝스와 파비올라는 묵묵히 찻잔을 들었다 놨다 했다. 별로 할 말이 없었다. 둘이 이런 시간을 갖는 것도 처음이지만 서로 관심사가 다르니 대화의 소재를 찾는 것도 힘들었다. 하지만 어색한 시간이 흐름에도 썩 싫지만은 않다.

아젝스는 손가락을 꼼지락거리는 파비올라를 보며 예전의 당차던 모습은 모두 어디 숨었나 궁금해 세심하게 살피기 시작했다. 균형이 잡힌 몸매와 좀 더 굵어진 듯한 팔뚝, 손가락에 박인 굳은살이 그간 검술 훈련을 게을리 하지 않은 듯하다. 검게 그을렸지만 자신과 함께 있을 때보다 피부 상태가 좋은 것으로 봐선 용병질이나 어디 여행을 한 모습은 아니다. 얼굴을 씻을 물도 부족한 전장에서 아무리 공주라지만 매일 수욕을 할 수는 없을 테니 저런 용모를 가꿀 수는 없고, 그렇다고 바루니아에 가지도 않았을 테고, 그럼 브로치니아에 있었나?

아젝스가 자신을 살피는 눈길을 느꼈는지 파비올라가 힐끔 아젝스를 보다 눈길이 마주치자 다시 고개를 숙였다. 그러다 다시 고개를 살짝 들어 어렵게 입을 떼었다.

"저……."

"말해라."

"카드모스가 말하길 황제에 오르지 않겠다고 천명했다던데 사실인가요?"

"그래."

"그렇군요. 그럼 전쟁이 끝나면 뭐 할 건데요? 틸라크에 계속 있을 거예요?"

어렵게 운을 떼워 무슨 말인가 했더니 아이와 같은 질문을 하는 파비올라를 보자 아젝스는 간만에 즐거운 마음이 들었다. 자신과 함께 용병 놀이를 하고 싶다는 갈망을 담뿍 담아 자신을 바라보는 눈망울이 귀여웠다. 그러나 파비올라와 놀 시간이 자신에겐 없었다.

"어머니와 함께 지낼 생각이다. 지금은 헤모시아에 정착해 오붓하게 살고 싶다만, 세상을 주유할 수도 있겠지."

"그렇군요……."

"여기는 네가 있을 곳이 못 된다. 돌아가거라."

"전…… 후우, 그렇겠지요. 아무리 강맹한 틸라크라도 지금으로선 아라사의 눈치를 보지 않을 수 없겠죠. 제가 여기 있다 무슨 불상사라도 생긴다면 큰일 나겠죠? 저두 그쯤은 안다구요, 알아요. 그런데, 그런데……."

"그런 것과는 상관없다."

"……."

"……."

"그런가요? 후후, 그렇군요. 하기사 대틸라크 제국의 상황 폐하께서 소국의 공주 따위가 눈에 차기야 하겠어요? 역시 고향이 좋네요. 모든 걸 잊을 수 있으니. 지금 모습이 원래의 당신이겠죠? 얼굴만 변한 게 아니라 모든 게 다 변했군요. 이제야 적응이 좀 되네요. 처음에 당신이 절 대하는 태도가 너무 달라 얼마나 당황했다구요. 하지만 이제 알았으니 다음부턴 이런 실순 없을 거예요. 그러니 그간의 실례는 너그러이 용서해 주시기 바라요, 아젝스 틸라크 상황 폐하."

"……무슨 일 있느냐?"

"그렇게 말하지 말아요! 소름이 돋는다구요! 예전엔 묻지도 않고 잘도 알았잖아요! 내가 말하기도 전에 나한테 필요한 걸 먼저 주었잖아요! 그런데, 그런데……."

파비올라의 두 눈에서 눈물이 주르륵 흘렀다. 두 손으로 얼굴을 감싸고 소리 죽여 흐느꼈다.

아젝스는 파비올라가 우는 이유를 알 수 없었다. 돌아가란 말이 그리도 섭섭했던가? 눈물을 흘릴 정도로 자신에게 정이 들었었나? 아니다. 딱 잘라 주고받는 관계다라고 말할 수는 없지만 서로 필요한 것을 충족시키는 것으로 만족하던 사이에 불과하지 않았나.

"나에게 다른 감정을 품었나?"

"아니에요!"

아젝스는 실로 어처구니가 없었다. 정이 들 만한 시간이 있었나? 그럴 일이나 있었나? 매일 자신에게 얻어맞으며 살았으니 이를 갈지 않는 것만도 다행인 관계 아니었나? 물론 파비올라가 싫은 것은 아니었다. 당찬 모습만큼이나 의지도 강해 고된 훈련에도 꿋꿋하게 잘 따라주어 은근한 기대를 품게 하기도 했고, 자신의 소망을 이루기 위해 다른 것은 안중에도 두지 않는 모습이 보기 좋기도 했다. 그러나 호감과 사랑은 다른 것이다. 아니, 그보다도 자신에겐 파비올라를 받아들일 여력이 없었다.

"그만 쉬어라. 아직 시간이 있으니 내일 다시 얘기하자꾸나."

아젝스의 말에 잔경련을 일으키던 파비올라의 어깨가 움직임을 멈췄다. 천천히 고개를 들어 아젝스를 바라보는 눈엔 증오가 서렸다. 아젝스는 말없이 그 눈길을 받아들였다.

파비올라는 아젝스에게 눈길을 떼지 않은 채 자리에서 일어났다. 입술이 씰룩였다. 아젝스를 바라보는 눈길이 더욱 강렬해졌다. 입술의 떨림이 더욱 심해졌다. 아젝스의 눈길은 변함이 없었다. 자신이 알던, 자신이 바라던 눈길이 아니었다. 파비올라는 입술을 잘근 깨물며 아젝스를 외면했다. 그리고 조용히 막사 밖으로 나갔다.

"밖에 아무도 없나?"

"부르셨습니까?"

아젝스의 부름에 호위가 즉각 대답하며 막사 안으로 들어왔다.

"파비올라 공주를 막사로 안내해 주어라. 그리고 그녀의 일행 중 발키리란 여자를 데려와라."

"옛!"

오늘 파비올라는 자신이 알던 파비올라가 아니었다. 무엇을 참는다거나 하고픈 말을 남기거나 하는 행동은 그녀에게 어울리지 않는다. 소리없는 흐느낌보다 세상이 떠나가라 엉엉 우는 모습이 어울리고, 말없이 노려보는 것보다 삿대질을 하며 비웃음 섞인 욕설을 퍼붓는 것이 어울린다. 자신을 맘에 두고 있는 게 사실이라면 증오 가득한 그 눈길로 고래고래 소리치며 한바탕 난리를 부리고, 증오 속에 가려진 그 갈망으로 울고불고 억지를 부렸어야 했다. 파비올라는 그리했어야 했다. 결코 마지막의 그 절망에 찬 눈길을 보여서는 안 되었다. 무엇일까?

"찾으셨습니까?"

"파비올라에게 무슨 일이 있었나?"

"공주님께서 아무 말씀 없으셨습니까?"

"무슨 일이지?"

"…공주님께서 말씀 안 하셨다면 제가 드릴 말씀은 아무것도 없습니다. 용서하십시오."

아젝스는 발키리를 노려보며 강하게 압박했지만 발키리는 요지부동이었다.

"나가도 좋다."

"감사합니다. 그럼."

아젝스는 아무 일 없었다는 듯이 고개 숙여 인사하곤 막사를 나서는 발키리를 보며 차라리 쉬블락을 부를 걸 잘못했단 후회가 들었다. 그러면 자신의 물음에 충실히 답해줄 듯했다. 그러나 이내 고개를 가로저었다. 쉬블락은 파비올라의 측근이 아니었다. 그리고 설혹 알고 있다고 해도 아라사의 이익에 위배되는 일이라면 절대 발설하지 않을 사람이었다. 파비올라와 관련된 일은 결코 아라사에 이익을 주지 않을 것이다. 파비올라가 이곳에 온 것 자체가 아라사의 이익에 반하는 것이었다.

"왜 말씀하지 않으셨습니까?"

"……."

"낮에 공주님에 관해 틸라크 성에 보고하는 것을 보았습니다. 그러니 벌써 아시루스 전하께 공주님의 소식이 전해졌을 겁니다. 내일이라도 당장 공주님을 소환하란 명이 떨어질 수도…….."

"상관없어."

파비올라는 이불을 뒤집어쓴 채 간이 침대에서 움직이려 하지 않았다.

"두 분 사이에 무슨 일 있었습니까?"

"……."

"아젝스 틸라크 상황께선 많이 변하셨더군요. 예전보다 훨씬 온화해지고 남을 배려하는 모습이셨습니다. 말씀하기 더 편하셨을 텐데……."

"그래! 그는 변했어! 더 이상 내가 알던 아스트리아스가 아녔단 말야! 바르타스나 오라버니와 똑같아졌다구! 감정이란 조금도 없는, 권력과 이득만 따지는 벌레가 되었어! 그러니 나보고 어쩌라구. 이제 그만 좀 날 내버려 둬!'

발작하듯 침대에서 몸을 일으킨 파비올라의 눈은 퉁퉁 부어 있었다. 빨갛게 충혈된 눈에서 쉼없이 눈물이 흐르고 있었다. 발키리는 파비올라에게 다가가 부드럽게 눈물을 닦아주었다. 닦아도 닦아도 눈물은 멈추지 않았다.

"흑흑. 으앙!"

쓰러지듯 파비올라가 자신의 품을 파고들며 서럽게 울자 발키리는 그녀를 포근히 감싸며 등을 토닥였다.

"사람이란 쉬이 변하는 법이 아니랍니다. 아젝스 틸라크 상황은 바르타스가 될 수 없는 사람입니다. 예전부터 병사 하나하나를 세심히 돌보는 것으로 유명했지요. 틸라크로 돌아와 이전의 모습을 되찾은 것일 뿐, 분명 공주님께서 아시던 그 아스트리아스의 모습도 있을 겁니다."

"엉엉!'

'권력과 이득만 따지는 벌레라…….'

바로 자신의 모습이 아닌가. 아젝스에게 불려갔던 발키리가 막사 안으로 들어가자 소리가 새 나가지 않도록 막사 주변 공간을 차단하고 막사 밖에서 파비올라와 발키리의 대화를 엿듣던 쉬블락은 씁쓸하게 밤하늘의 별을 바라보았다.

평생을 영달을 꿈꾸며 살았던 인생이었다. 자신의 운명을 저주하며 거기서 벗어나고자 발버둥 치던 삶이었다. 노력이 헛되지 않아 낮으나마 자력으로 귀족의 지위도 얻었고, 미관말직이나마 굵은 연줄도 만들었다.

'후후, 흔하디흔한 이름 모를 귀족 자제에서 대아라사의 귀족 계보에 당당히 이름을 올렸으니 이만하면 성공한 삶 아닌가?'

그뿐이었다. 물려줄 재산도 없고, 어렵사리 얻은 지위를 이어줄 자식도 없다. 세월이 흐르면 잊혀질, 흔하디흔한 귀족 중 하나였다. 허망했다.

'아젝스 틸라크 상황이 나와 같을 수는 없지.'

처음 아젝스를 보았을 때 그는 황량한 사막이었다. 일체의 생명을 불허하는 뜨거운 사막처럼 살생 외에는 모든 것에 무심했다. 그러나 시간이 흐르면서 아젝스라는 사막에도 해갈할 오아시스와 시원한 나무 그늘이 있음을 알게 되었고, 늑대처럼 떠도는 용병들이 왜 아젝스 밑으로 스며드는지도 이해할 수 있게 되었다.

센에서의 마사카와 아라사에서의 아스트리아스가 달랐듯, 틸라크에서의 아젝스는 파비올라가 아는 아스트리아스와 달리 보이는 것이 당연하다. 그러나 발키리의 말마따나 사람이 쉬이 변할 수는 없다. 함께 지내다 보면 분명 파비올라가 알던 아스트리아스의 모습을 현재의 아젝스에게서 찾을 수 있을 것이다. 시간만 충분하다면 말이다, 시간만.

'방법이 있을 게야, 방법이.'

제 4 화
비밀이 풀리고

　　"앙모하던 라미에르 틸라크 여황 폐하를 뵈게 되어 아라사의 파비올라가 무한한 영광으로 생각합니다."

　　"어서 오세요. 파비올라 공주에 대해선 진작부터 들어 알고 있었답니다. 제 오라버니가 아라사에서 지냈을 때 친근한 관계였다구요? 만나서 반가워요. 잘 왔어요, 틸라크에. 우리 어머니도 파비올라 공주를 꼭 보고 싶다고 몇 번이고 말씀하셨답니다. 공주를 보면 무척이나 반기실 거예요."

　　"네에⋯⋯."

　　파비올라는 날이 밝자 아무 생각 없이 쉬블락을 따라 틸라크 성으로 향했다. 쉬블락이 뭐라고 주저리주저리 여기로 온 까닭을 늘어놨지만 하나도 머리에 남는 것이 없었다. 그저 아젝스를 보지 않는 것으로 족했기에 이유가 무엇이든 상관없었다. 덕분에 자신이 어떻게 라미에르

앞에 앉아 있는지, 그녀가 무슨 말을 하는지 하나도 모르고 있었다.

"어머, 내 정신 좀 봐. 피곤한 사람을 붙잡고 늘어지다니. 호호, 간만에 반가운 손님을 맞았더니 파비올라 공주가 어디 있다 왔는지 깜박했군요. 우선은 푹 쉬도록 하세요. 그리고 저녁은 오붓하게 우리 어머니와 함께하도록 하지요. 호호, 오랜만에 화기애애한 식탁을 맞이하겠네? 그럼 저녁 때 보도록 해요."

"네, 배려에 감사합니다."

접견실을 나와 근위의 안내로 자신의 방으로 들어온 파비올라는 쓰러지듯 침대에 엎어졌다. 푹신한 침대가 한없이 자신을 빨아들였다. 이대로 영원히 잠들고만 싶었다.

"젠장! 빌어먹을! 아니, 내가 왜 여기 있어야 하는데? 언제부터 내가 파비올라 공주의 호위로 취직했지?"

"시끄럽다, 페이난사. 공주님이 피곤하신 듯하니 우린 나가도록 하자."

왜 틸라크로 왔을까? 그냥 곁에 있고 싶고, 마냥 응석 부리고 싶고, 늘상 자신을 바라만 보길 원했다. 왜 아젝스가 보고 싶었을까? 언제나 맘 편히 기댈 수 있고, 든든한 보호자였고, 믿을 수 있는 후원자였다.

"하아."

"그를 사랑하십니까?"

"아니."

"그렇습니까?"

"…나두 잘 모르겠어요."

"말씀드렸다시피 본국에선 아직 공주님의 일을 모릅니다. 두어 달이면… 공주님의 마음을 정리하기에 부족하지 않겠지요. 부디 현명한 판단을 하시길 바랍니다."

"고마워요, 쉬블락."

"그럼 편히 쉬십시오."

쉬블락이 조용히 방문을 나서자 발키리 홀로 문 앞을 지키고 있었다. 쉬블락은 발키리에게 고개를 끄덕이곤 다시 고개를 가로저으며 복도를 걸었다. 어수선한 틸라크 황궁에서 복잡한 머리를 식혀줄 곳이 있을지 의문이 들었지만 답답한 방구석에 처박혀 있는 것보다는 나을 듯해 궁 밖으로 나서기로 했다. 그러나 궁을 나서자마자 따가운 햇살로 후끈 달아오른 열기가 느껴지자 절로 인상이 찌그러졌다. 나갈까 말까 고민하던 쉬블락은 길게 한숨을 쉬며 자신에게 배정된 방으로 향했다.

"호호호."

"호호, 지금이야 세상에서 누구 못지않은 멋진 남자가 되었지만, 예전에는 정말이지 못 말리는 오라비였다니까요? 아무한테나 괴발개발로 연서를 썼다 아빠한테 들켜 집안 망신 다 시킨다며 죽도록 얻어터지고 세 대 더 맞아도, 그날 밤이면 어김없이 또 밖으로 새 나가 술 마시고 담 타다 들켜서 또 맞고 하는 게 오라버니의 일상이었다구요."

"호호, 정말이에요? 믿어지지가 않네요. 그분께 그런 시절이 있었다니. 아마 아젝스 틸라크 상황을 알고 있는 아라사 사람이 이 얘기를 들으면 뒤로 넘어갈 거예요. 저만 하더라도 늘 무표정한 얼굴밖에 본 적이 없거든요."

"사실이랍니다. 이는 한 점 거짓도 없는 실화라구요. 그렇지요, 어머니?"

"흠. 라미에르, 네 말이 거짓은 아니다만 과연 네가 아젝스를 험담할 만한 자격이 있는지 모르겠구나. 지금이야 이렇게 어엿하게 한 아이의 어미가 되어 의젓해진 너지만, 결혼하기 전엔 천방지축에 떼쟁이여서 아젝스가 널 피해 도망친 게 한두 번이 아니었던 기억은 안 나니? 그러고 보니 결혼도 전에 지참금을 달라며……."

"엄마!"

"호호호."

틸라크의 여황 라미에르와 틸라크의 태후 아이마라와 함께하는 담소는 즐겁기 그지없었다. 태후의 별궁에서 이루어진 만찬은 파비올라가 아라사에서 보던 딱딱한 격식과 호화로운 음식이 가득한 만찬과는 거리가 멀었다. 조그만 원탁에 가짓수가 많진 않지만 소담히 담긴 음식들, 그리고 라미에르와 아이마라가 전부였다.

아이마라는 자애로운 미소와 함께 파비올라에게 직접 음식을 나누어 주었고, 라미에르는 그사이를 못 참고 이것저것 요리를 맛보며 품평회를 열었다.

처음 파비올라는 그 분위기에 적응을 못해 어색한 미소를 지으며 그저 음식 먹는 데에만 열중했다. 그러나 그것도 잠시, 대충 씹어 삼킨 음식이 뱃속에 들어가자마자 후끈한 열기가 피어오르더니 용트림을 하듯 순식간에 입 밖으로 거대한 불줄기를 뿜기 시작하자 만찬장이 떠나가라 요란한 웃음이 터졌다. 그리고 파비올라가 눈물이 글썽해서 허겁지겁 물을 마시는 동안, 아이마라와 라미에르는 파비올라가 먹은 요리 이름과 그에 얽힌 이야기 등을 하며 얘기 보따리를 풀기 시작했고, 이는 만찬이 끝나고 밤이 깊어지도록 멈출 줄 몰랐다.

파비올라는 이런 분위기가 처음이었다. 고귀한 신분의 황족이 처음

대하는 사람과 격의없이 대화하는 것은 상상도 못했다. 아라사의 사교계에선 여인네들이 서로 파벌을 지어 한다는 대화가 잘난 남자 얘기 아니면 유행에 관한 얘기, 그도 아니면 남의 험담이나 줄줄이 읊어대는 것이 다였다. 물론 지금 이들과 나누는 대화도 잡담이었다. 그러나 아라사의 여인네가 하는 말과 지금 눈앞의 여인들이 하는 말엔 커다란 차이가 있었다.

아라사의 여인네들의 화사한 웃음 속엔 날카로운 비수가 숨어 있었지만 라미에르와 아이마라의 말엔 가족 간의 따뜻한 정이 짙게 배어 있었다. 자신이 그토록 갈망했지만 단 한 번도 느껴본 적이 없는 그것이.

파비올라는 듣는 것만으로도 한없이 즐거워 시간 가는 줄도 몰랐지만 그러면 그럴수록 의문도 커져 갔다. 탐욕에 물든 황실에 어떻게 이런 웃음이 있을 수 있는지, 아젝스와 라미에르의 관계가 불편하다 들었는데 라미에르의 눈은 어찌 저리 맑을 수 있는지, 그리고 이런 모습을 그리워했던 자신은 왜 이들과 동화될 수 없는지……. 그러나 자신의 의문과 상관없이 파비올라의 가슴은 따뜻하기만 했다.

"그런데 오라버니와 동침을 했다는데 정말이에요? 오라버니가 잘해 주던가요?"

"라미에르!"

"뭐, 어때요? 같은 여자끼린데. 그리고 조만간 가족이 될 사람이잖아요. 괜찮죠? 어땠어요? 아니, 이왕 말하는 거 처음부터 말해 봐요. 어떻게 만났어요? 첫인상은 어땠죠? 나와 윈필드처럼 뜨거웠나요?"

고개를 가로젓고 마는 것을 보니 아이마라 역시 내심 듣고 싶은 듯했다.

파비올라는 라미에르의 초롱초롱한 눈망울을 보며 무슨 말을 해야할지 몰라 당황했다.

"저…… 그게……."

"음음."

"오라버니의 소개로 처음 아젝스 틸라크 상황을 뵈었을 때는 무척 당황해서 자세히 보지도 못했어요. 음, 좀 무섭기도 하고. 그때는 변장을 해서 굉장히 험악한 얼굴이었거든요. 지금이야 본모습 그대로지만, 아라사에서 아스트리아스로 화했을 때는 사람 얼굴이라 말할 수 없을 정도였어요. 그래서……."

처음엔 단지 바루니아를 벗어나기 위한 도구로밖에 보지 않았던 아젝스, 그를 이용하기 위해 온갖 수단을 동원했지만 모두 수포로 돌아가 절망에 빠졌을 때 아무런 대가 없이 손을 내밀어준 아젝스. 그를 존경했고 동경했다. 대적할 자가 없는 검술을 지녔고, 견줄 자가 없는 지략을 품었다. 오직 자신의 능력만을 믿고 온갖 방해물들을 거침없이 쳐부수며 목표를 향해 내달렸다. 그런 그가 자신을 바라봐 주었다. 무심한 듯하면서도 세심하게 보살펴 주었다. 용병이 되는 것이 옳은 것인지 극심한 혼란을 겪을 때 처음으로 그의 내면을 보여주면서까지 자신을 걱정해 주었다.

"뜨거운 태양 아래서는 그토록 강한 사람이 밤이면 순한 양처럼 변했어요. 언제나 제 가슴에 얼굴을 묻어야 잠들곤 했죠. 위로해 주고 싶었어요. 그가 무슨 상처가 있는지는 아직도 잘 모르지만 그냥 보듬어 안아주고 싶었어요."

그날 항거할 수 없는 운명에 무릎 꿇은 아젝스를 보았다. 그러면서 자신에겐 운명에 도전하라 충고하는 아젝스를 보았다. 슬퍼 보였다.

자신이 할 수 있는 것이라면 무엇이든 아젝스를 위해 하고 싶었다. 마냥 베풀기만 한 아젝스에 대한 보답이라 해도 좋았고, 자신이 지금 할 수 있는 일을 찾으라는 아젝스의 충고를 듣는 것이라 해도 좋았다. 자신이 그를 위해 뭔가 할 수 있다는 것이 좋았고, 안식을 찾은 듯 편히 잠든 아젝스를 바라보는 것이 좋았다. 아젝스가 자신의 품을 더욱 깊이 파고들수록 아젝스의 목을 감은 팔에 더욱 힘을 주었다. 아젝스가 곁에 있다는 것으로 행복했고, 보이지 않으면 불안한 눈동자로 그의 그림자를 찾았다. 자신의 하루는 아젝스를 찾는 것으로 시작해서 아젝스의 영상을 망막에 담은 채 눈 감는 것으로 끝났다. 마음은 온통 아젝스로 가득 차서 다른 무엇이 들어올 여지가 전혀 없었다.

사랑이었다. 경애가 연민으로 바뀌었듯 어느덧 아젝스를 사랑하는 마음이 스며들었다. 이제야 알았다. 이제야 확신할 수 있었다. 나는 아젝스를 사랑한다!

"후회하지 않아요, 아젝스가 절 사랑하지 않는다 해도. 그만큼 더 제가 사랑할 테니까요. 후회하지 않아요, 아젝스의 아이를 가진 걸. 내 사랑의 증표이니까요."

"……."

"방금 뭐라 했지요?"

"네?"

"밖에 아무도 없느냐! 마법사, 마법사를 불러라!"

짙은 어둠이 깔린 틸라크 군의 숙영지는 깊은 잠에 빠져 있었다. 비록 말과 마차를 타고 진군한다지만 거의 매일을 20파르상씩 이동했기에, 고된 훈련으로 단련된 틸라크 군이라도 밤이 되면 세상모르고 곯아 떨어졌다. 그렇기에 잠이 든 틸라크 군 숙영지에서 들리는 소리는 나직이 화톳불이 타닥거리는 소리와 잠을 쫓기 위해 어슬렁거리는 경계병의 발자국 소리, 길게 울려 퍼지는 말 울음소리와 회의에 여념이 없는 틸라크 군 장수들의 목소리뿐이었다.

"결국 뒤로 물리는 수밖에 없습니다. 아무리 지리적 이점을 안고 있다지만 15만에 육박하는 아브로즈 연합군을 상대하기에 5만의 쟈므 군으로는 버겁습니다. 비록 오늘은 우리가 지원해 준 마법사 덕으로 어떻게 버텼다지만 내일도 견디리라고는 솔직히 믿을 수 없습니다. 쟈므 군이 원체 약체여서……."

"하나 아브로즈 군은 숫자만 많을 뿐 정예라 볼 수 없습니다. 정규군이라 봐야 아브로즈 군 5만에 후시타니아 군 3만뿐이고, 나머지는 용병들과 민병들뿐입니다. 수에서는 차이가 나나 질에서는 결코 밀리지 않습니다. 단지 경험이 부족할 뿐이지요. 오늘 한 번 실전을 겪었으니 다음 전투에서는 다른 면모를 보여줄 것입니다. 따라서 지리적 이점에 우리가 지원해 준 마법사라면 충분히 며칠은 버틸 수 있습니다. 아브로즈 연합군의 공격은 예상했던 일이잖습니까?"

"오늘의 전투를 보면 낙관만 할 수는 없네. 쟈므 군이 허약하다는 것은 알았지만 이 정도일 줄은 정녕 몰랐네. 어서 죽여달라고 줄줄이 달려오는데 화살은 고사하고 되려 적에게 등을 보이고 도망치다니, 이게 말이나 되나? 만약 마법사들이 사력을 다해 시간을 벌지 않았다면 오늘 쟈므 군은 그대로 전멸을 면치 못했을 게야."

"처음으로 겪은 실전이라 그런 것입니다. 내일은 다를 것입니다."

"쟈므 장수들은 물론이고 쟈므 국왕까지 나서서 후퇴를 요청하는 실정입니다. 우리 측 마법사가 보내온 영상으로 판단컨대 더 이상의 전투는 불가능할 듯합니다. 겁에 질려 전의를 상실한 쟈므 군이라면 그냥 죽으라는 말과 같습니다."

"하나……."

"알사스 나브람 후작이 지금부터 기동한다면 가나트 군과 얼마나 차이를 벌일 수 있겠소?"

"하룹니다."

조용히 난상토론을 지켜보던 아젝스가 결심을 굳힌 듯 묻자 앙리가 재빠르게 답했다. 아젝스의 성정을 알기에 쟈므의 후퇴로 결정날 것으로 판단하고 이미 이것저것 다 계산해 둔 것이다. 그러나 전부가 아젝스의 의도를 눈치 챈 것은 아니었다.

"알사스 군과 쟈므 군이 합세한다면 아브로즈보다 전력상 절대 우위에 설 수 있겠습니다만 알사스 군이 로엘그린에 다다를 때까지 쟈므 군이 버텨낼지 의심스러운 상황입니다. 더구나 하루 뒤면 알사스 군을 뒤따른 가나트가 로엘그린에 도착하게 되므로 되려 아군이 앞뒤에서 협공을 받게 됩니다. 반면 우리가 로엘그린에 도착하자면 가나트보다 적어도 하루 반은 늦습니다. 위험하지 않겠습니까?"

기니비셔가 걱정스레 말하자 아젝스가 고개를 끄덕이며 다시 질문했다.

"쟈므 군과 알사스 군이 동시에 움직인다면 합류할 시간은 얼마나 걸리겠소?"

이에 앙리의 계산이 계속 이어졌다.

"알사스 군이 로엘그린에서 대략 이틀 거리에 있으므로 오늘 밤 후퇴한다면 최단 거리로 기동했을 때 내일 저녁때쯤에 쟈므 군과 알사스 군이 합류할 수 있습니다. 하나 이는 가나트와 아브로즈의 협공을 받을 위험이 높습니다. 쟈므와 합류함으로써 알사스 군이 기동력을 상실하기 때문입니다. 남쪽으로 후퇴하며 합류한다면 빨라야 모레에나 가능할 것입니다. 여기에 아브로즈 후시타니아 연합군의 움직임은 계산에 넣지 않았습니다. 연합군이 로엘그린을 지키지 않고 후퇴하는 쟈므 군을 쫓아 남하한다면 알사스 군은 사루야마까지 남하했다 다시 북진해 쟈므 군과 합류해야 합니다. 그럴 경우 대략 4일 정도의 기간이 걸리게 됩니다. 문제는 그 기간 동안 쟈므 군이 안전할 수 있느냐 하는 점입니다. 비록 오늘 전투에서 아브로즈의 기병이 상당한 피해를 입긴 했지만 여전히 4만의 기병이 있습니다. 기병만으로 쟈므 군의 퇴로를 막는 것은 무모하겠지만 치고 빠지는 식으로 쟈므 군을 괴롭힌다면 아브로즈의 본군이 쟈므 군의 뒷덜미를 잡을 시간은 벌 수 있습니다. 따라서 쟈므 군의 안전을 도모하기 위해선 아브로즈가 로엘그린에서 움직이지 못하게 하던가 하다못해 기병만이라도 기동하지 못하게 해야 합니다."

앙리의 말이 이어질수록 아젝스의 아쉬움은 더욱 커졌다. 이틀이라는 시간이 어긋나 가나트를 궁지에 몰 기회를 놓치게 된 것이다. 쟈므가 조금만 더 강성했다면, 아니, 자신과 틸라크 중신들이 예상했던 수준만 되었더라도 자신의 계획대로 순탄한 전쟁을 치를 수 있었을 것이다. 드베리아 관문에서 패하지만 않았더라도 쟈므에 기대는 일은 없었을 것이다. 조금만 더 빨리 부카레스트의 의도를 알았더라도……. 어깨를 가볍게 두드리는 느낌에 고개를 돌리자 따스한 눈길을 주는 시멀레이러가 보였다.

"아젝스야, 너무 자책하지 말거라. 예전부터 너는 너무 일을 서둘러 치르려 했다. 물론 그래서 지금의 틸라크가 있다만 한번쯤은 쉬었다

가는 것도 좋을 듯싶구나. 이만하면 잘한 것 아니겠냐? 아직 열세이긴 하지만, 얼마 전의 절망적인 상황은 벗어났지 않느냐? 이번 한 번은 조금 손해 보자꾸나. 쟈므에 마법사를 최대한 지원한다면 쟈므 군도 크게 다치지는 않을 것이다."

"이번 일은 쟈므 군이 너무 허약한 탓에 일어난 것입니다. 그것을 알기에 쟈므에서도 우리의 처분만 바라는 것 아니겠습니까? 알사스 쪽과 우리 쪽의 여유 마법사 전력을 지원해 준다면 쟈므 군도 감읍할 것입니다."

기니비서도 고뇌하는 아젝스를 위로했다. 병사 하나하나의 안위를 걱정해서는 상승 장군이 될 수 없다. 그러나 아젝스는 매 전투마다 병사들의 목숨을 최우선으로 생각하면서도 전신이란 칭호를 받았다. 그렇기에 이 기니비서가 마음속 깊이 아젝스를 존경하는 것이다. 그러나 지금은 천하의 아젝스라도 어쩔 수 없는 상황이었다. 탓하려면 막강한 적을 눈앞에 두고도 방심해 호기를 상실한 자신과 쟈므 군의 전력을 잘못 판단한 알사스와 틸라크 중신들을 탓해야 할 것이다.

"최단 거리로 쟈므와 알사스 군을 합류시킨 다음 남하하면 어떻겠소? 적이 모르게 쟈므 군이 후퇴한다면 이틀 정도의 시간을 벌 수 있을 것이고 우리와 합류할 시간도 벌 수 있을 듯하오만. 쟈므 군을 그대로 상실한다면 적들과의 전력 차가 십만에 이르오."

"그리된다면 좋겠습니다만, 적들 모르게 후퇴할 수 있겠습니까? 설혹 그리된다 하더라도 이틀의 시간을 버는 것은 어려울 듯합니다. 더구나 이틀 후에 우리가 그들과 합류하기엔 아군 병마가 너무 지쳤습니다. 지금도 좀 무리한 진군입니다."

"하지만……."

"폐하, 황궁으로부터의 전언입니다."

"들어와서 전하라."

막사 밖 근위의 말에 기니비셔가 답하자 곧 통신 마법사가 들어왔다.

"야메이 프리시 공작의 전언인가? 무슨 새로운 소식이라도 있나?"

혹시나 반가운 소식이라도 있을까 기니비셔가 바람 섞인 조급함을 드러냈다.

"상황 폐하께서는 황궁으로 드시라는 전언뿐입니다. 아이마라 틸라크 태후께서 급히 찾으신다 합니다."

"어머니께서?"

"이유는 전하지 않던가?"

"예."

회의장의 틸라크 제장들은 모두 아젝스를 보았다. 아젝스 역시 어리둥절하긴 마찬가지, 어머니가 다급히 자신을 찾을 이유가 없는 것이다.

"일단 입궁하시지요."

"그럼 쟈므 군은 오늘 밤 후퇴하는 것으로 하고 최대한 지원을 아끼지 마시오. 내 곧 오겠소."

"예!"

힘차게 답하는 것과는 달리 아젝스나 틸라크 제장의 마음은 무겁기만 했다. 어려운 때 틸라크에게 도움의 손길을 준 쟈므에게 못할 짓을 하는 듯했기 때문이다. 그러나 이는 쟈므도 틸라크도 예상치 못한 일이었기에 대책이 없었다. 그저 최소한의 피해로 쟈므가 후퇴하길 기원하는 수밖에 할 수 있는 일이 없었다.

"아젝스!"

"어머니, 찾으셨습니까?"

아이마라의 별궁에 들어선 아젝스는 어머니 외에도 라미에르와 야메이 등 틸라크 중신들이 함께 자신을 맞자 이상한 마음이 들었다. 모두의 얼굴에 기뻐하는 기색이 역력해 나쁜 일이 생긴 것은 아닌 듯하지만 그 좋은 일이 무엇인지 도통 감이 오지 않았다.

"무슨 일입니까?"

"아젝스, 이 녀석! 호호호."

"오빠, 축하해!"

"감축드립니다, 폐하."

"감축드립니다, 상황 폐하!"

야메이가 밝게 얼굴로 고개를 숙이며 외치자 중신들 모두 합창하며 아젝스를 축하해 주었다. 라미에르도 전에 없이 들뜬 표정으로 정겹게 대하고 어머니는 연신 웃음을 참지 못하며 아젝스의 손을 들었다 났다 했다. 그러나 정작 당사자인 아젝스는 자신이 무슨 축하를 받는지 알지 못했다.

"어머니?"

"파비올라가 임신을 했다는구나. 네 아이를 가졌단다! 이제 너도 아비가 되는 게야!"

쿵!

"호호, 오빠도 몰랐나 보네? 아이 참, 그런 것은 바로 알아챘어야죠. 파비올라 공주가 그 먼 아라사에서 오빠를 보기 위해 여기까지 왔다면 당연 특별한 일 때문이 아니겠어요?"

이것이었나? 파비올라가 변한 이유가 내 아이를 가졌기 때문이었나?

"혼사를 서둘러야겠습니다. 비록 국혼에 전시라 하나 벌써 석 달째에 접어들었다 하니 예를 따질 때가 아니지요."

"아무렴요! 지금부터 준비해도 시간이 빠듯하지요. 허허, 상황 폐하께서 오시고부터는 줄줄이 좋은 일만 터지는군요. 홍복입니다. 틸라크 황가의 홍복이고, 틸라크 제국의 홍복입니다!"

"하하! 이제 상황 폐하께서도 아셨으니 전 제국에 이 기쁜 소식을 알려야겠습니다. 전 제국민의 축복을 받아야 하지 않겠습니까? 하하하!"

내 아이, 내 아이가. 어떻게 이런 일이!

"파비올라는……."

"이런, 내 정신 좀 보게. 그래, 어서 가보렴. 파비올라는 내가 이곳에 머물게 했다. 더 이상 남도 아니고 또 내가 곁에 두고 자주 보고 싶기도 해서 이곳으로 거처를 옮겼단다."

아젝스는 주위의 말을 듣는 둥 마는 둥 시종을 따라 파비올라가 머무는 방으로 향했다. 별궁에 방이 이리도 많았나? 무슨 복도가 끝도 없이 이어지나? 내가 없는 사이 증축이라도 했던가? 아젝스는 머리를 흔들어 혼미해지는 정신을 가다듬고 앞을 보자 방문을 열고 어서 들어가라며 고개를 숙인 시종의 모습이 보였다.

"…왔어요?"

"……그래."

아젝스가 침대에 누운 파비올라의 곁으로 가 의자에 앉는 동안 파비올라의 시중을 들던 시녀들이 조용히 방을 빠져나갔다. 아젝스는 말없이 파비올라의 얼굴을 바라보았다. 맑은 눈동자가 부끄러운 듯 아젝스의 시선을 피했다. 오뚝한 콧날을 지나니 새초롬한 붉은 입술이 어쩔 줄 몰라 했다. 가쁘게 오르내리는 이불자락 위에서 각지 낀 손가락의 손톱이 새하얗게 물들었다. 그리고 새 생명이 보였다. 내 아이……

아젝스의 시선을 의식한 파비올라가 살포시 아랫배를 손으로 가리자 그제야 아젝스가 시선을 돌렸다.

"몸은 괜찮으냐?"

"잘 알잖아요."

"그래."

"완전히 환자 취급이라니까요? 이렇게 침대에 누워 움직이지도 말래요. 필요한 거 있으면 시녀한테 시키고, 걸을 때는 조심조심, 먹는 것도 가려서 먹고, 말도 좋은 말만 듣고 하고. 으아! 아이마라 틸라크 태후가 그렇게 잔소리쟁이, 합! 헤헤."

파비올라는 정말 많이 변했다. 아니, 자신이 파비올라에 대해 전혀 알지 못한 것인지도 모르겠다. 언제 파비올라와 이렇게 대화란 것을 해본 적이 있기나 했던가. 파비올라의 언행에 관심을 두기나 했던가. 갑갑한 현실을 잊기 위해 그림을 감상하듯 꿈을 좇는 파비올라를 보았을 뿐이었다.

"떠날 건가요?"

"……"

"…잠시만 제 곁에 있어주면 안 될까요? 잠시만, 제가 잠들 때까지만이라도."

촉촉이 젖어드는 눈망울로 파비올라가 아젝스를 바라보자 아젝스는 파비올라의 손을 부드럽게 감싸 쥐었다. 따스한 온기가 느껴졌다. 거친 파비올라의 손에서 전해진 온기가 아젝스의 마음을 부드럽게 감쌌다. 그러나 아젝스의 마음은 한없이 무거워지기만 했다.

"문제는 목재 조달이 아닙니다. 초지를 따라 유목 생활을 하던 저들을 어떻게 한자리에 묶어둘 수 있는지가 관건이라 생각합니다. 아시다시피 우리가 얻은 지역은 건기와 우기가 비교적 뚜렷해 유목을 할 수밖에 없습니다. 인근에 강줄기도 없어 수로를 개척할 수도 없습니다. 그렇기에 휴노이 인도 여름이면 남쪽의 우슈카 강까지 내려간 것이 아니겠습니까?"

"문제는 문제야. 집 지을 목재도 없고, 목수도 없고, 자네 말대로 물도 부족하고. 모자란 게 한두 가지가 아냐. 다행히 우리가 도착할 때쯤이면 건기도 막바지에 이르니 올해는 어떻게 버티겠지만 내년 여름은 어떻게 해야 할지……."

"제가 조사해 보니 남부연방의 카약에 좋은 사례가 있더군요. 카약도 우리와 같은 상황의 땅을 개간한 예가 있었습니다. 드넓은 평원에 나무를 심어 숲을 가꾸고 미가 강의 지류를 끌어들여 거미줄 같은 수로를 만들었답니다. 거기에……."

"윈필드 대공, 내년 걱정부터 하세. 그걸 어느 세월에 다 할 수 있겠나? 물론 들어보니 꼭 필요한 것이고 언제고 해야 할 일이긴 하네만, 지금 우리에게 필요한 것은 내년 여름에도 저들을 바란 평원에 붙잡아두는 걸세."

"아, 그렇지요. 죄송합니다, 지멘 이튼 공작."

"계속하게, 핸서드. 그러니까 우리도 휴노이의 우슈카 강을 이용하자 이건가? 휴노이가 허락할까? 가뜩이나 땅을 빼앗겨 이를 갈고 있을 텐데."

"그럴 수는 없지요. 나중에 상황 폐하께서 휴노이를 병탄한다면 모를까 지금은 불가능합니다. 저도 조사해 보니 센 왕국에서 재미있는 사실을 알아냈습니다. 그들 역시 겨울이면……."

빌포드는 속으로 한숨을 내쉬었다. 새로 얻은 영토에 사막 부족을 정착시키는 방안을 찾는 데 어떻게든 한마디 하려고 열의를 보이는 윈필드와 그런 윈필드를 대놓고 면박주는 지멘 때문이었다.

어렸을 적부터 손에 검을 놓아본 적이 없던 윈필드였다. 검술과 병법서나 좀 읽었을까 책하고는 담 쌓고 살던 윈필드였다. 그런 윈필드가 요즘 틈만 나면 책을 읽는다. 식사할 때도 놓지 않던 검이었건만 자신과 함께 지낸 지 열흘이 넘도록 검술을 연마하는 모습을 보질 못했다.

"빌포드 멕시밀리앙 공작, 핸서드의 의견을 어떻게 생각하시오?"

"곡괭이도 잡아본 적이 없는 내가 무얼 알겠소? 일단은 적임자에게 맡기고 차근차근 익혀야지요. 다만 너무 서두르다 그들의 정체성마저 잃게 되지나 않을까 걱정이군요. 해결책을 못 찾으면 커다란 사회적 불안 요소가 될 것이오."

"그래서 공작이 필요한 게 아니겠소?"

자청해서 험난한 여정에 동참한 윈필드였다. 속죄하듯, 사랑하는 라미에르와 그랜트의 곁을 떠나 자신과 함께 새로운 영지로 향하고 있는 것이다. 그러면서도 자신에겐 한마디 불만 어린 말조차 내뱉지 못하는 못난 놈이었다. 그렇기에 마음이 더 미어졌다. 자신의 욕망 때문에 윈필드가 뜻을 꺾었다. 검 대신 작대기를 들고, 병사들이 아닌 가축을 몰며 세상을 살려 하고 있었다. 사랑하는 처자식을 버리고 다 늙어빠진 아비를 택했다.

'미안하구나, 아들아. 조금만 참거라, 조금만.'

빌포드는 아젝스를 믿었다. 그랬기에 자신의 야망도, 꿈도 버릴 수 있었다. 그랬기에 야메이와 지멘과 며늘아기의 경멸에 찬 시선도 견딜 수 있었다. 아젝스만 사라지면 모든 것이 원래대로 회귀할 것이다. 굳건한 틸라크 제국과 라미에르 곁에 앉은 윈필드와 황태자로 책봉될 그랜트로 돌아갈 것이다.

'그렇군. 후후, 나도 사라져야 하는군. 그렇겠지, 그래야겠지.'

"지멘 이튼 공작 각하, 황궁에서 희소식이 날아왔습니다!"

"무슨 소식인가? 가나트를 무찔렀나?"

"아라사의 파비… 아라사의 공주께서 회임하셨답니다. 아젝스 틸라크 상황 폐하의 자식이랍니다!"

"뭐라!"

"하하하!"

"좀 더 자세히 말해 봐라!"

"그러니까……."

하늘이 무너졌다. 땅이 갈라지고 끝없는 나락으로 떨어졌다. 빌포드는 가위에 눌린 듯 손가락 하나 까딱할 수 없었다. 세상이 까맣게 물들어갔다.

내 아이, 내 분신. 상상도 못했던 일이었다. 이 세상엔 어머니와 나, 오직 둘만이 가족이라 생각했다. 더 이상의 가족이 생긴다는 것은 생각지도 못했다. 그랬기에 더욱 소중하고 애틋했다. 그런데 나에게 자식이 생긴다, 이 아젝스 틸라크의 자식이. 아젝스 틸라크의 자식…….

나는 아젝스 틸라크다. 세상 모든 이가 이를 부정해도 나는 아젝스 틸라크다. 어머니 아이마라 틸라크의 아들, 아젝스 틸라크여야 한다. 그런데 저 아이의 아비는 누구지? 나는 누군데? 그럼 저 아이의 아비는? 저 아이의 아비는, 아비는……

아젝스는 주먹을 쥐었다. 새 생명이 움튼 곳을 보았다. 그곳에 아젝스를 부정하는 놈이 있었다.

"으음."

파비올라가 뒤척이며 아젝스 쪽으로 돌아누웠다. 한순간 아젝스의 몸이 경직된 듯 움직이질 않더니 전신에서 힘이 빠지며 허물어졌다. 들었던 손을 내리고 의자에 푹 꺼지듯 온몸을 파묻었다. 고개를 들어 파비올라를 보았다. 갈색 머릿결이 얼굴을 가리고 있어 부드럽게 뒤로 넘겨주었다. 평온하게 잠이 든 파비올라가 보였다. 이불 속으로 손을 넣어 파비올라의 아랫배를 쓰다듬었다. 부드러운 속살이 느껴졌다. 태동하는 새 생명이 느껴졌다. 내 아이였다. 내 혈육이고, 내 가족이었다. 소중하고도 소중한 나의 아이.

아젝스는 조용히 자리에서 일어나 방을 나섰다. 복도 사이사이를 지키는 근위들이 아젝스에게 절도있게 인사하며 길을 내주었다. 복도와 계단을 몇 개 지나자 아젝스가 목표로 한 곳에 이를 수 있었다. 문 앞을 지키는 호위들이 인사하는 것을 보며 아젝스는 숨을 들이마셨다 다시 내뱉었다.

"어머니, 저 아젝습니다."

"밤늦게 실례하오."

"이렇게 늦은 시간에 무슨 일로 오셨소?"

"긴히 상의할 일이 있어서 왔소."

파비올라가 아젝스의 씨를 잉태했다는 말을 듣는 순간 빌포드는 정신을 놓았다. 어떻게 자신의 막사로 돌아왔는지 기억도 나지 않았다.

모든 것이 끝나 버렸다. 샤론을 자신의 손으로 처단하겠다는 욕망도 버리고, 구포러스를 넘어 대륙 최강의 대제국을 건설하겠다는 야망도 포기하고, 주군을 배신한 반역자라는 오명을 뒤집어쓰는 굴욕도 참고, 커다란 권세와 수많은 재산을 뇌두고 척박한 오지로 말없이 떠나는 자신의 모든 노고가 한순간에 물거품이 되었다.

이럴 수는 없었다. 이래서는 안 되었다. 자신이 무엇 때문에 아젝스의 말을 고분고분 따랐던가? 윈필드와 라미에르 때문이었다. 라미에르를 이어 틸라크 제국의 황제가 될 그랜트 때문이었다. 그랬기에 아젝스의 제의를 받아들여 조용히 자숙했던 것이다. 그런데 어떻게 이럴 수가!

"나사스가 어떻게 되었는지 아시오?"

"공식적으로는……."

"죽었소, 아젝스 틸라크 상황의 손에."

처음 아젝스가 살아 있다는 소식을 야메이가 전했을 때, 빌포드는 아젝스의 비밀을 폭로할까도 심각하게 고려했었다. 틸라크엔 여전히 아젝스를 따르는 이들로 가득했고, 아젝스가 돌아온다면 아젝스를 황제의 위에 옹립하려 할 것이 불 보듯 뻔했기 때문이다. 그러나 황위에 관심없다는 아젝스의 제안을 듣는 순간 빌포드는 과거의 일을 회상할 수 있었고 야메이에게 고개를 끄덕일 수 있었다. 아젝스는 아이마라를 원했던 것이다. 과거에도 그랬듯이 현재에도 아젝스에게 가장 소중한 것은 어머니 아이마라뿐이었다. 그랬기에 자신의 말도 안 되는 협박이 통할 수 있었고, 살았으면서도 복수도 포기한 채 수많은 세월을 이국에서 떠돌았던 것이다.

"내가 상황께 무슨 짓을 했는지 지멘 이튼 공작은 아시오?"

"목소리가 너무 크구려."

"상관없소, 이제."

아젝스의 비밀을 폭로한다는 것은 빌포드 자신에게도 상당한 부담이었다. 아젝스가 나사스를 죽임으로써 아젝스가 흑마법의 산물임을 증명할 가장 확실한 방법이 사라졌다. 따라서 일이 잘못된다면 자신은 물론 멕시밀리앙 일가 전체가 반역으로 몰려 처형당할 우려가 있었다. 며느리가 여황이고 아들이 대공에 자신 역시 공작이었으며 수많은 귀족들이 자신을 따랐지만, 자신의 세력은 아젝스를 신봉하는 세력에 비할 수 없을 정도로 초라했기에 확실한 승산이 없는 한 도저히 결행할 마음이 생기지 않았다.

또한 어찌해서 아젝스가 흑마법의 소산, 마물이라 인정받는다 하더라도 그때는 이미 틸라크 제국의 위신은 땅에 떨어지고 잘못하다간 전 대륙의 공적으로 몰릴 위험도 있었다. 가나트는 마물을 황제로 둔 틸라크를 처단하는 신성군이 되고, 아브로즈의 샤론은 포러스의 정통성을 저해하고 포러스를 갈가리 조각 낸 책임을 틸라크에 뒤집어씌울 것이며, 남부연방은 틸라크를 외면할지도 몰랐다. 그러고도 여전히 아젝스를 따르는 자가 있을지도 모른다는 위험을 떠안아야 했다.

"그랬던 내가 왜 지금은 상황께 굽실거리는지 생각해 보셨소?"

"변명할 거리라도 찾았소?"

"아니오. 다만 틸라크 황가를 지킬 마지막 기회를 얻고자 하오."

틸라크가 패망한다 해도 전혀 이상하지 않을 정도로 위기에 빠진 상황에서 자신이 아젝스의 제안을 받아들인 것은 가장 현명한 선택이었다. 단 한 가지, 자신의 욕망만 버린다면 틸라크도, 황위도, 그랜트도 온전할 수 있었다.

아젝스이기에 믿을 수 있었다. 모든 전쟁에서 아군에게 압도적인 승리를 안겨주었고 아라사를 좌지우지하는 세력을 쥔 아젝스가 아닌, 어머니를 위해 모든 것을 포기했던 아젝스를 믿었다. 그래서 아젝스에게 고개를 숙일 수 있었고, 남몰래 세력을 규합하는 야메이를 보면서도 모른 체할 수 있었다. 틸라크가 평온을 되찾고 아젝스가 아이마라와 함께 틸라크를 떠난다면 자신을 제외한 모두가 원래대로 돌아가리라 여겼다.

그런데! 아젝스가 자신의 뒤통수를 후려쳤다. 넋이 나가고 혼백이 빠질 정도로 강렬한 일격이었다. 자신을 오지로 내쫓고, 자신의 한 줌 세력마저 산산이 흩트리고, 당당히 아젝스의 후사를 이을 여인을 불러들였다. 배신이었다. 배반이었다. 그간 아젝스의 행태는 자신을 속이기 위한 철저한 위선이었다.

이대로 당할 수만은 없었다. 어차피 자신은 물론 그랜트의 운명마저 결정난 상황이었다. 망하려면 함께 망하고 죽으려면 함께 죽어야 한다.

"지금의 아젝스 틸라크 상황이 공작이 어려서부터 보아왔던 그 아젝스 틸라크와 동일 인물이라 확신하시오?"

"물론이오."

"허! 개망나니 같던 귀족 자제가 하룻밤 만에 전 대륙을 떨게 만드는 영웅으로 탈바꿈했는데 의심조차 않다니, 실로 믿을 수 없는 얘기구려."

"무슨 말을 하고 싶은 게요?"

"내 말은……."

빌포드는 포러스의 공주 아레나 샤틀리에가 틸라크에 도착한 시점에서부터 아레나와 아젝스 사이에 생겼던 사고와 그 사고 수습 과정에서의 나사스의 역할, 이후 아젝스의 행동에서 나타난 의문과 수상한 점 등등 자신이 조사한 것과 추론한 것을 또박또박 논리 정연하게 말하기 시작했다. 그러나 지멘은 빙긋 웃고 말았다.

"그 말을 믿기엔 내가 너무 오래 살았다 생각하지 않소? 확실히 그 사고 이후 상황께선 크게 변모하셨소. 하나 기억을 상실했으니 당연한 거요. 가족은 고사하고 말조차 잊어 몇 날 며칠을 벙어리처럼 살았단 말이오. 그런 상황을 그라시스 틸라크 선황께서 갖은 노력 끝에 원래의 모습으로 돌려놓으셨소. 물론 이전에 배웠던 것이라 그런지 몰라도 상황께서 빠르게 습득하신 것도 한몫했지만."

"그래서 기억이 돌아왔소?"

"그건……."

"이상하지 않소? 모든 기억을 잃었다면서 어찌 저리 똑똑해질 수 있단 말이오? 가족을 기억하지도 못하면서 어찌 어머니에 대한 사랑만 지극할 수 있단 말이오?"

빌포드는 다시 아젝스를 협박하던 당시로 돌아갔다. 아포리아의 국왕으로 보를레앙을 추대하던 날, 샤론에게 당한 것이 너무도 억울하고 원통해 후원에서 발광하던 날, 우연히 아젝스와 나사스의 대화를 엿들었던 일을 상기했다. 나사스를 협박하고, 다시 나사스와 공모하고, 서둘러 윈필드와 라미에르의 혼사를 치르고, 아이마라를 초대하고, 도박하듯 위험을 무릅쓰고 틸라크로 갔던 자신이 생생히 기억에 남았다.

"아버님! 대체 왜 이러십니까? 그만 하십시오!"

"넌 가만 있거라! 마침 잘 왔소. 모두 함께 들으시오!"

"후우. 핸서드, 주변을 차단해 주겠나? 사막 부족들에게 빌포드 멕시밀리앙 공작의 위신이 깎이면 차후에 그들을 지도하는 데 문제가 있으니. 아무래도 울화가 풀릴 때까진 멈출 생각이 없는 듯하군."

자신이 틸라크를 갖는 조건으로 아젝스에게 준 대가는 아이마라뿐이었다. 거짓 약속이었지만 그것만으로도 넘치는 조건이었다. 그랬기에 아젝스는 죽음의 길로 서슴없이 들어선 것이고, 살았으면서도 아이마라를 잃을까 틸라크로 오지 못하고 미친놈처럼 사막을 횡행한 것이다.

"상황이 나사스를 죽인 이유는 자신이 마물이란 증거를 인멸해야 틸라크로 와도 내가 꼼짝 못한다고 여겼기 때문이오. 틸라크에 오며 황위에 오르지 않겠다 천명한 것 역시 상황의 계획대로 모든 일이 이루어질 때까지 내가 조용히 입 다물고 지내길 바랐기 때문이오. 하나 마지막 순간 상황은 실수를 저질렀소. 바로 상황의 후사가 있다는 걸 내 귀에 들어오게 한 것이오. 난 그랜트가 황위를 계승하는 것에 만족하고 모든 욕심을 버렸소. 하나 상황은 나와의 약속을 저버렸소. 내가 먼저 약속을 지키지 않았으니 인과응보라 해도 할 말은 없소. 그렇지만 나도 가만히 앉아서 일족이 멸하는 화를 당할 수는 없잖겠소? 믿기지 않으시오? 그러나 내 말엔 한 점 거짓이 섞이지 않았소!"

"공작의 말은 결국 상황께서 마물이란 말이오?"

"그렇소. 명백한 사실이오!"

"그럼 이제껏 상황께서 행하신 일들은 어떻게 설명할 것이오? 그분께서 우리에게 해악을 끼친 적이 있소? 나도 마물에 대해선 좀 들어 알지만 마물이 사람에게 이로운 일을 했다는 말은 처음 듣소. 비록 전장에 나가 수많은 적들의 목을 벤 것은 사실이나 그것을 마물의 증거로 삼을 생각은 아니겠지요?"

"그건……."

"빌포드 멕시밀리앙 공작, 너무 심한 언사십니다. 어찌 상황 폐하를 마물로 몰 수 있단 말입니까?"

"아버님……."

"이제 그만 쉬시는 게 어떻겠소? 험난한 여로에 몸이 허해진 듯하니 상황께 저지른 무례는 못 들은 것으로 하겠소. 자네들도 그리 알고 오늘 일은 덮어두게. 알겠나?"

기어이 우려했던 일이 현실로 드러났다. 이들은 자신의 말을 전혀 믿지 않고 있다. 증인도, 증거도 없기에 이들의 마음을 돌릴 방도가 없었다. 더구나 자신이 아젝스를 암살하려 했다는 말까지 들은 터라 모두 경멸하는 눈빛을 숨기지 않았다. 그러나 포기할 수 없었다. 윈필드를 위해서도, 그랜트를 위해서도 절대 이대로 당할 수는 없었다. 생각해라 빌포드, 생각해!

"후우, 공작의 말이 맞을 수도 있소. 상황께선 마물이 아닐지도 모르오. 그간 그분께서 이룬 업적으로 보나 마음씀씀이로 보나 마물이라 하기엔 문제가 많소. 하나 현 상황이 과거 틸라크 공작가의 철없던 아젝스 틸라크가 아님은 확실하오. 나사스가 말했소. 그가 펼친 마법으로 인해 죽었던 아젝스의 몸에 전혀 다른 세상의 영혼이 깃들었다고 했단 말이오. 물론 지금은 나사스가 죽어 내 말을 뒷받침해 줄 아무 증거가 없소. 하지만 사고가 난 다음 상황의 행동을 세세히 따져 보시오. 우리와 같은 사람이라면 도저히 상상할 수도 없는 일을 아무렇지도 않게 행하지 않았소? 상황의 나이가 몇이오? 그런데 벌써 소드 마스터의 궁극에 다다랐소. 말이 되오?"

"공작! 후우, 모두 물러가라! 내 빌포드 멕시밀리앙 공작과 따로 할 얘기가 있다."

지멘이 화를 억지로 참으며 명하자 지멘의 막사에 모였던 장수들이 조용히 물러났다. 윈필드 역시 서글픈 눈으로 빌포드를 일별하곤 막사 밖으로 나갔다.

"공작, 내 그대가 행한 일은 이전부터 잘 알고 있었으나 황가의 일이기에 묵묵히 지냈소. 또한 수하 장수들에게도 알리지 않아 공작이 난처한 일이 없도록 했소. 그러나 오늘은 정도가 지나쳤소. 난 오늘날까지 틸라크 황가를 지킨다는 일념으로 살았소. 그래서 그대가 상황께 저지른 악행을 듣는 순간 내 손으로 그대의 목을 조르고 싶은 충동을 느꼈었소. 하나 라미에르 틸라크 여황 때문에 참았소. 그분 역시 틸라크 황족이기 때문이오. 오늘도 참겠소. 하나 다음은 없소. 이번이 마지막 경고가 될 것이오."

"후후, 그럼 그 마지막 경고를 마음껏 활용해야겠구려. 오늘이 마지막이라니 내가 하고픈 말을 막지 말아주시오. 지멘 이튼 공작, 그대는 한 번도 상황이 다른 사람일 거라는 생각을 해본 적이 없소? 한순간에 사람이 바뀌어 전혀 다른 사람이 되었소. 상황이 내 말 같지도 않은 협박에 틸라크를 떠나고 살았으면서도 돌아오지 않은 이유는 생각해 보지도 않으셨소? 나 같으면 하루도 잠을 이루지 못할 것이오."

"맞소. 상황께서는 한순간에 사람이 바뀌어 날 어리둥절하게 만드셨소. 하나 그렇기에 더욱 의심의 여지가 없었소. 상황께선 바로 틸라크의 주인이기 때문이오. 그대가 잘못 생각한 것 한 가지가 있소. 상황께서 변하신 가장 결정적인 시기는 그 사고 때가 아니라 선황께서 사막 부족에게 죽임을 당하신 이후요. 아레나 공주와의 사고 후에도 평소처럼 늘 시키는 대로 움직였을 뿐이었소. 그러던 분이 선황의 횡사 후 모든 일에 적극적인 태도를 보이셨고, 위기의 틸라크를 구하셨으며, 나아가 그 누구도 넘보지 못할 대국의 기틀을 마련하셨소. 바로 가족을 지키기 위해서요. 이전 척박한 오지의 틸라크 시절, 우리 틸라크 사람들에겐 가족이 가장 소중한 존재였소. 나 하나 죽어 가족이 온전할 수 있다면, 그래서 처자식이 내일 새로운 아침을 맞이할 수 있다면 기꺼이 웃으며 목숨을 바칠 수 있었던 사람들이 우리오. 그랬기에 상황께선 목숨을 버리면서까지 가족을 지키려 하신 거고, 당신의 더러운 협박에 굴할 수밖에 없었던 거요. 동생인 라미에르 여황이 당신의 며느리에, 손자까지 낳았기에 차마 친동생을 죽일 수 없어 틸라크로 오지 못했던 거고, 가족이 위험해지자 기어이 칼을 빼 들고 틸라크에 오신 거요. 빌포드, 당신은 절대 이해할 수 없을 것이오. 틸라크 인이 아니기 때문이오. 아침 인사로 살았나 물었던, 오크와 사막 부족을 몰아내고 희망 찬 내일을 맞이하기 위해 밤잠을 잊고 열의에 찬 나날을 보내던 틸라크 인이 아니기 때문이오. 그렇기에 난 당신의 말을 믿을 수 없소."

도저히 지멘을 설득할 수가 없었다. 되려 지멘의 말에 자신이 정말 잘못 알았던 것이 아닌가, 모든 것이 나사스의 계략이고 아젝스는 단지 가족의 안위를 위해 자신의 협박에 넘어간 희생자에 불과한 것은 아닌가 의심이 들 정도였다. 이성적으로는 지멘의 말이 더 설득력이 있었다. 그러나 이 답답한 심정은 어쩌란 말인가? 분하고 억울한 마음에 당장이라도 터질 듯한 이 가슴은 어쩌란 것인가? 대체 아젝스가 나사스를 죽인 이유가 뭔데, 자신을 따로 불러 비밀이 온전히 지켜졌는지 확인한 것은 또 뭔데.

"그래도 더 할 말이 있다면 차라리 상황께 직접 물어보는 것은 어떻소? 그분의 성정이야 잘 알 테니 그분께서 거짓을 말할 분이 아니란 것은 당신도 알 것이오. 그대가 원하는 사람을 모두 부르고 상황께 당신이 직접 물어보시오. 마물이든 뭐든 당신 맘대로."

"내 맘대로⋯⋯."

될까? 아젝스가 과연 멍청한 답을 줄까? 어제의, 아니, 조금 전 아젝스의 후사가 있다는 말을 듣기 전이라면 주저없이 고개를 끄덕였을 빌포드였겠지만 지금은 아니었다. 믿을 수가 없었다. 그러나 이것이 자신에게 주어진 마지막 기회임을 깨달았다. 지금을 놓친다면 다시는 아젝스의 비밀을 폭로할 기회가 없을 것이고, 하루하루를 언제 죽을지 모르는 악몽 속에서 살아야 한다. 자신은 몰라도 그랜트만큼은 절대 그래선 안 되었다.

그렇다! 이것은 기회였다. 아젝스에 비한다면 미미하지만 그래도 틸라크에선 알아주던 막강한 권세가였다. 지멘이 내 맘대로 사람을 부르라 했으니 뒷일을 대비할 수 있고, 아젝스가 단칼에 내 목을 베어 입을 막지 못하게 할 수 있다. 지금 틸라크에 내분이 일어난다면 틸라크는 더 이상 버틸 수 없다. 그러나 그보다 더 맘에 드는 것은 자신에게 도저히 승산이 없을 경우 아라사의 비아스에게 때를 놓치지 않고 아젝스의 비밀을 모두 알릴 수 있다는 것이다. 그럼 나도 죽겠지만 아젝스도 죽일 수 있다. 비아스가 알게 되면 세상 모두가 알게 되고 전 대륙이 틸라크를, 아젝스를 잡아 뜯어 먹을 것이다.

"하겠소!"

한 여인의 죽음으로 비틀어진 한대연의 운명은 끝내 한평생 가족을 위해 희생을 마다 않던 어미의 가슴에 못을 박는 것으로 마감하게 되었다. 모든 것이 끝났다고 생각한 순간, 알 수 없는 힘으로 새로운 삶을 부여받은 한대연, 그러나 그에게 더 이상의 삶은 그저 고통의 연장이었다. 그럼에도 말없이 그 운명을 받아들였다. 하루하루가 지옥 같은 악몽의 연속이었지만 묵묵히 속으로 삭였다. 속죄의 시간이었다. 전생에 미처 못다 한 벌을 지금에야 받는다 생각했다.

그러나 한대연의 운명은 전생에서 끝난 것이 아니었다. 지옥이라 여겼던 그곳에도 연이 있었고, 차디찬 얼음마냥 단단히 굳었던 마음을 녹이는 정이 있었다. 그런 심경의 변화를 한대연은 몰랐다. 아니, 알면서도 부정했는지도 모른다. 그러나 자신을 아들이라 부르며 더할 수 없는 부정을 주었던 그라시스 틸라크 공작이 죽던 날, 자신을 살리려 죽음을 마다하지 않은 그 공작의 시신을 품에 안던 날, 한대연은 또 한번 자신의 운명에 절규해야 했다. 그리고 맹세했다. 이것이 마지막이라고, 나에게 친인은 없다고, 더 이상 가족이라 부르며 즐거워하고 괴로워하는 일은 없다고! 그러나 공작의 복수를 마치고 틸라크 성에 도착했을 때, 한대연은 또 다른 운명을 보아야 했다.

어머니.

평생을 눈물 속에 보내시던 어머니가 그곳에 계셨다. 한대연에게 새 삶을 준 공작의 시신을 보며 서럽게 울고 계셨다. 그제야 한대연은 자신의 운명을 깨달을 수 있었다. 그의 생은 더 이상 한대연의 것이 아니었다. 아들을 살리기 위해 목숨을 버린 공작의 것이었고, 한대연의 품에 안겨 슬픔의 눈물을 흘리는 아이마라의 것이었다. 이들의 두 눈에 다시는 눈물이 어리는 일이 없도록 하는 것이 자신에게 주어진 운명이었다.

"…끝난 게냐?"

"예."

"그렇구나."

오랜만에 즐거운 마음으로 숙면에 들었던 아이마라는 깊은 밤 자신의 처소를 찾은 아젝스를 비몽사몽간에 맞이해야 했지만 파비올라로 인해 잠을 이루지 못하는 아들의 모습을 떠올리곤 웃음을 참지 못해 아젝스를 이끌고 의자에 앉았을 때는 비교적 맑은 정신이었다. 그러나 차분한 목소리로 흘러나오는 아젝스의 말이 이어지자 아이마라의 머리 속은 다시 혼미 속으로 빠져들었다.

처음 아젝스가 한대연이란 사람에 대해 말할 때 아이마라는 당최 무슨 말인지 이해가 되지 않았다. 그러나 아레나가 나오고, 나사스가 나오고, 남편과 자신이 등장하자 얼굴의 미소가 사라졌다. 한대연이 아젝스로 새 삶을 살기로 결심한 순간, 아이마라의 얼굴은 하얗게 질려 있었다.

아젝스는 그런 아이마라를 보면서도 처음과 똑같은 음색으로 차분하게 이야기를 이어갔고, 아이마라는 아젝스로 화한 한대연이 가족을 얼마나 위하는지, 그 마음을 어떻게 행했는지 들으며 다시 정신을 차릴 수 있었다. 그러나 복잡한 심경으로 얼키고설킨 마음은 말로 표현할 수 없었다.

"내가 한대연의 어미와 닮았더냐?"

"전 지금도 아젝습니다, 어머니."

"……고맙다. 그런데 어디서부터 믿어야 할지 모르겠구나."

모르겠다. 사랑스런 아들이 지금 무슨 말을 하는지도 모르겠고 자신의 머리 속을 휘젓고 다니는 심사도 모르겠다. 아젝스가 왜 이런 말을 하는지도 모르겠고, 아들에게 무슨 말을 해주어야 하는지도 모르겠다.

"좀 쉬어야겠다. 다음에 다시…… 너도 눈 좀 붙이렴."

"쉬십시오."

아젝스는 자신을 외면하는 어머니를 말없이 바라보다 조용히 방문을 열었다.

—아젝스.

아젝스는 획 몸을 돌렸다. 그러나 어머니는 여전히 어두운 창밖만 우두커니 바라보고 있을 뿐이었다.

"아침부터 이 무슨 소란이죠? 더구나 기니비셔 아바르 후작까지, 대체 무슨 일인가요?"

"여기 빌포드 멕시밀리앙 공작이 귀족들이 모인 자리에서 상황께 여쭐 말씀이 있다고 해서 제가 폐하의 허락도 없이 귀족들을 소집했습니다. 용서해 주십시오."

"아무리 그래도 그렇지, 어떻게 전선에 나가 있는 장수까지 소집한단 말입니까? 아버님, 대체 무슨 일인가요?"

빌포드는 씁쓸한 표정으로 라미에르에게 고개를 숙였다. 언제나 밝고 공손한 태도로 자신을 대하던 라미에르는 아젝스가 오면서 완전히 달라졌다. 자신과 한자리에 있어도 시선조차 주지 않고, 어쩔 수 없이 바라볼 때는 지금처럼 경멸 어린 시선으로 노려본다.

"상황과 태후께서 오시면 말씀드리겠습니다."

"어머님은 편찮으셔서 회의장에 오지 못합니다. 더구나 어머님께서 이런 회의에 참석하신 적이 있거나 했던가요? 하니 하실 말씀이 있으면 속히 하시고 모두 제자리로 돌아가세요. 아직 틸라크의 위기가 끝나지 않았는데 여기서 노닥거려서야 되겠습니까?"

"그게……."

"아젝스 틸라크 상황 폐하께서 드십니다!"

근위의 외침과 함께 회의장의 문이 열리자 초췌한 얼굴의 아젝스가 들어섰다. 수많은 귀족들이 고개를 숙여 자신에게 인사하자 고개를 끄덕여 답례하던 아젝스는 자신을 빤히 보는 빌포드를 보고 잠시 주춤했다. 그러나 이내 걸음을 옮겨 라미에르의 옆 자리에 앉았다.

"이제 오라버니도 오셨으니 올 사람은 다 온 거겠죠? 어서 말씀해 보세요. 시간이 아깝습니다."

"예, 여황 폐하."

이미 모든 조치는 다 취했다. 자신의 말이라면 맹목적으로 따르는 이들을 곁에 두어 자신이 말을 맺을 때까지 아젝스가 칼을 휘둘러 자신의 입을 봉하지 못하도록 대비했다. 그리고 지금쯤이면 자신의 서신이 각국의 사신들에게 도착했을 것이다. 비아스만으로는 도저히 안심이 안 되어 아예 모두에게 알리기로 한 것이다. 아무리 생각해도 자신에겐 승산이 없었다. 자신을 따르는 무리를 긁어 모으고 그 사이에 끼어 정연한 논리로 역설한다 해도, 증거가 없는 한 아젝스의 위명에 눌려 아무도 믿어주지 않을 것이다.

그래서 택한 것이 공멸이었다. 틸라크에서 단 한 사람도 자신의 말을 믿지 않아도 아젝스의 비밀을 발설했기에 아젝스는 자신을 살려두지 않을 것이 뻔했다. 그러나 아젝스 역시 온전하진 못할 것이다.

가나트를 끌어들인 것이 탄로나 전쟁의 명분과 국민의 신망을 잃었던 아브로즈는 자신이 건네준 서신에 적힌 내용의 진위와 상관없이 틸라크를 마물의 소굴이라 비난하며 동맹국을 규합할 것이고, 아젝스를 위해 가나트를 압박하던 남부연방은 비난의 화살을 피하고자 한 발 물러설 것이고, 가나트는 신성군을 자처하며 남부연방에 쏠렸던 군사를 틸라크로 돌릴 것이다.

외톨이가 된 틸라크는 당장이라도 숨이 끊어질 듯 위태로울 것이고, 틸라크를 배신하고 이탈하는 귀족들이 속출할 것이고, 아젝스는 넝마가 된 틸라크와 함께 비참한 최후를 맞게 되리라.

빌포드는 이런 생각을 하며 차분하게 말을 이어갔다. 혀를 차는 귀족도, 실소를 내뱉는 귀족도, 분노와 서글픈 마음이 뒤섞인 눈길을 보내는 귀족도 보였지만 동요하지 않았다.

"지난밤 지멘 이튼 공작과의 대화를 통해 상황께서 마물이 아님을 전 확신하게 되었습니다. 이전부터 깨달았지만 제 욕심으로 부정했던 것인지도 모르겠지요. 하나 그럼에도 제 마음엔 여전히 상황 폐하께 드릴 질문이 남았습니다."

드디어 자신의 운명이 갈리는 순간이었다. 당연히 아젝스가 부정할 것이지만, 그래서 공멸의 길로 접어들 것이지만, 혹시나 하는 마음이 드는 것은 어쩔 수 없었다. 그랜트, 사랑한다.

"아젝스 틸라크 상황 폐하! 당신은 과거 여자 뒤꽁무니를 쫓던, 아레나 샤틀리에 포러스 공주와 혼약을 맺었던, 한밤중 아레나 공주의 침실에 몰래 숨어들었다 목에 마법 화살을 맞았던 그 아젝스 틸라크 공작 자제와 동일 인물입니까?"

"아니다."

"……에?"

"내가 아젝스 틸라크임에는 분명하나, 빌포드가 물었던 아젝스와는 동일 인물이 아니다. 질문은 끝났나?"

"폐하……."

"하, 하하. 그것 보라구! 내 말이 맞았잖아! 지멘, 윈필드! 내가, 내가 한 말이 모두 사실이었어!"

모두가 멍한 표정으로 아젝스를 바라보았다. 회의실에서 들리는 소리는 미친 듯이 웃고 떠드는 빌포드의 목소리뿐이었다. 그러나 그의 표정도 기쁘다기보다는 어딘가 허탈한, 뭔가에 홀린 듯한 얼굴이었다. 그런 빌포드가 아젝스가 의자에서 일어나자 사색이 되어 외쳤다.

"마, 막아라! 나를 죽일 거야!"

그러나 아무도 회의장을 벗어나는 아젝스의 앞을 가로막지 않았다. 아젝스의 분위기에 압도되어 손가락 하나 까딱할 수 없었다. 아젝스가 사라지고 한참이 지나서야 마법에서 풀린 듯 놀라 일어났던 몸에 힘이 빠지며 털썩 의자에 주저앉을 수 있었다.

"자, 잡아서 감금해야 하지 아, 않겠소?"

"허허."

"저, 정말 마물일지도 모……."

꽝!

"그만 좀 작작 떠드시오! 누가 뭐래도 저분은 현 틸라크 제국의 상황 폐하이시오! 누가 감히 이를 부정하겠소!"

"내가, 이 지멘 이튼이 부정하겠소."

"지멘……!"

울분에 찬 야메이의 외침에 지멘이 막아서자 야메이는 당황할 수밖에 없었다. 뭐가 어떻게 돌아가는지 전혀 인식할 수 없었다.

빌포드가 지인을 모은다는 소식을 접하자 그가 또 무슨 꿍꿍이를 꾸밀까 저어한 야메이는 서둘러 입궁해 만반의 준비를 갖추고 회의장에 참석했다. 황당한 이야기와 이어지는 어처구니없는 질문에 야메이는 실소를 지을 수밖에 없었다. 그러나 아젝스의 말 한마디에 그대로 굳어버렸고 뭐라고 떠드는 빌포드는 자제심을 잃어버리고 그대로 허물어졌다. 대체 지금 무슨 일이 일어난 거지?

"여황 폐하, 어찌하겠습니까?"

"네? 뭐, 뭘?"

"아젝스…… 상황 폐하 말입니다."

"전, 잘…… 어머니와 상의해 봐야……."

"그럼 그동안은 제가 임의로 이 일을 처리하겠습니다."

멍한 표정으로 고개를 끄덕이는 라미에르를 등에 진 지멘은 여전히 정신을 못 차린 귀족들을 향해 말했다.

"일단 상황 폐하께 부여된 권한과 책임은 잠시 회수된 것으로 하고 황궁 밖으로 나서는 것은 엄금하도록 하겠소."

"그의 입으로 아젝스 틸라크임을 부정한……."

"또한! 귀족들과의 면회도 제한되오. 하나 황실에서 그분에 대한 처분이 내려지기 전까진 그분이 틸라크의 상황 폐하라는 것엔 불변이오. 따라서 감시는 있겠으나 감금하진 않을 것이고 궁 밖으로 나서지 않는 한 행동에 제약은 없을 것이오. 상황 폐하에 대한 처분이 결정되기 전까진! 그분에 대한 무례는 용서치 않겠소. 이 점 명심하기 바라오. 그리고 오늘의 이 일은 국가의 위신은 물론 병사들의 사기에도 미치는 영향이 크므로 대책이 수립될 때까지 불문에 붙이겠소! 모두 상황의 일이 밖으로 새 나가지 않도록 주의하기 바라오."

"공작, 저……."

"모두 원위치로 돌아가 맡은 바 소임을 다하시오."

말을 마친 지멘은 호위하듯 라미에르를 부축하며 회의장을 벗어났다. 얼이 빠졌던 귀족들도 하나둘씩 정신을 차리고 축 처진 어깨로 사라지기 시작했다.

빌포드는 그 모습을 보며 어찌할 바를 몰라 했다. 지멘에게 꼭 전할 말이 있는데 들을 생각도 않고 지 할 말만 남긴 채 사라졌다.

"이게 아닌데, 이래서는 안 되는데…… 기니비서? 아, 아니, 야메이 프리시 공작!"

"희소식이라 생각하지요. 차라리 잘됐습니다. 그간 아시루스 전하를 따르는 놈들이 제 세상 만난 듯 설치고 다녀 눈꼴이 시었는데 이번 기회에 일소할 수도 있겠습니다."

"크라켄, 그러잖아도 머리가 복잡한데 자네까지 말썽인가?"

"예? 아니, 제 말은……."

"자네가 한 말이 무슨 뜻인지 알지도 못하나? 지난 회의 때 졸았나? 손에 든 것도 아니고 이미 꿀떡해 소화가 다 되다시피 한 피레나를 도로 게워내자는 말과 뭐가 다르나? 고작 증거도 없이 떠드는 헛소리에 피레나를 포기하자고? 지금 제정신으로 하는 말인가?"

"하나 대세가 기울었습니다. 리미트로 집결하던 각국의 병력이 진군을 멈췄고, 연방회의를 소집해 틸라크에 관한 입장을 정리하는 상황입니다. 이미 아젝스가 모든 사실을 인정했다 하지 않습니까? 현 상황에서 그를 옹호했다간 아라사에 더 큰 피해가 올 것입니다. 카약이 아라사를 벼르고 있고 아브로즈에 적대적이던 롯트베이도 입장을 바꿔 틸라크를 맹비난하고 있습니다. 틸라크의 아젝스와 각별한 아라사로서는 그들보다 더한 행동을 해도 타국으로부터 쏟아지는 의심을 지우기 힘듭니다. 이왕 이리된 거 크라켄의 말대로 우리의 이익을 챙기는 것이 옳을 듯싶습니다."

"그래서 피레나를 포기하자는 말인가? 미에바를 제압해 남부연방에서 베르싱어를 제외하곤 아라사와 견줄 나라가 없는 호기를 맞이했건만 이를 포기하잔 소린가? 있어! 방법을 찾아!"

한밤중에 틸라크로부터 날아온 급보는 파비올라의 임신으로 허탈감에 빠진 아라사를 한바탕 뒤집어엎기에 충분했다. 파비올라로 아침부터 제대로 쉬지도 못한 아라사의 중정은 휴식과 회의를 반복하며 날이 새도록 중지를 모으려 애썼지만, 아무런 진척도 거두지 못하고 새로 들어오는 각국의 소식을 정리하는 것에 그치고 말았다.

처음 비아스가 전한 보고는 아젝스의 비밀을 빌포드가 폭로함으로써 틸라크에서 아젝스의 위치가 위험하게 되었다는 것이다. 사고로 죽은 아젝스의 시신에 나사스란 마법사가 마법으로 새로운 영혼을 불어넣어 되살렸고, 이를 아젝스가 인정했다는 것이다.

그간 아라사는 일 년이 넘도록 아젝스의 비밀을 알아내려 남모르게 애썼지만 대외적으로도 아젝스의 후광을 빌어 세를 구축하는 것 역시 게을리 하지 않았다. 틸라크의 주요 인사와 돈독한 교분을 텄을 뿐 아니라 틸라크의 위세를 빌어 남부연방으로부터 상당한 양보를 받을 수 있었던 것이다. 그런데 그것이 모두 날아가게 생겼다.

그러나 그것이 문제가 아니었다. 아젝스가 틸라크의 상황에서 쫓겨

나가거나 죽임을 당한다면 아라사로서도 막심한 피해를 입겠지만 못 견딜 정도는 아니었다. 그러나 그에 대한 방안을 세우기도 전에 아브로즈가 나사스의 마법을 흑마법이라 규정하고 아젝스를 그 소산인 마물로 지칭하며 전 대륙의 단합을 요청한다는 소식이 전해지자 아라사는 두 손 두 발 다 들게 되었다. 아브로즈가 외교력을 총동원해 틸라크를 압박하고 이에 카약과 롯트베이가 동조하며 남부연방을 동요시키고 있었다. 가나트도 이에 질세라 악의 소굴 틸라크를 무찌르자며 남부연방에 휴전 협정을 제의해 오는 상황이었다.

이대로 틸라크가 멸망한다면 저들은 다음 먹이로 아라사를 지명할지도 모른다. 어쨌든 아젝스로 인해 가장 이득을 보고 비약적인 성장을 한 아라사고 보면, 부러움이 질시로 바뀌어 아라사의 노고를 마물의 소행으로 몰아붙이는 것은 손바닥 뒤집는 것보다 쉽다.

바르타스는 충혈된 눈을 들어 자신의 집무실에 모인 귀족들에게 다시 한 번 강조했다.

"우리가 지금의 아라사를 건설하기 위해 얼마의 노력을 했던가? 그간의 쏟아낸 재물이 얼마고 흘린 피가 얼마던가? 그대들마저 우리 대아라사가 이룬 업적을 아젝스라는 마물이 준 선물이라 치부할 텐가? 잊지 마라! 아젝스는 단지 지름길을 알려주었을 뿐, 험난한 가시밭길에 피를 뿌린 것은 우리 아라사의 선혈이었음을! 찾아내라! 아라사의 영광을 되찾아 비겁하고 간특한 저들을 응징할 방법을!"

"예에."

귀족들이 힘없는 목소리로 바르타스에게 답했다. 바르타스는 그 모습에 핏대를 세웠던 목을 등받이에 기대며 길게 한숨을 내쉬었다. 말이야 백 번 맞는 말이지만 자신이 말하고도 그 해답이 없으니 실의에 빠진 저들을 나무랄 수도 없었다.

"바르타스님, 회의 시간이 다 되었습니다. 이만 일어나시지요."

"후우, 벌써 그렇게 되었나? 미안하군. 나 때문에 자네들이 쉬지도 못했어. 나가지. 조금만 더 힘내세."

바르타스는 집무실을 나와 중정회의장으로 향했다. 여기저기서 잠이 덜 깬 모습의 귀족들이 기지개를 켜기도 하고 휘청거리기도 하며 회의장으로 걸어가는 모습이 보였다.

"뭐, 별달리 할 말들 없겠지만 혹시 모르니 물어나 봅시다. 좋은 의견들 있으시오?"

두어 시간의 휴식만으로는 누적된 피로를 풀기엔 한참이나 모자랐다. 회의장의 귀족들은 아시루스의 질문에 모두 고개를 숙여 눈을 마주치지 않았다.

"제가 한말씀 드려도 되겠습니까?"

"어라? 레피두스, 당신이 여기에 왜 있지?"

아시루스가 묻자 레피두스의 옆에 있던 귀족이 일어나 답했다.

"죄송합니다, 전하. 실은 제가 지난 휴식 시간에 답답한 마음으로 동향인 레피두스님을 찾아가 현 아라사의 사정을 얘기했더니 레피두스님이 전하께 꼭 드리고 싶은 말이 있다고 해서 허락도 없이 회의장에 불렀습니다."

"웬만하면 참지, 뭘 또 오셨소 그래?"

"저, 한번 들어보시지요. 참고가 될지도 모르지 않겠습니까?"

"하시오. 편한 마음으로 들으리다."

레피두스가 비록 중정에 참여하지는 못하나 아라사의 귀족인데다 중정에 참여하는 귀족의 추천까지 있자 아시루스도 레피두스를 함부로 내칠 수 없었다. 더구나 중정의 다른 귀족들까지 조용히 있는데 자신이 열낼 필요는 더 더욱 없었다. 해서 편하게 다리를 뻗고 턱을 괴고 눈을 감아 부족한 잠을 채울 준비를 했다.

"에헴! 위기에 처했을 때일수록 후학들은 선현의 말씀에 더욱 귀 기울일 필요가 있습니다. 사람이 사는 것이기에 과거나 현재나, 앞으로의 미래나 외양은 달라도 내실은 똑같을 수밖에 없습니다. 이것이 역사고 우리가 역사를 배우는 이유인 것입니다. 그럼 역사란 무엇인가? 이 화두에 많은 학자들이 주장을 펼친 바, 제가 몇 가지……."

바르타스는 쏟아지는 졸음에 살포시 눈을 감았다. 평소였다면 자신이 말하기도 전에 다른 귀족들이 벌 떼처럼 일어나 레피두스를 쫓아냈겠지만 몸도 피곤하고 내놓을 의견도 없기에 잠시나마 관용을 베풀기로 한 듯했다. 아시루스는 벌써 잠이 든 듯하고, 고개를 뒤로 젖히고 네 활개를 쭉 펼친 귀족도 있었다. 바르타스도 거기에 동참했다. 차라리 이게 나으리라. 좀 더 맑은 정신으로 생각하면 좀 더 좋은 생각이 떠오르리라. 그렇게 자위하며 나른한 기운에 한껏 몸을 맡겼다.

"바로 그것이오!"

우당탕!

"뭐, 뭐요!"

단잠을 자던 귀족이 나동그라지는 소리가 요란하게 울렸다. 여기저기서 무슨 일인가 묻는 소리가 울려 퍼졌다.

"방금 레피두스님의 말씀을 못 들으셨습니까? 아라사가 맞은 위기를 절호의 기회로 삼을 방안을 레피두스님이 내놓으셨습니다!"

커다랗게 외치는 크리타니스의 말에 회의장의 나른함은 단숨에 날아갔다. 바르타스는 다급하게 물었다.

"정말인가? 레피두스, 다시 한 번 말해 보시오."

"에, 역사적 관점으로 볼 때……."

"그것 말고 대책을 말하시오, 대책!"

아시루스가 안달을 부렸다.

"에, 지정학적 관점에서 과거 도란의……."

"으아아악!"

"크리타니스, 대신 설명할 수 있겠나?"

아시루스의 발광을 보다 못한 바르타스가 타협책을 내놓자 레피두스와 아시루스가 조용해졌다. 크리타니스는 레피두스에게 미안한 표정을 지으며 자리에서 일어났다.

"스키타에게 카약을 압박하게 하고 베르싱어에게 롯트베이를 제어하게 만들자는 것입니다."

"…너무 짧군."

"아, 예. 레피두스님의 말을 빌어 설명하면 이렇습니다. 과거 아라사 제국 시절 도란과 카약을 공국으로 승격시켜 미에바와 베르싱어, 피레나를 견제하게 한 것을 거울 삼아 이번에는 스키타에게 그 역할을 담당하게 하자는 것입니다. 미에바를 스키타에게 넘겨주는 것을 미끼로 스키타로 하여금 카약을 압박케 하고, 베르싱어에게는 우리와 밀약을 맺은 것을 이용해 롯트베이를 누르게 하는 것이지요."

"베르싱어가 있는데 우리 맘대로 미에바를 주고 싶다고 줄 수 있나? 그리고 카약이 끝까지 반발하면? 아직 상처가 아물지도 않았는데 또 전쟁을 치르자는 것인가?"

"가능할 것입니다. 스키타와 베르싱어에게 대륙의 소요가 잠들면 우리가 피레나를, 베르싱어는 네드발, 스키타는 미에바를 합병한다고 공식적으로 밝히고 서로 협력해 대응하자고 제의하는 것입니다. 이제껏 내심을 숨기고 타국의 눈치만 보고 있었으니 쉽게 타협점을 찾을 수 있을 것입니다. 베르싱어는 우리가 스키타와 공조하면 미에바에서 더 이상 배겨낼 수 없다는 것은 잘 알 테고, 그 밀약 건 때문에라도 우리에게 양보할 수밖에 없습니다. 따라서 그들은 조속한 해결을 위해 아라사에 최대한 협조할 것입니다. 그리고 카약과의 전쟁은, 필요하다면 해야지요. 하나 제 생각입니다만 거기까지 가지는 않을 것입니다. 지금 도란에서 벌어지는 연방회의에서 밝혀진 각국의 입장을 살펴보자면 스키타와 도란은 중립, 카약과 롯트베이, 베르싱어는 틸라크에 적대적입니다. 그런데 여기서 스키타와 베르싱어를 우리 쪽으로 끌어들인다면 단숨에 남부연방의 공식 입장을 우리 뜻대로 움직일 수 있게 됩니다. 허울뿐이지만 미에바도 한 표의 권한이 있으니 스키타의 생각이 곧 미에바의 입장이 되고, 스키타만 잘 구슬린다면 카약과 롯트베이가 아무리 반대해도 소용없게 될 것입니다. 연방회의의 뜻에 따르지 않겠다면 힘으로 눌러 버리면 그만이지요. 설마 그들이 그렇게 멍청하겠습니까?"

"하! 그런 방법이! 크리타니스, 아주 좋은 생각이었소! 훌륭해!"

"아시루스 전하, 이건 레피두스님의……."

"바르타스, 어찌 생각하오?"

답답하던 가슴이 뻥 뚫리고 지끈거리던 두통이 확 풀리는 기분이었다. 어차피 미에바야 스키타가 주도권을 쥐고 있는 상태인데다 아라사의 이득을 챙기자면 미에바에 한 발 걸친 베르싱어와도 각축을 벌여야 한다. 그런 별로 먹을 것도 없는 미에바를 스키타에게 넘기는 것으로 이 위기를 벗어날 수 있다? 스키타가 친분이 두터운 카약의 뜻에 동조하지 않고 중립의 입장을 표명한 것은 더 이상 전쟁을 벌일 여력이 없기도 하지만 내심 아젝스에 대한 감사한 마음이 있기 때문이다. 따라서 조건만 맞으면 충분히 아라사와 손잡을 가능성이 높다.

반면 베르싱어가 이번 사태에 카약의 주장을 따라 틸라크를 마물의 소굴로 몰며 강경하게 나오는 이유는 강성해진 아라사를 거꾸러뜨릴 다시없는 기회라 보았기 때문이다. 그런데 얄미운 베르싱어를 꼼짝 못하게 할 비책이 생겼다.

전에는 베르싱어와의 밀약이 아라사의 약점이었지만 이젠 상황 역전이다. 밀약이 밝혀진다면 아라사가 피레나를 게워내야 하는 상황에 직면한 것처럼 베르싱어도 네드발을 토해내야 하고, 아라사가 아젝스라는 마물에 홀려 그의 졸개가 되었다는 말을 카약에게 듣는 것처럼 베르싱어도 카약에 의해 마물의 졸개로 전락하고 만다. 결국 베르싱어는 네드발과 국가의 위신을 지키기 위해 더 이상 아라사를 압박할 수도 없을뿐더러 아라사가 무슨 요구를 하든 들어줄 수밖에 없게 된다.

스키타와 베르싱어만 아라사의 손바닥 위에서 놀릴 수 있다면 아브로즈가 무슨 말을 하든 가나트가 어떤 행동을 하든 남부연방의 공식 입장은 아라사의 뜻에 따르게 된다. 스키타와 베르싱어만 아라사와 함께 행동한다면 아젝스가 정말 마물이더라도 아라사의 의지에 따라 대륙 제일의 영웅으로 만들 수도 있다. 아라사 혼자라면 모를까 베르싱어마저 비난하기엔 카약으로서도 부담스러울 것이다.

롯트베이의 반발은 베르싱어가 알아서 막아줄 것이다. 그러면 아젝스는 마물이란 오명을 벗을 수 있게 되고, 틸라크는 위기에서 벗어나 아라사의 든든한 후원자가 되고, 아라사는 남부연방의 최강자로 군림할 수 있게 될 것이다.

만약 아라사의 뜻에 반해 카약과 롯트베이가 끝까지 뜻을 굽히지 않는다면? 이 부분은 크리타니스의 의견에 따라선 안 된다. 더 이상의 전쟁은 아라사에도, 남부연방에도, 틸라크에도 하등 도움이 안 된다. 트라쉬메데스가 잘해낼 것이다. 그러면 자신보다 더 시세 판단에 능하니 전쟁을 피하면서도 카약 등에게 양보를 얻어낼 수 있을 것이다.

"좋군요. 도란에 있는 트라쉬메데스에게 급히 알려야겠습니다."

"이 기회에 아예 카약을 치는 것은 어떻겠습니까? 베르싱어에겐 롯트베이를 먹으라 하면 불만없을 것입니다. 스키타는 전력이 바닥난 데다 협약을 맺더라도 느물댈 것이 뻔한 베르싱어를 밀어내고, 미에바를 수습해야 하니 카약에 신경 쓸 겨를이 없을 것입니다!"

"삼국 체제가 되면 아라사가 훨씬 유리합니다. 더 이상 식량 걱정을 할 필요가 없을 뿐 아니라 강병을 키울 재력도 단연 으뜸이 될 것입니다. 꼴도 보기 싫은 카약을 지도에서 지웁시다!"

"하하! 도란을 떼어줄 때는 아라사 제국의 분열을 불렀는데, 이번엔 제국을 재건하는 초석이 되겠군요!"

한순간에 상황이 반전되자 회의장의 귀족들이 열을 올렸다. 하나 바르타스는 고개를 저었다.

"그럼 가나트는 누가 제어하나? 틸라크가 안전해야 아라사가 마음 놓고 웅비할 수 있네. 카약이 미에바와의 전쟁으로 전력이 많이 깎인 반면 우리는 피레나를 얻어 카약 정도는 손쉽게 누를 수 있겠지만, 그 사이 가나트는 맘 놓고 리미트의 병력을 틸라크로 돌릴 걸세. 물론 현 상황을 보자면 카약과의 전쟁 발발 가능성도 높고 나 역시 마다할 생각은 없네만 피할 수 있다면 피하는 것이 아라사에 더 이익이 될 게야. 서두르지 않아도 아라사의 영광은 저절로 오게 되어 있어."

"자자. 그럼 우리 아라사 문제는 해결된 듯하니 어여 트라쉬메데스에게 알리도록 하고, 이젠 아젝스 문제로 넘어가자구. 앞으로 아젝스 그놈의 운명이 어찌 될 것 같나? 또 그에 따른 우리의 입장은? 어디, 이번에도 레피두스 당신이 말해 보겠소? 내 이번엔 졸지 않고 경청하리다."

아시루스가 기대된다는 듯이 손바닥을 비비며 레피두스를 재촉했다.

내가 왜 그랬을까? 아젝스는 이 물음에 답할 수 없었다. 그저 자신의 분신이 이 세상에서 숨 쉬고 있다는 생각이 들자 가만히 있을 수 없었고, 자신이 한 아이의 아버지가 된다는 것을 깨닫자 더 이상 숨길 수 없다는 마음이 들었을 뿐이었다. 그러나 어머니께 모든 사실을 토로하고 아무도 찾지 않는 별궁에서 창밖을 바라보며 아젝스는 자신의 마음을 정리할 수 있었다. 자신에게 지워진 업은 자신의 대에서 끝나야 했다. 그 무게에 눌려 죽음을 맞이하더라도 자식에게 자신의 업을 물려줄 수는 없었다. 아젝스 자신은 스스로 아젝스의 인생을 살고자 했지만 자신의 아이만큼은 자기의 삶을 살아가길 바랐다. 내가 누구인지, 내가 과연 어떤 존재인지 명확히 알고 남의 인생이 아닌 자신만의 삶을 가꾸고 키우며 살게 하고 싶었다. 그 길을 열어주고 싶었다.

소유욕일까? 혹시 내가 잘못 생각하고 있는 것은 아닐까? 수많은 후회와 의혹이 밀려왔다 쓸려갔지만 아젝스는 흔들리는 마음을 다잡았다. 후회로 점철된 전생이었다. 잃었다 생각했던 어머니였다. 만회하고 싶었다. 눈물짓는 어머니께 한가득 웃음을 선사하고 싶었다. 다시는 가질 수 없을 거라 생각했던 가족애를 다시 한 번 느끼고 싶었다.

그래서 아젝스가 되었다. 한대연을 버리고 어머니의 아들, 아젝스 틸라크가 되었다.

그러나 그건 자신 혼자만으로 족하다. 자신의 욕망으로 인해 아들마저 거짓 인생을 살게 할 순 없었다. 드래곤이 옳았다. 자신은 아젝스로 살고 싶었지만 자신은 아젝스만으로 살 수 없었다. 자신은 아젝스로 살고 싶지만 자식은 오롯이 자신으로 살도록 하고 싶었다.

뒤에서 허리를 감싸는 손길이 느껴지자 아젝스는 부드럽게 파비올라의 손등을 어루만졌다.

"두려우냐?"

파비올라가 도리질하는 것이 등을 통해 전해졌다.

"난 두렵다."

어머니를 잃을까 두려웠다. 어머니께 경멸 어린 시선과 증오 섞인 욕설을 들을까 두려웠다. 놓을 수 없었다. 잃을 수 없었다. 태어나지도 않은 자식으로 인해 자신을 스스로 돌아볼 수 있게 되었다. 그래, 그간 정념에 사로잡혀 있었는지도 모르겠다. 그 소망이 너무 간절해 자신이 왜 아젝스 틸라크가 되었는지를 잊었는지도 모르겠다. 그럼에도 인정할 수 없었다. 자신이 오롯이 아젝스가 될 수 없다는 마음을 받아들일 수 없었다. 부정하고 싶었다. 자신이 아젝스라는 인두겁을 썼다는 것을, 그것을 자인하는 마음 한 귀퉁이의 울림을 듣는 자신을 갈기갈기 찢어버리고 싶었다.

파비올라 뱃속의 아이가 자신의 분신이라면 아젝스 틸라크 역시 자신의 또 다른 분신이었다. 그 분신이 아이마라를 간절히 원하고 있었다. 어렵게 찾은 어머니를 잃을까 두려움에 떨고 있었다. 어머니가 자신을 받아들일지, 그저 아는 사람이 아닌 열 달 배 아파 난 자식을 보듯이 자애로운 눈길로 자신을 대할지, 의지하고 위안을 주는 품을 열어 주실지……

"당신이 이렇게 떨고 있는데 아무 도움도 주지 못해 너무 슬퍼요. 제가 조금만 현명했더라면, 오라버니와 조금만 더 친했더라면……."

"네 탓이 아니다."

아젝스는 돌아서서 자책하는 파비올라를 보았다. 파비올라가 촉촉이 젖은 눈망울로 자신과 눈길을 마주치자 파비올라의 눈에 흐르는 눈물을 닦아주었다.

얼마나 상심했을까? 뱃속의 아이가 마물의 씨일지도 모른다는 생각에 얼마나 두려웠을까? 가장 행복해야 할 순간에 가장 비참한 현실을 맞이해 얼마나 괴로웠을까? 자신을 위해 눈물을 흘리는 파비올라에게 미안한 마음이 들었다. 아무것도 해줄 수 없어 더 미안했다.

"너무 걱정하지 말아요. 틸라크라도 제가 있는 한 당신을 함부로 죽일 수는 없을 거예요. 우리 아라사로 가요. 아니, 아무도 없는 곳으로 가요. 당신이 살았던 드래곤 산맥에서 우리끼리 살아요."

"그럴 수는 없다."

"그럼, 그럼 아라사에서 다시 시작해요. 오라비가 난 싫어해도 당신은 좋아하잖아요. 그도 아니면 센에서 시작해도 돼요. 센에 당신을 따르는 용병들이 상당하다 들었어요. 당신이라면 어디선들 뭘 못하겠어요?"

"그 때문이 아니다. 난……."

어머니 곁을 떠날 수 없었다. 죽더라도 어머니 곁에서 마지막을 맞이하고 싶었다. 아직은, 아니, 영원히 자신은 아젝스 틸라크이고 싶었다. 그렇기에 떨리는 심정으로 기다리고 있는 것이다. 문을 열고 두 팔을 벌리며 자애로운 미소로 자신을 부르는 어머니를.

—아젝스.

'어머니.'

"역시 씨가 달랐어. 그러니까 그렇게 무지막지하게 세지. 과연 마사카님이라니깐? 센에 있는 놈들이 이 말을 들으면……. 킥킥킥."

"자넨 두렵지 않나? 이 세상 사람이 아니란 말에도 여전히 아젝스님을 따를 수 있겠나?"

"두렵다니? 오히려 더 존경심이 들어야지. 이보쇼, 쉬블락. 우리하고 마사카님하고 씨가 다르다는 것은 나도 알고 당신도 알고, 세상 모두가 알아. 그럼 당연히 존경해야 하는 거 아냐? 세상 사람들이 드래곤을 두려워하지만 단지 두려워만 하던가? 당신 같은 마법사는 드래곤을 마법의 뭐라더라? 거, 있잖소?"

"조종이라고도 하고, 창제자라고도 하지."

"그렇지, 조종! 어쨌든 당신도 드래곤을 두려워하면서도 존경하고 경외심을 갖고 대하잖수? 그럼 드래곤보다 더 센 마사카님을 당연히 존경해야지! 드래곤한테 잡혀서 살았다는 사람 본 적 있수? 마사카님을 잡았던 그 드래곤이 어떻게 되었을 것 같아? 아, 드래곤! 드래곤이 보석을 깔고 잔다던데, 그럼! 혹시 딴 놈들이 벌써 싹 쓸어갔으면 어쩌지? 그럼 안 되는데……."

"네놈이 웬일로 사람다운 소릴 하나 했다."

발키리가 페이난사를 타박하는 모습을 보며 쉬블락은 그저 웃고 말았다.

페이난사는 확실히 남다른 데가 있었다. 어쩜 저런 생각을 지녔기에 아젝스를 따를 수 있었는지도 모르겠다. 아니, 자신이 진정한 용병이 아니어서 그런 생각을 못하는지도 몰랐다. 자신은 그저 돈이나 받고 재주를 파는 용병이 아니었다. 아라사의 이익을 찾았고, 아라사의 이익을 대변했다. 그렇기에 자유로이 사고할 수 없었고, 행동으로 옮길 수 없었다. 이는 아젝스 역시 마찬가지였다. 그의 움직임 하나하나가 정치적일 수밖에 없다. 아젝스가 아무리 발버둥 쳐도 그의 삶은 그의 것이 될 수 없다.

"난 그런 거 모른다. 내가 좋으면 좋은 거고, 싫으면 싫은 거야. 내가 마사카님이었으면 당장에 틸라크의 상황 같은 거 때려치우고 센으로 갔다. 아, 생각할수록 열받네? 드래곤보다 더 막강한 마사카님이 틸라크에 계시겠다면 얼씨구나 하고 넙죽 절해야지! 그야말로 수호신 아냐? 누가 감히 마사카님이 지키는 틸라크를 건드리겠어? 가나트도 괜히 깝죽대다 쫄딱 망한 게 벌써 몇 번이야? 야, 발키리! 너두 잔소리 그만 하고 칼이나 뽑아! 어렵사리 마사카님을 다시 만났는데 내 수련도 봐주시지 않고 방에만 있으니 내가 제대로 익히고 있는지 알 수가 없잖아. 젠장! 되는 일이 없네. 아, 뭐 해!"

수호신? 쉬블락은 순간 멍해졌다. 그렇다. 아젝스와 파비올라의 운명은 비극으로 결말나도록 결정된 것이 아니었다. 진작에 알았으면 괜한 맘 고생 안 했을 것을, 페이난사 놈이 애초에 그 말부터 했으면 하늘이 무너지고 땅이 꺼져라 한숨을 내쉬지 않았을 것을.

쉬블락은 아라사의 땅이 꺼지기 전에 서둘러 이 사실을 전하기 위해 발이 안 보이도록 뛰었다.

"잔소리쟁이야, 분노의 칼을 받아라! 이얍!"

아젝스로 인한 충격이 채 가시기도 전에 그 후폭풍이 틸라크를 강타하자 틸라크의 귀족들은 제정신을 차릴 수 없었다. 빌포드의 멍청한 행동으로 전 대륙이 아젝스에 관한 것을 알아버린 것도 황당하지만 각국에서 보내오는 내용이 차마 입에 담지도 못할 만큼 극악한 것이라 반박할 생각도 못하고 허탈감에 빠졌다.

"대체 서신에 뭐라고 썼기에 틸라크가 마굴이 되었소? 대체 얼마나 그럴듯하게 썼기에 아브로즈뿐만 아니라 전 대륙이 당신 말을 그토록 믿는 것이오? 어디 나도 좀 봅시다. 아니면 빌포드 멕시밀리앙 공작께서 직접 말씀해 보시겠소?"

"아니, 난 그저 내가 조사한 것과 추론을 적었을 뿐인데……."

야메이의 비비 꼬인 말에 빌포드는 고개를 들 수 없었다.

"지금 그걸 말이라고 하십니까! 상황 폐하께서 틸라크 황족이 아니란 것만으로도 병사들의 사기가 바닥을 긁을 판국입니다! 대체 타국에 이 일은 왜 알린 겁니까?"

"설마 상황이 내 말을 인정하리라고는……."

"결국 틸라크도 같이 죽으라는 심보로 그랬다 그 말이군. 훌륭하오. 과연 빌포드 멕시밀리앙 공작답소!"

"야메이 프리시 공작, 서, 설마 내가 그런 마음으로 그랬겠소? 난 그저 아무도 내 말을 믿어주지 않을 듯해 혹시라도 내 맘을 알아줄……."

"모두 그만 하시오. 지금은 누구의 잘잘못을 따질 때가 아니잖소? 일단은 이번 사태를 어떻게 넘기는가가 중요하오."

빌포드를 힐난하는 목소리만 들리자 지멘이 분위기를 쇄신하고자 입을 열었다. 그러나 그런 지멘조차 빌포드는 쳐다보지도 않았다.

"각국에 파견된 외교 관리들은 제대로 활동하고 있나?"

"예, 틸라크에 우호적인 귀족들을 찾아다니며 기름칠하고 있습니다. 쟈므는 오초아 칸 국왕이 동요하는 모습이지만 잠시간의 시일을 두고 보자는 우리 측의 말에 일단 고개를 끄덕여 주었답니다. 그러나 아브로즈는 물론이고 우리에게 상당히 우호적이던 후시타니아의 귀족들은 이번 사태로 꽁무니를 빼고 있습니다. 지금 후시타니아의 왕궁에선 틸라크를 성토하는 목소리만 난무한다더군요. 남부연방 쪽에는 일단 사태가 진정될 때까지 틸라크에 적대적인 행동을 취하지 못하도록 최대한 시간을 끌라 명했습니다. 다행히 아직까지는 틸라크를 비난해도 직접적인 행동으로 나설 기미는 안 보입니다만 차후 어떻게 변할지……. 아브로즈가 롯트베이의 아레나 왕비를 설득하는 데 성공해 보블레앙 샤틀리에 전 아포리아 국왕의 암살 배후가 우리 틸라크라 철석같이 믿고 있답니다. 또한 카약과 베르싱어 역시 우리에 대한 비난의 목소리를 높이고 있는데, 보고의 내용으로 판단하자면 근래 비약적으로 성장한 아라사를 질시해 그런 것 같습니다. 아, 그리고 카약에 있던 벅시나뱅크 후작은 아라사의 도움을 청하러 바루니아로 향한답니다. 어쨌든 현재로서는 아라사가 우리와 한 배를 탄 형국이고, 우리 역시 남부연방에서 기댈 곳이라곤 아라사뿐이니까요."

홀린 벨러드의 말에 지멘이 고개를 끄덕였다.

"그나마 아라사가 틸라크를 옹호해 줘서 다행이야. 그렇지 않았다면 아브로즈의 망발에 남부연방 전체가 대번에 넘어갔겠지."

"파비올라 공주의 덕이라 해야겠죠. 미우나 고우나 어쨌든 파비올라 공주가 상황 폐하의 아이를 잉태한 상태니 최선을 다해 상황 폐하께서 마물이라는 오명만큼은 벗겨야 하는 입장이니 말입니다."

그 말에 지멘은 얼굴을 일그러뜨렸다. 아젝스에 대한 증오가 밀려온 탓이다. 이 세상 누구보다도 아젝스를 아끼고 존경했던 자신이었다. 그렇게 철없던 아젝스가 친구이자 주군이었던 그라시스 틸라크 선황의 죽음으로 믿음직스런 군주로 변모하자 더없이 기꺼운 마음이었다. 그랬기에 분노가 더 컸다. 자신이 아끼고 흠모하던 아젝스가 그라시스 틸라크의 아들이 아니라니, 틸라크 황가를 지키겠다는 신념 하나로 평생을 살아온 자신이 그런 것도 눈치 채지 못하고 가짜를 떠받들었다니, 모든 것이 밝혀지고 회의장을 벗어나는 아젝스를 보며 검을 빼 들기보다 형언할 수 없는 비애를 느끼다니. 수치스러웠다. 배신감에 치가 떨렸다. 이런 자신이 가증스러웠다.

"……기니비서, 아군은 어떻소?"

"작전대로 알사스의 부대는 쟈므와 합류하기 위해 남하하고 있고, 저 대신 베런이 이끄는 부대는 계속 서진하고 있습니다. 각 부대에서 올라온 보고에 따르면 비록 상황 폐하의 일로 아군의 사기가 많이 떨어지긴 했지만 크게 걱정할 수준은 아니랍니다. 그러나 우려할 만한 일이 쟈므 군에서 관측되고 있습니다. 쟈므에 파견된 마법사의 보고에 의하면 쟈므 군의 동요가 생각보다 심각하답니다. 시시각각으로 아브로즈가 거리를 좁혀오는 마당에 틸라크가 마굴이라는 소문까지 퍼지자 쟈므 병사들의 사기는 말이 아니고, 일부 장수들은 아브로즈에 투항하자는 말을 서슴지 않는다 합니다. 쟈므의 동요를 막는 데 상당한 어려움을 겪고 있는 듯합니다."

"그나마 시멀레이러 공작이 쟈므 군과 함께 있다는 것이 다행한 일이지. 그 공작의 성질에 어디 틸라크 성이 남아났겠소? 헬파이어에 주춧돌 하나 온전히 남지 않았을 거요. 쟈므 군이 동요한다지만 틸라크 성이 온전하니 남는 장사요. 빌포드 멕시밀리앙 공작께 뭐라 감사해야 할지 모르겠구려."

야메이의 말에 회의실의 귀족들이 남모르게 한숨을 지었다. 아젝스로 인해 틸라크는 극심한 내우외환을 겪고 있었다. 밖에서는 틸라크를 잡아먹지 못해 안달인데, 틸라크의 중신들은 여전히 충격에서 벗어나지 못해 허우적대고 전장에 나가 있는 병사들은 전의를 상실했다. 라미에르 여황은 태후의 별궁에 틀어박혀 나올 생각을 안 하고, 그나마 지멘이 귀족들을 다잡으려 하지만 수시로 빌포드를 힐난하는 야메이로 인해 분위기가 엉망이 된다. 구심점을 잃은 틸라크는 어디로 가는지도 모른 채 망망대해를 표류하고 있었다.

"희소식입니다! 남부연방이 틸라크를 지지하기로 결의를 했답니다!"

"정말인가?"

회의장 문을 벌컥 열고 들어온 마법사의 외침에 지멘이 벌떡 일어섰다.

"자세히 말해 보라!"

"도란에 파견된 외교 관리의 보고입니다. 중립의 스키타와 틸라크를 맹비난하던 베르싱어가 태도를 바꿔 틸라크를 지지한다고 표명했답니다. 이에 힘입은 아라사가 표결을 원했고 결국 카약이 반대, 롯트베이가 기권, 나머지 국가가 틸라크를 지지하는 데 찬성했다 합니다! 또한 아무 증거도 없이 틸라크를 마물의 소굴이라 호도해 틸라크와 남부연방의 우의를 금가게 함으로써 비열한 가나트와 손잡고 틸라크를 정복하려는 더러운 야망을 숨기려 한 아브로즈를 규탄한다며 계속해서 우리 틸라크와 협력할 것을 천명했다 합니다!"

"아라사가 결국 해냈군!"

"다행입니다. 이제 틸라크가 살 길이 보입니다!"

"서둘러 이 사실을 전군에 알려야 합니다. 쟈므도 이 소식을 듣는다면 더 이상의 동요는 없을 것입니다!"

틸라크의 중신들은 옆 사람의 손을 맞잡으며 기쁨을 감추지 못했다. 그러나 거기에 야메이는 동참할 수 없었다.

"여전히 아젝스 틸라크 폐하의 그늘에서 벗어나지 못하는군 그래."

"야메이 프리시 공작, 이제 그만 하시오. 내 당신 마음을 모르는 바는 아니나, 지금은 그럴 때가 아니잖소? 나도 당신만큼이나 괴롭소. 나 역시 당신만큼이나 상황 폐하를 존경했던 사람이오. 그러나 내가 느끼는 상실감은 생각해 보셨소? 어릴 적부터 손에 칼을 쥐어주고 내가 손수 검술을 가르쳐 주었던 아젝스였소. 낙마해 우는 아젝스를 그라시스 틸라크 공작이 질책할 때 내가 품에 안고 말을 타고 질주하는 기쁨을 가르쳐 주었단 말이오. 그런데 그 모자란 아젝스가 없소. 그 아젝스를 전장을 적의 피로 물들이며 호령하던 상황이 대신하고 있소. 그럼에도 내가, 틸라크 황가를 지켜야 하는 내가 그 상황께 기대고 싶어하오. 이 이중적인 마음에 치를 떨고 있소. 힘들단 말이오. 내가 무너지지 않도록 붙잡아줄 사람이 필요하단 말이오! 예전의 당신으로 돌아오시오. 난 지금 당신의 냉철함이 절실히 필요하오."

"……미안하오. 쉬고 싶소."

"야메이 프리시 공작! 공작!"

야메이는 지멘의 부름에 대답도 없이 그대로 회의장을 벗어났다.

"이왕 이리된 거……."

"당신은 입 다물고 있어!"

지멘의 호통에 빌포드가 슬그머니 자리에 앉았다. 지멘이 자리에 주저앉자 틸라크 귀족들도 하나둘씩 자리에 앉기 시작했다. 얼마의 시간이 지나 마음을 가라앉힌 지멘이 숙였던 고개를 들었다.

"분위기를 망쳐 미안하군. 회의를 속개하지. 자네는 전할 말이 없으면 그만 나가 일 보게. 수고했네."

"예."

지멘의 말에 허리를 숙이고 회의장을 나서려던 마법사가 퍽 소리가 나도록 자신의 머리를 쳤다.

"죄, 죄송합니다. 그 소식과 동시에 아라사로부터 연락이 왔습니다. 오늘 중으로 아라사의 국왕, 아시루스 전하께서 틸라크에 방문하신답니다. 틸라크와 협의할 것이 있다는데요?"

"아라사와 아시루스 국왕의 도움에 다시 한 번 감사드립니다."

"하하, 저 살자고 발버둥 치다 어떻게 틸라크에도 도움이 된 것뿐이니 그렇게 고마워하실 필요 없습니다."

"저, 전하……."

"트라쉬메데스, 또 뭐가 불만이야? 괜히 거짓말했다 들통나 망신살 뻗치는 것보다 낫잖아?"

"그래도 외교 수사라는 것이. 예예, 계속 말씀하십시오."

신하를 타박하는 아시루스를 보며 라미에르는 오랜만에 미소란 것을 입가에 그릴 수 있었다. 아젝스로 인한 혼란으로 한동안 정신이 멍한 상태로 방 안에 처박혀 지냈다. 무언가를 해야 하는데 무엇을 해야 할지 몰라 어머니를 찾았지만 어머니 역시 말문을 닫았다. 그래서 이 제껏 두 모녀가 한 방에서 멍하니 창밖에 시선만 주며 나라 꼴이 어떻게 돌아가는지도 모른 채 지냈다. 그러나 지멘이 찾아와 그간의 정세를 설명하며 아시루스가 온다고 하자 더 이상 방 안에 앉아 있을 수만은 없게 되었다.

"그리 말씀 안 하셔도 저를 비롯한 틸라크 신민 모두가 국왕의 호의에 감사하고 있습니다. 아라사가 돕지 않았다면 틸라크는 헤어날 수 없는 위기를 맞이했을 것입니다. 역시 소문만으론 그 사람을 평가할 수 없다더니, 오늘 아시루스 국왕을 새로 알게 되었습니다."

"그 말씀 칭찬으로 들어도 되겠습니까? 하하!"

"아, 우리와 협의할 것이 있다 하셨지요? 틸라크가 수용할 수 있는 것이라면 최대한 아라사에 협력하겠습니다. 그러니 편히 말씀해 주세요."

"이야, 역시 틸라크 사람들은 화통하다니까? 무릇 협상이란 이래야 하는데 말이야. 남부연방의…… 또 뭐? 흠흠. 여황께서 계시니 제가 말씀드리는 것이 옳겠으나 제가 워낙 말주변이 없는 관계로, 하하. 여기 트라쉬메데스가 절 대신해 설명할 것입니다. 그 점 양해 바랍니다."

"아닙니다. 저도 정치나 외교에 있어선 문외한인지라 여기 지멘 이튼 공작과 지금 자리엔 없지만 야메이 프리시 공작의 도움을 받고 있답니다. 그럼 협의 사항은 이들에게 맡기고 우리는 나가 차라도 한잔 하시겠습니까?"

"그것이…… 하하, 아무래도 저와 여황께서 여기 남아 있는 것이 이 자리가 좀 더 무게가 나가지 않겠습니까?"

"지멘 이튼 공작의 직권만으로는 안 될 정도로 심각한 내용인가요?"

"에, 그게…… 트라쉬메데스?"

아시루스가 라미에르의 제의에 난색을 지으며 자신을 보자 트라쉬메데스가 한숨을 내쉬었다. 그러게 진작 자신에게 넘겼으면 좋았을 것을, 괜히 나서서 저들에게 경각심을 심어주는 우를 범할 건 또 뭔가? 틸라크가 한창 고마워하고 감사한 마음으로 고개를 숙일 때, 그 마음으로 무엇이든 들어주어야 한다고 강렬한 책임감을 느낄 때, 그때 이쪽의 요구를 말해도 저들이 들어줄까 말까 한데 이미 저들이 경계심을 품었으니 이번 협상은 난항을 겪을 것이 뻔했다.

"이번 사태로 인해 우리 아라사는 실로 막대한 피해를 입었습니다. 그간 공들인 미에바를 잃었을 뿐 아니라, 여기서 밝힐 수는 없으나 베르싱어와 스키타, 그리고 롯트베이에도 우리 아라사는 상당한 양보를 해야 했습니다."

"듣지 않아도 충분히 짐작이 갑니다. 그러니 스키타는 물론이고 그토록 강경하게 나오던 베르싱어와 롯트베이가 마음을 바꿨겠지요. 감사히 생각하고 있습니다. 또한 우리 틸라크가 안정이 되면 최선을 다해 갚도록 하겠습니다."

트라쉬메데스가 말하자 지멘이 라미에르를 대신해 감사를 표했다.

"뭐, 제가 생색 낼 틈도 주지 않고 우리 아시루스 전하께서 미리 말씀하셔서 좀 섭섭한 마음이 들긴 하지만 아라사가 살자고 그리한 것은 사실이니 그것에 대해서는 그리 크게 신경 쓰지 않으셔도 됩니다. 다만 오늘 아시루스 전하께서 이곳에 온 이유는 더 이상 아라사와 틸라크가 둘이 아니고 하나라는 점을 상기시키고, 앞으로도 계속 두 국가가 한마음으로 위기를 헤쳐 나가자는 말씀을 하기 위해서입니다."

"저도 동감하는 바입니다. 아쉽군요. 두 나라가 좀 더 가까이 있었다면 보다 긴밀한 협조가 이루어졌을 것을."

"아젝스 틸라크 상황 폐하는 어찌할 생각이십니까?"

듣기 좋은 말만 늘어놓던 트라쉬메데스가 느닷없이 예상치도 않은 질문을 던지자 지멘과 라미에르는 선뜻 답을 찾을 수 없었다.

"……왜 그 같은 질문을 하는지 물어도 되겠습니까?"

"아시다시피 얼마 전만 하더라도 아라사와 틸라크는 단순히 우호적인 관계에 불과했습니다. 오히려 틸라크를 맹비난하던 롯트베이나 베르싱어가 틸라크와 돈독한 우의를 다졌다 할 것입니다. 그러나 한 사람, 아젝스 틸라크 상황으로 해서 아라사와 틸라크는 뗄래야 뗄 수 없는 관계로 발전하게 되었습니다. 그분이 가교 역할을 한 것이죠. 그런데 그 가교가 지금 위험한 처지에 놓였습니다. 그래서 아시루스 전하는 물론 아라사의 수많은 인사가 걱정 어린 마음으로 틸라크에 귀추를 주목하고 있답니다. 처음 아라사가 그분과 인연을 맺은 것은 그분이 틸라크의 상황이란 신분이어서가 아니었습니다. 우리는 보다 강성한 아라사를 원했고, 그 소망을 이루기 위해 대륙의 수많은 실력자들을 물색해 마사카라는 대륙 제일의 검사를 얻을 수 있었습니다. 아라사는 마사카님께 아라사의 대공이란 칭호와 함께 그간 심혈을 기울여 키운 용병 부대를 맡기는 파격적인 인사를 단행해 그분에 대한 신임을 나타냈고, 마사카님은 그런 우리의 기대를 저버리지 않고 수많은 전투를 승리로 이끌며 아라사에 영광을 안겨주었습니다. 그래서 아라사의 전 신민은 마사카님을 영웅으로 숭배하며 감사한 마음을 갖고 있지요. 그런데 그런 감사의 마음을 다 전하기도 전에 마사카님은 아라사를 떠났습니다. 가나트와 견주어도 손색이 없는 틸라크의 상황이 되어 떠났기에 기쁜 마음으로 전송했지만, 우리 마음속엔 마사카님에 대한 고마움과 향수가 여전히 짙게 배어 있답니다. 지멘 이튼 공작, 아니, 라미에르 틸라크 여황 폐하, 우리 아라사는 아젝스 틸라크 상황께 꼭 갚아야 할 빚이 있습니다. 이렇게 고개 숙여 부탁드립니다. 아젝스 틸라크 상황 폐하의 선처를 부탁드립니다."

"저도 간청합니다. 공적으로는 국왕과 신하의 관계였으나 사적으로는 제 둘도 없는 친구가 아젝습니다. 아니, 유일한 친구입니다. 그놈이 죽는 꼴을 전 못 보겠습니다. 부디 제 청을 거절하지 마십시오."

"아시루스 국왕, 어서 고개를 드세요. 제가 보기 민망합니다."

라미에르는 당황해 어쩔 줄 몰라 했다. 반면 지멘의 얼굴은 딱딱하게 굳었다. 그리고 천천히, 그러나 분노한 그의 마음이 충분히 전달될 만큼 강한 어조로 말했다.

"상황의 일은 틸라크 황실과 틸라크 제국 내의 일입니다. 누구도 간섭할 수도 없고 간섭해서도 안 되는 일이란 말입니다. 비록 아라사가 틸라크에 큰 도움을 주었다지만 내정, 아니, 황실의 일에까지 간섭하려 하는 것은 너무 과한 요구라 생각지 않으십니까? 못 들은 것으로 하겠습니다."

"내정 간섭이라니, 당치도 않습니다. 다만 선처를 바라는 마음으로 부탁드리는 것이니 이 점 오해가 없으셨으면 합니다. 말씀드렸다시피 우리는 아젝스 틸라크 상황께 갚아야 할 빚이 있습니다. 더구나 아라사의 4공주이신 파비올라 공주는 그분의 아이를 가졌습니다. 송구한 말씀입니다만, 우매한 아라사의 국민들은 마사카님은 알아도 틸라크는 모릅니다. 따라서 그분이 잘못되기라도 한다면 대륙 정세에 무지한 아라사 국민들은 틸라크가 아라사의 영웅을 해하였다며 분노할 것이고, 이를 막지 못한 아시루스 전하와 아라사 귀족들을 성토할 것입니다. 아시루스 전하와 우리 귀족들은 틸라크와 아라사가 한 운명이라는 것을 알기에 더욱 돈독한 관계를 가져야 한다고 생각하지만 분노한 아라사 국민을 달래기 위해 어쩔 수 없이 틸라크를 적대해야 할지도 모릅니다. 이런 우리의 사정을 헤아려 주시기 바랍니다."

"지금 틸라크를 협박하는 것입니까? 틸라크가 그렇게……."

"지멘 이튼 공작!"

트라쉬메데스의 말에 지멘이 격하게 반응하자 라미에르가 막았다. 그 틈을 타고 트라쉬메데스가 계속 말을 이어갔다.

"우리가 조사한 바에 따르면 그분이 아젝스 틸라크 전 틸라크 공작 자제의 몸을 빌어 재생하신 것은 그분의 의지로 이루어진 것이 아니더군요. 또한 그분이 공작 자제의 몸을 빌어 행하신 일은 모두가 틸라크 제국에 커다란 도움이 되는 것들뿐이었습니다. 결국 그분이 아젝스 틸라크 공작 자제로 화함으로써 가장 큰 이익을 본 것은 틸라크 제국입니다."

"그러나 나를, 틸라크 국민을, 틸라크 황가를 농락했소이다! 본인의 증오심과 틸라크 국민의 배신감, 틸라크 황가의 상실감은 생각해 보셨습니까? 절대 용서할 수 없는 일입니다!"

"과공을 따진다면 그분이 행하신 과보다 공이 크다 할 것입니다. 그렇지요. 아젝스 틸라크 상황의 일은 과공으로 따질 수 없는 문제일지도 모릅니다. 저도 그 점은 잘 알고 있고, 그렇기에 제가 이렇게 머리를 조아려 간청드리는 것입니다. 그러나 현 틸라크의 사정을 생각해 보시지요. 감정에만 치우쳐 아젝스 틸라크 상황의 일을 처리한다면 결코 틸라크에 도움이 되지 않을 것입니다. 좀 더 냉정히……."

"감히!"

"그만! 지멘 이튼 공작, 그만 자리에 앉아요. 제발."

라미에르의 간곡한 목소리에 지멘은 거친 숨을 몰아쉬며 다시 자리에 앉았다. 그러나 트라쉬메데스를 노려보는 눈길은 거두지 않았다.

"아시루스 국왕, 아직 오라…… 상황에 대해서는 어떻게 처리해야 할지 결정하지 못했습니다. 어머님께서 받으신 충격이 너무 크셔서 식음을 전폐하고 계신 관계로 이렇다 할 대화조차 못했답니다. 이 문제는 나중에 거론하면 안 되겠습니까?"

　"그게……."

　라미에르의 애처로운 목소리에 입을 떼려던 아시루스를 가로막고 다시 트라쉬메데스가 나섰다.

　"여황 폐하께서 겪으시는 고통을 저 역시 충분히 공감하고 있습니다. 상실감과 배신감, 그리고 증오심이 뒤섞인 마음을 어찌 말로 표현할 수 있겠으며 어찌 하루 이틀 만에 정리할 수 있겠습니까? 라미에르 틸라크 여황 폐하, 조금 전 제 언사에 마음이 상하셨다면 너그러이 용서를 바랍니다. 부디 아라사가 아젝스 틸라크 상황 폐하에 대한 우려가 크다는 것으로 이해해 주시면 감사하겠습니다. 저는 물론이고 여기 아시루스 전하께서도 틸라크와의 돈독해진 관계에 금이 가는 것을 원하지 않습니다. 해서, 틸라크와 아라사가 공히 만족할 만한 제안을 할까 합니다."

　"또 무엇입니까?"

　"과정이야 어쨌든 파비올라 공주께선 아젝스 틸라크 상황의 아이를 잉태한 상태이니 결국 상황 폐하는 아라사의 부마라 할 수 있습니다. 그리고 상황 폐하께선 자의든 타의든 더 이상 틸라크에 계시지 못하게 되었습니다. 해서 말씀드립니다. 아젝스 틸라크 상황 폐하를 우리 아라사가 받아들이겠습니다. 또한 틸라크 황가에서 원하신다면 아젝스 틸라크란 이름도 버리고 아라사의 대공 마사카로 살게 할 것입니다. 그리되면 틸라크는 아젝스 틸라크 상황에 대한 문제를 원만히 해결할 수 있어 좋고, 아라사는 국가적 영웅 마사카를 얻어 좋고, 또한 아라사와 틸라크의 돈독해진 관계를 계속해서 유지할 수 있으니 더욱 좋지 않겠습니까?"

"……아직 상황에 대해서는 뭐라 할 말이 없군요. 좀 더 시간이 필요합니다. 그러니 그 얘기는 이쯤에서 접도록 하지요."

"당연한 말씀이십니다, 여황 폐하. 차분히 마음을 가라앉히시는 것이 우선이겠지요. 그런 다음에야 아젝스 틸라크 상황에 대한 생각을 정리하실 수 있을 것입니다. 그 생각을 정리하는 데 미력하나마 도움이 되고자 몇 가지 첨언을 드리겠습니다. 아젝스 틸라크 공작 자제가 죽은 일은 심히 애석한 일이나 그것과 현 상황 폐하와는 무관한 일입니다. 그분의 의지로 공작 자제의 몸에 들어간 것이 아닐뿐더러 이후에도 새 삶을 준 것에 보답코자 틸라크가 웅비하는 데 커다란 이바지를 하였습니다. 또한 아라사 역시 그분께 커다란 빚을 지고 있어 도저히 그분께서 위해를 입는 것을 가만히 보고만 있을 수 없는 입장입니다. 지금은 보기도 싫을 것입니다. 그분과 얼굴을 마주 대하는 것만으로도 커다란 고통이실 것입니다. 하나 마음을 진정시키고 차분히 생각하면 과연 그분께 죄를 물을 수 있나 의문이 드실 거라 확신합니다. 그럼에도 그분을 예전처럼 대하실 수는 없을 것입니다. 그분을 대할 때마다 과거 여황 폐하의 자랑스런 오라버니가 생각나 슬픔에 잠기실 것입니다. 그러니 아라사로 보내십시오. 데릴사위의 형식이어도 좋고, 그것이 성에 안 차신다면 추방을 해도 상관이 없습니다."

"끝났나요?"

발작하려는 지멘의 옷자락을 지그시 잡아당기고 있던 라미에르가 문자 트라쉬메데스가 공손히 고개를 숙였다.

"그럼 오늘은 이만 면담을 끝냈으면 합니다. 피곤하군요. 아시루스 국왕, 나가시면 파비올라 공주가 있는 처소로 안내할 사람이 기다리고 있을 것입니다. 틸라크에 계시는 동안 편히 쉬도록 하세요."

"아, 예, 배려에 감사드립니다."

라미에르가 일어나 인사하며 자리를 뜰 뜻을 비추자 아시루스 역시 얼떨결에 일어나 답례했다. 그러자 인사를 마친 트라쉬메데스가 잡아 끄는 손길이 느껴졌다. 아시루스는 뒤통수가 뜨듯해지는 느낌과 함께 트라쉬메데스의 손길에 이끌려 접견실을 나섰다.

"누가 라미에르 여황을 허수아비라고 했지?"

"목소리가 크십니다, 전하."

접견실 밖에서 대기하고 있다 아시루스가 나오자 그의 뒤를 따라걷 던 고니아스가 아시루스에게 나직이 주의를 주었다.

"아, 그래. 어쨌든 아젝스가 없어도 틸라크는 걱정없겠어. 그렇지? 아, 고니아스, 자넨 모르지? 트라쉬메데스, 어찌 생각해?"

"두고 봐야겠지요. 일단 인내심은 대단하다 하겠습니다. 성군이 되 기 위한 좋은 자질이지요. 하나 지금은 난세입니다. 아끼고 배려하는 마음보다는 정세를 정확하게 읽고, 가장 현명한 판단을 내려 과감하게 실행에 옮기는 결단력이 필요한 때입니다. 과연 여황이 그런 자질을 갖추고 있는지 지켜보도록 하지요. 어쨌든 대국은 대국인가 봅니다. 이토록 다급한 상황에 처했으면서도 생각할 건 다 생각하고, 챙길 건 다 챙기려 드는 여유가 보이니."

"어째 말이 좀 이상한데? 그럼 자네는 날 죽여서라도 살 수 있으면 살겠다 이거야?"

"제가 어찌 감히 그런 생각을 가질 수 있겠습니까? 또한 아시루스

전하께서 계신데 아라사가 위험에 빠질 일은 있을 수도 없지요. 그럼
요."

아시루스와 트라쉬메데스가 소리를 죽여 티격태격하는 사이, 어느
새 그들은 아젝스와 파비올라가 머무는 별궁에 도착할 수 있었다. 시
종의 안내로 방문 앞에 선 아시루스는 거침없이 문을 열고 안으로 들
어섰다.

"여! 잘 지냈나?"

"오라버니, 오셨어요?"

"그래그래, 너도 잘 지냈느냐? 흠, 여기가 신혼 방인가? 자네, 정말
틸라크의 상황이 맞나? 이건 너무 초라하잖아?"

"오라버니!"

"그래그래. 야, 임마! 사람이 왔으면 아는 체 좀 해라!"

"왔나?"

"그게 다야? 이런 빌어먹을 놈 같으니라구! 내 네놈 생각해서 머나
먼 아라사에서 여기까지 찾아왔건만 하는 말이 고작 왔나? 내가 이런
놈을 친구로 뒀어요. 이런 놈이 걱정되어 선물……."

아젝스는 아시루스가 시끄럽게 떠드는 목소리에 귀를 막고 싶었다.
아무도 찾지 않던 별궁에 울리는 낮은 발자국 소리에 아젝스는 가슴이
철렁했다. 혹시나 어머니일까 사력을 다해 발자국 소리의 주인을 알아
내려 최대한 청력을 높였다. 그러나 발자국 소리의 주인을 구별하기도
전에 트라쉬메데스와 대화하는 아시루스의 목소리가 먼저 들리자 아젝
스의 가슴은 또 한 번 무너져 내렸다. 문이 열리고 아시루스가 들어왔
지만 한껏 부풀었던 가슴이 허물어진 아젝스는 아시루스를 반길 마음
의 여유가 없었다.

"아젝스……."

아시루스는 아젝스의 이런 모습은 상상도 못했다. 처음 빌포드에게 모든 것을 빼앗겨 아무 내세울 것 없는 상태로 자신과 만났을 때도 당당하던 아젝스였다. 자신의 말은 옆집 개가 짖는 소리인 양 무시하며 지 맘대로 아라사를 휘젓고 다니며 전횡을 일삼던 아젝스였다. 자신보다 나이도 어리면서 언제나 도도하고 거만하며 잘난 체하던 놈이 바로 이 아젝스였다. 이놈이 이래서는 안 된다. 이 아시루스의 친구가 이런 모습이어서는 안 된다.

"역시 난놈은 난놈이야. 어떻게 대틸라크 제국을 상대로 사기 칠 생각을 다 했을까 몰라? 확실히 간뎅이가 부었다니까? 크큭, 내 친구라 할 만해. 어이, 고니아스! 술 좀 가져와. 두 미친놈끼리 재회의 기쁨을 나눠야겠다."

아시루스는 아젝스가 앉은 의자의 한 귀퉁이를 차지하더니 거칠게 아젝스의 어깨를 끌어안았다.

"자식, 분위기 잡긴. 능력있는 친구를 둔 걸 다행으로 알고 그만 인상 풀어. 설마 내가 널 죽게 내버려 두겠냐? 나만 믿고 기다려. 아직 확답을 받은 것은 아니지만 곧 좋은 소식이 있을 거야. 아, 빨리 술 갖고 오지 않고 뭐 해!"

"무슨 말씀이세요, 오라버니?"

"아, 그래. 넌 몸은 좀 어떠냐? 팔팔해 보이긴 하네. 응? 아, 이놈을 아라사로 끌고 가기로 했다. 설마 남부연방을 들었다 놨다 하는 이 아시루스님께서 직접 고개까지 숙였는데 틸라크가 모른 체하면 안 되지. 그러니 너도 걱정 말고 몸조리나 잘해라. 아젝스, 너도 그만 기분 풀고 아라사에서 어떻게 사고 칠 건지 그거나 고민하라구. 어? 고니아스! 아직 몸도 성치 않다면서 술 먹다 골로 가면 어쩌려고 그래? 시음이라면 저기 트라쉬메데스도 있잖아! 당장 뱉어!"

한낮의 땡볕을 받자 아찔한 현기증이 일었다. 지멘은 잠시 걸음을 멈추고 난간에 기대어 눈을 감았다. 척추가 사라지는 느낌과 함께 그대로 주저앉을 듯하자 난간을 잡은 손에 더욱 힘을 주었다. 잠도 제대로 못 잔 터에 아침부터 연이어진 회의로 몸에 무리가 온 것이다. 아무리 무예로 단련되었지만 나이는 못 속이는지 이틀이 넘게 지속된 과로는 지멘을 지치게 했다.

"후우."

원래 이런 일은 자신의 몫이 아니었다. 그러나 야메이가 없는 지금 자신이 믿고 정사를 맡길 사람이 없었다. 시멀레이라는 쟈므 군을 돕느라 정신이 없고, 식량을 구하러 남부연방에 갔던 벅시는 이번 사태로 남부연방을 달래는 총책이 되었다. 그렇다고 빌포드에게 맡길 수는 없다. 아젝스의 직권이 회수됨과 동시에 그에게 부여되었던 임무도 자동 해제되어 다시 틸라크의 정사에 참여하게 되었지만, 아젝스의 일을 폭로하는 과정에서 그간 빌포드가 행한 일도 드러나 구아포리아 귀족들의 신임도 잃는 결과를 초래했다. 따라서 대다수의 틸라크 귀족에게 백안시당하는 빌포드로는 제아무리 지닌 능력이 뛰어나도 구심점이 될 수 없었다. 아니, 맡기고 싶지 않다는 것이 지멘의 솔직한 심정이었다.

"야메이 프리시 공작, 나 왔소."

내일 저녁이면 알사스가 쟈므와 합류한다. 그리고 모레에는 틸라크 본군이 그들과 합류할 것이다. 이들을 통합해 지휘하자면 자신이 전장에 가야 했다. 야메이가 필요했다. 정치에 미숙한 라미에르를 보좌하고, 우왕좌왕하는 귀족들을 일사불란하게 움직여 줄 야메이가 필요했다.

"아직도 마음을 정하지 않았소?"

야메이의 집무실은 평소의 모습 그대로였다. 책상 위에 산적한 보고서는 가지런히 쌓여 있고, 손님용 의자의 등받이 천은 흐트러짐이 없었고, 방 주인이 애용하는 찻잔은 언제라도 쓸 수 있게 탁자에 놓여 있었다. 그러나 지멘은 예전과 전혀 다른 느낌을 받았다. 생기가 없었다. 사람 냄새가 없었다. 활기차게 움직이던 야메이가 없었다.

"난 내일 전장으로 떠나야 하오."

"……."

"아라사로 인해 최악의 위기는 모면했다지만 아직 끝난 것이 아니오. 아브로즈에 쫓기는 쟈므는 여전히 동요하고 있고, 아군은 뿔뿔이 흩어져 있소. 그들이 다 모여도 여전히 가나트와 아브로즈의 군세를 감당하기 힘들다는 것은 공작도 잘 알고 있잖소? 나에게 힘을 주시오. 내가 적들에만 집중할 수 있도록 틸라크를 지휘해 주시오."

"내가 이곳에 틀어박힌 지 만 하루가 넘었소. 아무도 찾지 않더이다. 덕분에 나와 아젝스 틸라크 폐하에 대해 많은 생각을 할 수 있었소. 그리고 내가 누군지, 그분이 나에게 어떤 존잰지 알게 되었고, 내가 무엇을 해야 하나 지금껏 고민했다오."

"…아직도 폐하라 부르는 게요?"

"나에게 주군은 오직 아젝스 틸라크 폐하뿐이오. 포러스에서 잘 나가던 내가 무에 아쉬워서 후작이란 작위까지 포기하고 변방에 하루 살기도 벅찬 틸라크까지 왔겠소? 포러스 제일의 기사단을 이끌던 내가 그 무슨 영화를 또 보자고 알토란 같던 영지마저 내팽개치며 한겨울 병사들과 눈밭을 뒹굴었겠소? 폐하 때문이오. 내 가슴을 진동시키고 내 온몸을 전율케 한 아젝스 틸라크 폐하 때문이오. 그런데, 그런데 그분의 죽음을 눈앞에 두고도 내가 할 수 있는 일이 아무것도 없구려. 그러자 한 가지 의문이 들더이다. 왜 그랬을까? 단순히 한마디로 부정하면 되었을 것을 왜 순순히 인정해서 당신의 목숨과 틸라크를 위험에 빠뜨리게 했을까? 빌포드의 말대로라면 나사스를 죽이고 빌포드를 산산이 부수면서까지 오고 싶고 갖고 싶던 틸라크인데 왜 그토록 쉽게 포기했을까? 후후. 아직도 해답을 못 찾았소."

"한 가지는 내가 해답을 드릴 수 있겠구려. 최소한 그분이 목숨을 잃는 일은 일어나지 않을 거요."

지멘은 방에 들어온 것을 알면서도 자신을 외면한 채 창밖만 바라보던 야메이를 기어이 돌려놓았다.

"어제 아라사 국왕이 왔소. 아젝스 틸라크 상황 폐하를 내노라 하더군."

"……."

"귀족들은 실리와 명분으로 양분되어 싸우고 여황께선 태후께서 여전히 침묵하고 계셔서 아직 결단을 내리지 못하고 있소. 다만……."

"틸라크가 살고 봐야 한다는 의견이 우세하겠군. 빌어먹을 틸라크 귀족들은 나보다 황실, 황실보다 제국민이 우선 순위니까. 빌포드도 반대하진 못하겠지. 아라사의 뜻이 곧 남부연방의 공식 입장이니 틸라크와 그놈이 살자면 아라사에 밉보일 수는 없고 결국 폐하를 살리는 쪽으로 가닥을 잡겠지. 살았군. 그랬어. 아라사로 가면 되는 거였어. 크크, 크하하하!"

"아직 결정난 건 아니오! 당신은 상황이 가증스럽지도 않소? 상황께선 아라사와 틸라크가 어떻게 나올지 다 알고 계셨을 거요! 그래서……."

"하하, 맞소! 폐하시라면 충분히 오늘의 결과를 예측하셨을 거요. 하나 공작의 생각처럼 그분이 일부러 틸라크를 위험에 빠뜨리진 않았을 거요. 이유가 없지 않소? 그리고 그것을 알기에 공작 역시 폐하께서 살 수 있다 말한 것 아니겠소? 하하하!"

이번엔 지멘이 야메이를 외면했다. 억울했다. 아젝스가 사는 것도 억울했고, 살아서 아라사로 가는 것도 억울했고, 틸라크에 더 이상 아젝스가 없게 된다는 것도 억울했다. 그래서 좋아라 떠드는 귀족들을 윽박 질러도 보고, 명분과 체면을 내세워 아라사의 요구를 거절토록 설득하기도 했다. 그러나 대세를 막을 수는 없었다. 자신이 막을 수 없었으니 라미에르도 그들의 의견을 무시할 수는 없을 것이다. 원한을 풀자고 아젝스를 죽이기엔 희생될 틸라크 인들이 너무 많았다. 오늘 있었던 회의는 그것을 확인하기 위한 자리였다. 자신을 납득시키고 모든 사실을 인정토록 스스로를 설득하려 한 것이었다.

"폐하께서도 이 사실을 알고 계시오?"

"알고 있을 거요, 어제 아시루스 전하와 만났으니. 하나 아직 그분과의 면담이 허락된 것은 아니오. 그러니 상황에 대한 처분이 결정날 때까진 자중토록 하시오."

"하하, 여부가 있겠소?"

"그럼 이제 이 방구석을 벗어날 맘이 생긴 거요?"

"갑시다!"

"오빠를 떠나보내야 할까 봐."

"……."

"아라사가 달래서도 아니고 귀족들이 보내자고 해서도 아냐. 오빠가 미워지지가 않아. 엄마, 난 어쩜 좋지? 마음은 분명 허탈하고 분노가 이는데 그게 오빠한테로 이어지지가 않아. 내 진짜 오빠를 생각해야 하는데 어느새 내 손을 잡고 미미르로 향하던 오빠가 보여. 우리를 품에 안고 행복한 미소를 짓던 오빠 얼굴만 생각나."

"……."

"우습지? 나도 우스워. 오빠가 불쌍해 보이다니……."

"벅시 나뱅크 후작한테선 연락 온 게 없나?"

"스키타 이후로 별 소식이 없습니다. 남부연방도 한바탕 전쟁을 치러 올 식량 사정이 좋지 않을 게 예상되는 데다 그나마 상황이 좋은 카약은 우리에게 그리 호의적이지 않아서……."

"베렐, 전투 예상 지역 주민들의 소개는 모두 끝났다던가?"

"예."

"가뜩이나 식량 사정이 좋지 못한데 우리 손으로 농지를 불태워야 하다니……."

"아군에게 유리한 지형이 평지다 보니 군으로서도 어쩔 수 없었을 것입니다."

"주민들의 동요는?"

"반발이 대단하답니다. 이번 주민 소개로 상황 폐하에 대한 불만이 증폭되어 조기에 진정시키지 않으면 폭동으로까지 발전할지도 모른답니다."

"홀린 벨러드 백작, 다른 곳은 어떻소?"

야메이가 시선을 돌려 홀린에게 문자 벅시를 대신해 틸라크 전체의 행정을 담당하게 된 홀린이 피곤한 눈을 들어 말했다.

"썩 좋은 편은 아닙니다만 그나마 다행인 것이, 처음 상황 폐하에 대한 소문이 틸라크에 퍼졌을 때는 이미 우리 손을 한 번 걸친 후 퍼졌기에 아브로즈 등에서 흘러든 악성 유언비어가 제 힘을 발휘하지 못했다는 것이고, 그 덕분에 시간이 지나면서 처음의 혼란과 분노 등이 빠르게 가라앉기 시작했다는 것입니다. 그러나 지역적 성향은 두드러지게 달리 나타나고 있습니다. 기존의 틸라크 인들은 아젝스 틸라크 상황 폐하께서 그들에게 해악을 끼친 적이 없다는 쪽에 무게를 실어 온건한 자세를 견지하고 있지만, 아포리아 쪽의 제국민들은 이번 전쟁과 그들이 지금 겪고 있는 고통이 모두 상황 폐하로 인해 발생했다며 분노를 표출하고 있습니다. 반면 사막 부족들은 공포에 떨면서도 더욱 순종적으로 틸라크 관리들을 대한다더군요. 따라서 아포리아 쪽은 좀 더 세심한 주의가 필요합니다. 그들의 분노를 촉발할 계기만 주어진다면 언제든지 폭동으로 발전할 소지가 다분합니다."

"설마 공작이 배후에서 부추기는 것은 아니겠지요?"

"끄응!"

야메이는 얼굴을 일그러뜨리며 편치 않은 심사를 드러내는 빌포드에게 빙긋이 웃어 보였다. 대부분의 아포리아 계 귀족들이 빌포드에게 등을 돌리고 있으니 그럴 힘도 없겠지만, 설혹 있다 해도 지금 자신의 말로써 제동이 걸릴 것이었다.

"휴노이에 파견된 마법사가 올린 보고로는 휴노이가 지금 상황 폐하에 대한 공포가 극에 달해 우리가 무얼 요구하더라도 대번에 고개를 끄덕일 분위기라 하더군요. 그러면서 덧붙인 말이 요즘 휴노이의 양들이 전에 없이 토실하게 살이 올랐답니다."

"그래? 그럼 당장 휴노이의 이 바샨에게 축하 사절을 보내야겠군."

"아브로즈를 병탄하거나 하다못해 아브로즈의 왕성 미미르까지만 밀어붙일 수 있어도 식량 걱정이 사라질 텐데. 잃은 중앙평원이 아쉽습니다, 야메이 프리시 공작."

잠시 기분이 좋았던 야메이가 그 말에 혀를 찼다. 현재로선 중앙평원을 되찾을 가능성이 전무한 상태였다. 틸라크를 침공한 적 군세만도 감당하기 벅찬데 가나트 본토에서 또다시 병력을 집결한다는 보고와 함께 7서클 급 마법사와 8서클 급 마법사 둘의 행방이 사라졌다는 보고가 올라왔다. 자렌 성을 수복한 현재로선 가나트가 지금부터 병력을 모은다 해도 그리 염려할 바는 아니었다. 그 병력이 틸라크에 도착할 때쯤이면 빨라야 늦가을, 그때까지 아포리아의 가나트 군이 남아 있을지도 의문이지만 겨울을 날 주둔지가 없다면 더 이상의 전쟁은 불가능하고, 결국 틸라크가 목표가 아니란 뜻이었다.

그러나 문제는 행방이 묘연한 마법사였다. 그들이 갈 곳은 뻔하고 이는 그나마 비교적 우위에 있던 마법사 전력마저 열세로 돌아선 것을 의미한다. 따라서 지멘이 아포리아에서 벌어질 전투에서 승리한다 해도 적들을 전멸에 가깝게 궤멸시키지 못한다면 틸라크로선 중앙평원을 잃을 수밖에 없다. 패주한 적들이 로엘그린에 웅크리면 마법사 중심의 전투를 피할 수 없게 되고, 틸라크는 더 이상 전쟁을 지속할 여력이 없기에 휴전할 수밖에 없는 것이다. 지금 가나트가 준비 중인 병력은 그때를 대비하기 위한 수작이 분명했다.

"가나트가 기병을 움직였다는 보고 이후 달리 들어온 정보는 없나?"

"가나트 기병 3만이 아브로즈 후시타니아 연합군에 합류한 이후로 더 이상 관측된 변화는 없답니다. 가나트 본군은 내일쯤 연합군에 합류할 것이라 하더군요. 기니비셔 아바르 후작이 이끄는 부대는 그보다 반나절 늦은 내일 밤에나 지멘 이튼 공작과 합류할 수 있답니다. 아참, 오늘 적들이 야간 공격을 준비 중이랍니다."

"그래? 전투는 지멘 이튼 공작한테 맡기면 되고, 보급엔 차질없나?"

"자렌 성이 적들 손에 넘어가는 바람에 물품 확보에 어려움이 있었지만 부족하나마 대부분의 군수품은 어느 정도 확보해 쟈므 군에게 넘겼습니다. 다만 화살 소모가 많은 아군의 특성상 화살이 좀 부족하지만 두어 차례의 전투를 치를 분량은 되고 본군이 합류하면 그 문제도 해결될 것입니다."

"좋아."

정보관의 보고에 만족한 듯 고개를 끄덕인 야메이가 회의장의 모두에게 말했다.

"휴노이에서 올라온 보고는 아주 좋았소. 다른 곳에서도 분명 좋은 정보가 있을 것이오. 전쟁은 여하한 경우라도 우리 틸라크의 승리로 끝날 것이오. 하나 전쟁에서 이겨도 얻는 것보다 잃는 것이 많다면 패배한 것과 다름없소. 찾으시오. 전장에 나가 피 흘리며 죽는 것이 병사들의 몫이라면 그 희생이 헛되지 않게 승리의 대가를 얻어내는 것이 우리의 사명이오. 모두 최선을 다해주시오."

일그러진 둥근 달이 비추는 전장은 그 음습함만큼이나 긴장감이 최고조에 달했다. 달빛을 받아 은회색으로 빛나는 적들의 갑주가 하나둘씩 보이기 시작한 것이다. 점점이 보이던 빛이 하나의 줄기를 형성하더니 순식간에 거대한 은빛 물결이 되었다. 그 물결이 슬금슬금 틸라크 군에게 다가오고 있었다.

"놈들이 너무 조용하군요."

"그러게 말이오. 거의 돌격 지점에 이르렀는데도 함성조차 지르지 않다니, 바이론의 성격과 너무 차이나오."

"가나트 군 일부가 합류했다니 부카레스트의 작전일 수도 있겠습니다. 혹시나 했더니 역시나, 병력만 지원해 준 게 아니군요."

알사스와 쟈므 군의 수장 이스파 한이 도란도란 나누는 말에 지멘이 살짝 얼굴을 찡그렸다. 자신의 실책이 생각난 것이다. 기니비셔가 이끄는 틸라크 군이 가나트 군과 상당한 거리로 떨어지자 부카레스트는 즉각 가나트의 기병 3만을 먼저 아브로즈 후시타니아 연합군에 합류시켰다. 그것도 가나트가 틸라크의 전차보병을 상대하기 위해 심혈을 기울여 키운 궁기병과 투창기병을 말이다. 덕분에 지멘은 한차례 대규모 전투를 피할 수 없게 되었다.

자신이 처음 알사스와 함께 쟈므에 합류했을 때만 해도 전황은 상당히 낙관적이었다. 쟈므를 괴롭히며 끈질기게 늘어지던 적 기병도 쫓아냈을 뿐 아니라 연합군과의 병력 차도 단숨에 균형을 이뤄 더 이상 적들이 공격을 하지 않게 된 것이다. 이대로 조금만 더 후퇴한다면 안전하게 사루야마까지 도착해 기니비셔와 합류할 수 있을 듯했다.

그러나 지멘이 그렇게 생각하며 안심한 순간 가나트가 움직였다. 가나트의 기병이 움직인 순간 자신이 어떤 실책을 했는지 깨달았다. 아군에겐 쟈므라는 커다란 약점이 있었던 것이다. 쟈므와 합류함으로써 아군은 더 이상 틸라크 군의 자랑이던 기동력을 뽐낼 수 없게 되었다. 기니비셔를 무작정 남하시킴으로써 가나트가 맘 놓고 병력을 분산시킬 수 있게 해주었다. 그리고 결국엔 적에게 아군과 한판 전투를 벌이고 싶다는 맘을 심어주게 되었고 자신은 그 제의를 거절할 수 없어 퇴각을 멈추고 엉성한 진지를 구축해야 했다.

아군 병력은 쟈므까지 합해봐야 14만이 조금 넘는 반면 적군은 18만, 그중 무려 7만이 기병이었다. 보병은 문제가 되지 않았다. 적 보병 11만 중 절반 이상이 징집된 민병이나 용병이었기에 아무리 허약한 쟈므 군이라도 틸라크 군이 조금만 보조해 준다면 충분히 대등한 전투를 벌일 수 있다.

문제는 7만의 적 기병과 느림보 쟈므 군이었다. 틸라크 군만 있다면 아군의 장기인 전차를 활용한 치고 빠지는 전술을 쓸 수 있기에 적 기병이 얼마든 걱정할 바가 아니지만 쟈므 군과 합류함으로써 그 전술의 활용에 제약을 받게 되었다. 거기에 민병이라면 모를까, 아브로즈의 정규군을 상대하기엔 전투력에서 상당한 손색이 있는지라 틸라크 군이 보조를 해주어야 적과 어느 정도 균형을 맞출 수 있었다.

결국 지멘은 믿을 수 없는 3만여 쟈므 군을 예비로 돌리고 전방에 5만의 틸라크 전차보병을 횡으로 정렬시켜 적을 맞이할 준비를 해야 했다. 아군의 유리함을 버리고 전차에서 내려 일반 보병과 궁병으로 전환해야 했다. 강력한 적을 상대하면서도 전력을 집중하지 못해 불필요한 아군의 희생을 강요받게 된 것이다.

게다가 아직 전력이 노출되지 않은 가나트의 궁기병과 투창기병이란 문제가 남았다. 이미 남부연방의 미에바가 궁기병과 투창기병을 활용한 전례가 있어 이것저것 조사하고 준비하기도 했지만 직접 경험해 보지 않아 마음 한구석이 불안했다. 스키타나 카약이 멍청해서 몇 번이나 궁기병과 투창기병에 당하지는 않았을 것이다. 비록 상황 폐하께서 참전해 미에바의 궁기병을 무력화시키기는 했지만, 그분조차도 수많은 병사들의 희생을 막지는 못했다. 더구나 이곳엔 상황께서 계시지 않는다. 아니, 그분이라면 자신과 같은 실수를 저지르지도 않았을 것이다.

지멘은 투구를 벗어 이마에 흐르는 땀을 닦고 한여름 밤의 무더위를 잠시 잊으려 했다. 자신도 할 수 있다. 틸라크 군은 무적이다. 마음을 다잡은 지멘이 다시 투구를 쓰며 알사스에게 말했다.

"오늘 밤 전투는 기병전이 주가 될 것이오. 아군이 뒤로 물러서지 못한다는 것을 알고, 적들은 기병을 보병 바로 뒤에 붙여 보병과 함께 다가오고 있소. 따라서 아군 기병이 적 기병의 돌격을 얼마나 효과적으로 저지할 수 있는가에 따라 승패가 결정될 것이오. 알사스 나브람 후작, 잘 부탁하오."

"최선을 다하겠습니다."

"와아아!"

"적들이 드디어 움직이는군요!"

느닷없이 귀청을 울리는 아군과 적군의 함성과 함께 이스파의 외침이 들리자 알사스와 지멘은 전방으로 급히 고개를 돌렸다. 그러나 캄캄한 어둠과 술렁이는 은빛 줄기뿐 적들의 정확한 움직임이 보이질 않자 다시 마법사의 영상으로 시선을 바꿨다.

돌격 지점에 도달하고도 차분히 걸어오던 아브로즈의 보병들이 아군의 화살 거리에 이르자 은빛 갑주를 들썩이며 돌격하고 있었다. 그 뒤를 후시타니아의 3만여 기병이 정연하게 열을 맞추어 보병과 함께 달리고 있었다. 그리고 틸라크 군이 날린 첫 화살비가 그들을 덮쳤다.

"계속 쏴라!"

피빙, 핑!

"후퇴! 적과의 거리를 유지하라!"

드라칸의 명령에 일만의 틸라크 군이 적과의 거리를 유지하며 전차를 몰아 후퇴하기 시작했다. 달려오는 적들을 살피던 드라칸은 자신의 예상이 맞은 것에 나직이 한숨을 내쉬었다. 처음에 쏜 철시를 제외하곤 적 보병에게 별다른 피해가 없는 것이다. 지금도 계속해서 화살을 날리고 있지만 아군의 화살에 쓰러지는 적군은 그리 많지 않았다. 적 연합군은 두툼한 갑주로 무장한 아브로즈의 정규군 3만을 선봉으로 세웠다. 그 뒤를 기병 6만이 받치고 최후미엔 무장이 허술한 민병과 용병 5만을 두었다. 그 진형 그대로 아군에게 달려오고 있다.

꽈과광!

"쏴라! 적들을 죽여라!"

아군 마법사의 마법탄에 쓰러지는 적군을 보며 드라칸은 활시위에 다시 한 대의 화살을 매겼다. 적들의 작전이야 어쨌든 현재로선 아군이 가장 좋아하는 형태로 전투가 이루어지고 있었다. 아군의 화살과 마법사들의 마법탄으로 적으나마 꾸준히 적들의 수를 줄이고 있는 것이다. 이대로 전투가 지속된다면 아군 기병이 출격하기 전까지 최소한 절반 이상의 적 보병을 처리할 수 있을 듯했다.

드라칸이 그런 생각을 하며 당긴 시위를 놓았다. 그러나 자신의 화살은 허탕을 치고 말았다. 어느새 틸라크 군 2진이 날린 철시에 자신이 목표로 한 아브로즈의 보병이 그대로 땅바닥에 얼굴을 처박은 것이다.

"대열을 흩트리지 마라! 곧 기병이 지나갈 것이다!"

전투는 틸라크 군에게 크게 우세하게 진행되고 있었다. 틸라크 군은 근 5아마지에 걸쳐 3만의 전차보병을 전진 배치시키고 틸라크 본진 2아마지 앞에는 다시 2만의 보병을 전차에서 하차시켜 궁병의 역할을 맡기며 유사시 보병의 역할도 수행할 수 있도록 진형을 구축했다.

그 상태로 전투가 시작되자 틸라크 군은 적 연합군에게 착실하게 피해를 입히며 전술적인 후퇴를 하고 있었다. 달려드는 아브로즈의 보병과 100가즈 이상의 거리를 유지하며 화살로만 공격하기에 피해가 전무하다시피 했다. 또한 틸라크의 마법사 역시 미리 지상에 대기하고 있다 적군이 사정거리에 이르면 가차없이 마법탄을 날리고 그대로 뒤로 후퇴했다.

반면 기병의 방패막이나 다름없는 적 보병들은 두툼한 갑주와 커다란 방패에도 불구하고 막대한 피해를 입어야 했다. 틸라크 군이 쏘아대는 화살에 연합군의 마법사들은 속수무책이었다. 어둠으로 잘 뵈지도 않는 화살 때문에 지상에 내려가는 것도 위험하지만, 막상 주문을 외고 마법탄을 날리려 해도 그때는 이미 틸라크 군은 저 멀리 달아나기 때문이다.

때문에 아브로즈의 보병들이 틸라크 본진 앞 3아마지에 이르렀을 때는 근 2만에 가까운 피해를 입어 만신창이나 다름없게 되었다. 그런 적 보병의 마지막 숨통을 끊기 위해 틸라크 기병 3만이 거친 말발굽 소리를 내며 전장에 뛰어들었다.

"이랴, 하!"

"쏴라!"

알사스가 이끄는 3만의 틸라크 기병이 아군의 전차 사이를 통과하자 적 보병이 서둘러 진형을 갖추는 모습이 보였다. 아무리 튼튼한 갑주에 장창을 들었다지만 돌진하는 말과 부딪치면 피떡이 되는 것은 자명했기에 구명을 위한 최후이자 최고의 몸부림을 하는 것이다.

그러거나 말거나 틸라크 기병들은 적과의 거리가 50가즈 이내로 좁혀들자 재고 있던 활시위를 놓았다. 이미 아군의 전차보병이 화살 공격으로 그리 신통한 재미를 못 본 것을 보았기에 자신이 날린 화살이 적 보병을 쓰러뜨리리라고는 기대하지도 않았다. 그저 그 화살을 막기 위해 적들이 커다란 방패로 시야를 막기만 하면 족했다. 그들이 안심하며 방패를 내린 순간, 이미 자신과 자신의 애마, 자신의 롱 블레이드는 적의 코앞에서 노닐고 있을 것이었다, 바로 지금처럼.

"하아압!"

"크아악!"

"적들을 밀쳐 내라! 더 이상 본진으로 접근하지 못하게 하라!"

"꺼어억!"

"퇴각하라! 퇴각하라아!"

"와아아!"

"적 기병이다아!"

아브로즈의 보병들은 틸라크 기병과 부딪치자마자 그대로 뒤로 내빼기 시작했다. 하나 그 한순간의 짧은 접전만으로도 아브로즈의 보병들은 궤멸적인 피해를 입고 말았다. 틸라크 기병의 일파, 이파, 삼파로 나누어 순식간에 적 진형을 무력화시키는 연환 공격 전술에 아브로즈의 보병들은 등을 돌리고 도주하려 했지만 뜻을 이룬 병사들은 얼마 되지 않았던 것이다.

그러나 틸라크 기병들이 적 보병을 상대하는 동안 아브로즈 보병 뒤에 있던 후시타니아의 3만 기병이 별다른 제지도 받지 않고 틸라크 기병에게 랜스차지를 할 수 있었다.

이히히힝!

"으아악!"

"크허억!"

기마의 가속도에 중갑을 입은 기병의 무게가 랜스의 첨봉 한 점에 실리자 엄청난 파괴력을 보여주었다. 틸라크 군 기마의 앞가슴에 거대한 랜스가 박혀들었다. 기마의 목을 꿰뚫는 것도 모자라 말 위의 틸라크 기병마저 그대로 관통해 버렸다. 울부짖는 말에서 떨어진 틸라크 기병은 적아의 말발굽에 일순간에 한 줌 핏물로 변했다.

틸라크 기병의 전열이 무너진 것은 순간이었다. 그러나 루시타니아의 기염은 거기서 끝이었다. 루시타니아 기병의 전열이 랜스차지에 성공했지만 틸라크 기병의 진형을 돌파하는 데는 실패한 것이다. 틸라크 기병의 전술이 접전을 통한 적의 돌격을 저지하는 것에 주안점을 둔 것이기에 기마 진형이 밀집된 횡대 대형인 탓이다.

따라서 처음 랜스차지에 성공한 후시타니아 기병은 뒤로 빠지기도 전에 또 다른 틸라크 기병을 상대해야 했고, 결국 2차로 랜스차지를 준비하던 후시타니아 군의 진로를 방해하고 말았다.

덕분에 틸라크 기병은 비록 큰 피해를 입기는 했지만 적들을 막아세움으로써 전술적 성공을 거둘 수 있었고 전장 한복판에 거대한 전선을 형성할 수 있었다. 그 효과가 대번에 드러났다.

"크헉!"

이히히잉!

후시타니아 군의 말과 사람이 동시에 비명을 질렀다. 일제 사격으로 적 기병의 돌격을 최대한 방해한 틸라크 궁병이 틸라크 기병에 막혀 루시타니아 기병의 움직임이 멈추자 일정 지역에 제압 사격을 하는 동시에 틸라크 기병과 접전을 펼치는 적 기병을 저격하기 시작한 것이다.

대번에 후시타니아 기병이 혼란에 빠지며 진형을 무너뜨리기 시작했다.

틸라크 기병은 그 틈을 놓치지 않았다. 날아드는 화살로 정신이 분산된 적들에게 시퍼렇게 날이 선 롱 블레이드를 사납게 휘둘렀다. 더운 피를 머금은 칼날이 더 많은 피를 원하는 듯 요사스럽게 번들거리자 새로운 먹이를 향해 롱 블레이드를 하늘 높이 치켜 올렸다. 그 순간이었다. 갑자기 눈앞에 뭔가 닥쳐온다 싶더니 시야가 캄캄해졌다.

"크아아악!"

"뭐, 뭐야? 커어헉!"

"바이론 단테스 후작, 장엄한 광경이지 않소?"

"끄응, 그렇구려."

"후후, 너무 그렇게 얼굴을 찡그리지 마시오. 이제 가나트의 궁기병이 투입되었으니 곧 그간의 피해를 만회할 것이오."

"그러나 피해가 너무 크지 않소! 전장에 투입된 우리 아브로즈의 정예 보병 3만 중 채 5천이 살아남지 않았소. 후시타니아의 기병도 조만간 우리 꼴이 날 것이오. 일부러 그러지 않고서야 어찌 이 같은 작전을 짤 수 있단 말이오!"

"우리 가나트의 중장보병이라면 그렇게 허무하게 당하지는 않았을 것이오. 귀국의 병사들이 나약한 것을 나에게 하소연한들 내가 어쩔 수 있겠소? 자자, 그만 자중하시고 다음 우리 투창기병의 위력이나 감상합시다."

바이론은 능글맞게 웃음 짓는 부카레스트의 얼굴이 보기 싫어 다시 마법탄으로 화광이 충천하는 전장으로 시선을 돌렸다.

전황은 가나트 궁기병의 활약 속에 급반전을 시작했다. 궁병의 지원 하에 루시타니아 기병을 거세게 몰아치던 틸라크 기병은 2만의 가나트 궁기병이 루시타니아 기병을 방패 삼아 화살을 날리기 시작하자 그대로 도주해 버렸다. 중무장한 아브로즈의 보병이나 루시타니아 기병도 어둠을 타고 날아온 화살에 수많은 목숨을 잃었으니, 머리와 가슴을 제외하곤 거의 맨살을 드러내다시피 한 틸라크 기병으로서는 궁기병의 화살을 당할 재간이 없었던 것이다.

그러나 바이론이 보기엔 틸라크 기병이 어쩔 수 없이 퇴각했다기보단 전술적 후퇴처럼 보였다. 그 심중을 굳혀준 것이 바로 틸라크 보병이었다. 기병의 후미에서 화살을 날리던 틸라크 군은 기병이 퇴각하자 곧바로 그 자리를 차지하고 루시타니아 기병의 진격을 막기 시작했다. 단순히 막기만 한 것이 아니라 루시타니아 기병의 사이사이를 파고들며 난전을 유도하고 있었다.

이미 추력을 잃은 루시타니아의 기병은 더 이상 기병의 장점을 살릴 수 없었다. 또한 조직적인 움직임으로 일 대 다의 개별 전투를 유도하는 틸라크 보병을 상대하며 언제 날아올지 모르는 틸라크 궁병의 화살도 유의해야 했기에, 루시타니아 기병은 틸라크 기병이 사라지고도 악전고투를 계속해야 했다. 결국 틸라크 기병의 퇴각은 가나트의 궁기병에 대응하기 위한 전술적인 움직임이었던 것이다.

그럼에도 전투는 팽팽하나마 연합군 쪽으로 기울어가고 있었다. 비록 초반 틸라크에게 많이 당하기는 했지만 여전히 2만이 넘는 루시타니아 기병이 살아서 틸라크 보병을 상대하고 있었다. 그리고 틸라크가 화살을 날린다면 아군 역시 가나트 궁기병이 있어 보다 효과적으로 적들을 주살하고 있었다. 기병과 마찬가지로 호신무장이 형편없는 틸라크 보병이기에 화살 공격에 대한 피해가 극심했던 것이다. 거기에 어떻게든 아군 기병에게 돌파당하지 않으려고 넓게 횡대 대형을 유지하면서 밀집해 있기에 그 효과는 더욱 컸다. 눈에 띌 정도의 피해는 아니었지만 시간이 흐를수록 틸라크 군의 피해는 누적될 것이고 결국엔 스스로 무너지게 될 것이다.

바이론은 아브로즈 보병이 크게 당해 속이 쓰리기는 했지만 일단 부카레스트의 작전엔 고개를 끄덕일 수밖에 없었다. 쟈므로 인해 기동력을 상실한 틸라크의 약점을 효과적으로 이용했다. 비록 아브로즈와 루시타니아의 수많은 목숨을 밑거름으로 삼긴 했지만.

"양 측방에 적 전차보병이 출현했답니다!"

"적 본진에서 8서클 급의 마나가 집중되고 있습니다!"

"호! 드디어 왔나? 가나트 궁기병과 루시타니아 군에게 길을 열라 하고 파츠에게 출정하라 전하게."

부카레스트는 흥겹게 지시를 내렸다. 오늘 전투는 앞으로 있을 대규모 전투에 대비하고자 그간 가나트가 틸라크를 상대하기 위해 준비한 전술을 시험하는 것에 지나지 않았다. 그 시험을 위해 부카레스트는 가나트가 이번 전쟁에 손 떼고 가나트로 회군할 수도 있다며 아브로즈를 협박했고, 결국 가장 피해가 극심할 선봉에 가나트의 중장보병이 아닌 아브로즈의 보병을 세울 수 있었다.

하늘이 그 노력을 가상히 여겼는지 전황은 이보다 좋을 수 없을 정도로 부카레스트의 맘에 쏙 들게 진행되고 있었다. 비록 예상보다 많은 수의 보병이 당하기는 했지만 나머지 적 진지 앞까지 다가선 것이나, 별 피해 없이 랜스차징이 이루어진 것, 그리고 궁기병의 활약에 틸라크 군이 속수무책으로 당하는 것까지 자신의 작전 그대로였다.

틸라크가 궁기병을 무력화시키기 위해 미에바의 전례를 따랐지만 미에바라면 자신도 충분히 연구했던 사례였다. 방패막이를 잃은 궁기병은 적의 맛 좋은 먹이가 된다는 약점은 자신도 미에바와 아젝스의 전투를 검토하고서야 깨달았던 문제점이었고 그 해결책으로 자신이 생각했던 것을 오늘 시험해 훌륭하게 성공을 거두고 있는 중이었다. 궁병이 부족한 아군의 약점을 찌르는 동시에 궁기병의 분산을 목적으로 틸라크 군이 우회 공격을 감행하려 하지만 이에 대한 대책도 이미 마련해 두었다.

이제 파츠의 투창기병이 적진을 관통하고 아군이 총공격을 하면 자신의 작전이 완성을 보게 된다. 그리고 틸라크는 고민해야 할 것이다. 쟈므를 버리고 도주할 것인지, 아니면 쟈므와 함께 공멸할 것인지. 부카레스트는 틸라크가 무엇을 선택하든 만족이었다.

"산개하라! 산개해!"

갑자기 어둠을 밝히는 불길이 하늘로 숫구치자 부카레스트 주변이 소란스러워졌다. 틸라크 군이 더 이상 견디지 못하고 고위 마법을 쓴 것이다. 그러나 부카레스트는 크게 신경 쓰지 않았다. 아니, 오히려 반기는 마음이었다. 이로써 아군이 승세를 탄 전황에 변수 하나가 사라졌다. 이변이 없는 한 오늘 밤 승리의 주역은 우리 가나트 군이 될 것이 확실해진 것이다. 마법사의 절대수에서는 아군이 적지만 고위 마법사는 아군이 많았다. 따라서 전선에 퍼부어지는 자잘한 마법탄은 완전히 방어하진 못해도 고위 마법이라면 얼마든지 감당할 수 있었다.

그런 부카레스트의 믿음에 부응하려는지 아브로즈의 민병과 용병이 밀집해 있는 곳으로 향하던 불덩이가 갑자기 약속된 궤도를 크게 벗어나며 옆으로 꺾어졌다. 그리고 그 방향엔 아군의 허리를 끊으려는 틸라크 전차보병이 달려오는 중이었다.

쿠와아아앙!

"와아아!"

"마졸들을 처단하자!"

"틸라크 놈들을 쳐 죽여 세상을 정화하자!"

틸라크의 고위 마법을 무력화시키자 사기가 충천한 연합군 병사들이 거대한 함성을 지르며 창칼을 치켜들었다. 그 환호를 받으며 가나트의 궁기병과 루시타니아 기병이 내준 길을 따라 가나트의 투창기병이 틸라크 보병을 향해 내달렸다. 루시타니아 기병에게 피로 번들거리는 칼날을 휘두르는 틸라크 군을 70여 가즈 앞에 두자, 등자에 의지해 말안장에서 엉덩이를 뗀 투창기병이 허리와 투창을 든 어깨를 최대한 뒤로 젖혔다. 한껏 젖혀진 팔이 정점에 다다른 순간 말고삐를 살짝 당기며 그 탄력을 이용해 달빛을 받아 번뜩이는 투창을 앞으로 힘차게 내쏘았다.

쉐에에엑!

"크아악!"

"아아악!"

"창을 치켜, 컥!"

죽음을 예고하는 대기의 떨림에 답하듯 무수한 비명이 전장에 울려 퍼졌다. 그 비명에는 틸라크 군과 정신없이 싸우다 자신의 앞가슴을 뚫고 튀어나온 검붉은 창날에 경악한 루시타니아 기병 수백의 비명도 섞여 있었다. 그러나 그 수배의 틸라크 군이 복부와 가슴에 단창을 꽂고 쓰러져야 했다.

근 5아마지에 걸쳐 피가 튀고 삶과 죽음이 교차되는 격전을 치르던 전선 한복판에 가나트의 투창기병이 가세하자 어렵게 전선을 유지하던 틸라크 군의 방어벽이 숭숭 구멍이 뚫렸다.

틸라크 병사들은 왜 자신이 피에 전 땅바닥에 쓰러져 있는지 알지도 못했다. 어이없는 동료의 죽음을 목도하고 자신에게 돌진해 오는 적 기병을 보며 창을 치켜세울 틈도 없었다. 루시타니아 기병을 향해, 빛나던 화살촉을 달려오는 투창기병을 향해 내쏘았지만 중갑을 착용한 투창기병에겐 별 효과가 없었다.

쉬에에엑!

"끄아악!"

"커허헉!"

가나트 투창기병의 2진이 재차 단창을 날리자 틸라크 군의 방어진 한복판에 구축된 진형이 완전히 와해되었고, 3진이 전선에 다다랐을 때는 단창이 날아간 지역에 서 있는 틸라크 군은 얼마 되지 않았다. 가나트 투창기병의 1진과 2진이 날린 7천 대의 단창이 2아마지의 전선을 지키던 틸라크 군에게 집중된 결과였다. 그 얼마 남지 않은 틸라크 군에게 가나트 투창기병의 3진이 살기 어린 검을 휘두르며 달려들었다. 그리고 전투가 아닌 학살이 자행되었다.

숨 몇 번 쉴 사이에 수천의 목숨이 사라지는 광경을 코앞에서 지켜본 틸라크 군은 적 기병이 사납게 말을 몰아와도 눈도 감지 못한 채 죽음을 맞이한 동료들에게서 시선을 떼지 못했다. 허탈이 분노로 바뀌며 검을 치켜들었지만 조직력을 상실한 틸라크 군으로서는 머릿수는 물론 개인 기량에서도 앞서는 가나트 기병의 상대가 될 수 없었고, 결국 가나트의 창검에 쓰러지고 밟히어 고혼으로 떠도는 운명에서 벗어나지 못했다.

"돌격하라!"

"와아아!"

전선에 커다란 구멍이 생기자 투창기병에게 자리를 내주었던 5천여 루시타니아 기병이 곧장 틸라크 본진을 향해 돌격하기 시작했다. 투창기병의 공격 지점에서 벗어나 틸라크 군과 치열한 격전을 치르던 전선 양편의 루시타니아 기병들도 그 돌격에 합류하기 위해 눈앞의 틸라크 군을 놔두고 말 머리를 돌렸다.

그 움직임에 반응하여 틸라크 군이 뚫린 방어벽을 메우고 연합군의 측면을 노리기 위해 넓게 펼쳤던 병력을 집중시키고 있었다. 가나트의 투창기병은 그 모습을 지켜보며 틸라크의 숨통을 끊을 마지막 돌격을 위해 대열을 재정비하기 시작했다.

그 틈을 이용해 파츠는 고개를 돌려 뒤를 바라보았다. 어스름하게 본진이 총공세를 위해 움직이는 모습이 보였다. 그러나 정작 자신이 보고자 하는 것이 안 보이자 마법사에게 고개를 돌렸다.

"후방의 전황은?"

"작전대로 진행 중이랍니다. 투창기병의 돌격과 함께 후미로 빠진 궁기병이 비정규병을 돕자 측면 공격을 노리던 틸라크 전차보병이 더 이상 접근을 못하고 멀리서 화살 공격만 하고 있다 합니다."

"많이 죽겠군."

"그래도 틸라크 군과 접근전을 치르는 것보다는 피해가 적을 것입니다. 비록 방패와 몇몇 마법사의 베리어에 의지해 한자리에 못 박혀 일방적으로 공격받아야 하지만 말이지요."

투창기병단장인 비데인 발스가 가벼운 말투로 끼어들자 파츠가 고개를 끄덕였다.

"틸라크가 궁기병을 대처하는 방안은 그래도 잘 짰어."

"미에바를 깬 아젝스 틸라크가 있으니 연구 자료는 충분했을 것입니다. 그러나 우리 투창기병의 대처 방안은 미처 생각지 못했군요. 하하."

"오늘 크게 당했으니 다음엔 쉽지 않을 게야."

"적 기병이 출격했습니다!"

마법사가 큰 소리로 상황 전파하자 파츠가 비데인에게 말했다.

"가지."

"옛! 부대에! 돌격하라아!"

"와아아!"

틸라크 진영 2아마지 앞에 길게 전선을 구축해 잘 버티던 틸라크 병사들이 가나트의 투창기병에 의해 순식간에 무너지자 지멘은 허탈감에 빠졌다. 알사스가 이끈 기병이 불의의 랜스차징을 당하고, 적 기병과 한데 섞인 보병이 적 기병과 궁기병에게 입은 피해가 상당하긴 했지만 전황이 대체로 자신의 작전대로 흐른다 생각했다. 아브로즈의 정예병도 궤멸되었고 루시타니아의 기병도 조만간 전력이 바닥날 듯했기 때문이다. 방패막이만 사라지면 가나트의 궁기병을 두려워하지 않아도 되었다. 우회 공격한 틸라크의 전차보병이 적 궁기병만 전선에서 이탈시켜 주면, 아군 기병을 재출격시켜 루시타니아의 기병을 몰살시키고 그 여세를 몰아 쟈므와 함께 총공격을 감행할 생각이었다. 거기에 가나트의 투창기병은 없었다. 아젝스처럼 투창기병이 투입될 기회를 적에게 주지 않으면 된다 생각했다.

지멘은 투창 공격을 궁병의 공격 방식을 도입한 랜스차징의 변형으로 생각했고, 공격 거리와 공격 목표를 주지 않으면 투창기병이 기동하지 못할 것이라 판단했다. 그랬기에 막대한 피해를 감수하면서도 보병으로 적 기병을 상대하며 물고 늘어졌던 것이다. 그러나 가나트의 투창기병은 자신의 생각을 비웃듯 아군과 한데 뒤섞인 루시타니아 군을 무시하며 공격했고, 그 위력은 가히 파괴적이었다. 자신이 어찌할지 생각할 틈도 주지 않고 전선 한가운데에 2야마지에 달하는 구멍을 내고야 말았던 것이다.

그러나 마냥 허탈감에 맥 놓고 있을 수만은 없었다. 전선에 구멍이 나자 투창기병이 움직임을 멈춘 대신 후미로 빠졌던 1만여 적 기병이 본진을 향해 돌격하고 있었다. 아군 보병이 뚫린 방어진을 메우려 병력을 집결하고 있었지만 시간이 없었다.

지멘은 적 기병의 돌격을 막기 위해 기병을 출격시켰다. 아니, 기병을 출격시키기 전에 지척에 다다른 적 기병을 향해 화살을 쏘라고 명령해야 했다. 적 기병의 선두 열이 우수수 쓰러지는 모습이 보이고서야 기병이 본진을 떠날 수 있었다. 그리고 본진과 고작 50여 가즈 떨어진 지점에서 틸라크 기병과 루시타니아 기병의 거센 충돌이 일어났다.

"이야압!"

"죽어라!"

"커헉!"

"투창기병의 돌격이다! 공격에 대비하라!"

랜스도 없는 일반 기병은 결코 틸라크 기병의 상대가 될 수 없었다. 적의 지척에서 화살을 날려 진형을 무너뜨리고, 롱 블레이드로 힘껏 내려치자 루시타니아 기병의 피로 한껏 전신을 적실 수 있었다. 그러나 그것도 잠시, 투창기병이 기동했다는 경호성이 울리자 틸라크 기병은 전신을 긴장시키며 어떻게든 루시타니아 군과 섞이기 위해 사력을 다하기 시작했다.

지척에 적을 두고도 저 멀리서 기동을 시작한 투창기병에 신경을 곤두세우는 틸라크 군이었다. 그만큼 조금 전 가나트 투창기병의 위력은 충격적이었고 틸라크 군 모두의 가슴에 커다란 공포를 심어주었다. 그 마음을 대변하듯 틸라크 본진에서 쏘아대는 화살이 목표를 바꿔 조금씩 가속도를 더하며 달려오는 투창기병에게 날아갔다. 공포로 정신이 없는 와중에도 화살에 마나를 실을 수 있는 궁병은 사정권에 적이 들어오자 힘껏 당겨진 시위를 놓았고, 그렇지 못한 일반 궁병들은 지휘관의 구령에 맞춰 일제히 화살비를 적에게 뿌려댔다. 수십의 투창기병이 이마에 화살을 꽂은 채 뒤로 나뒹굴고 수백의 기마가 앞다리를 치켜들며 돌진을 멈췄다. 그러나 틸라크 군은 기뻐할 수 없었다. 중갑을 착용한 투창기병이기에 철시를 썼지만 그 효과가 생각보다 미미했던 것이다. 그리고 틸라크 궁병 2진이 화살을 쏨과 동시에 가나트 투창기병 역시 단창을 아군 기병을 향해 날렸다.

"크아악!"

"끄으윽!"

두 번째 철시를 시위에 걸고 구령에 맞춰 화살을 날리자 파르르 떠는 시위 사이로 가슴과 배를 부여잡고 말에서 떨어지는 아군 기병의 모습이 보였다. 자신이 날린 화살과는 비교할 수도 없는 커다란 소리로, 또 날아온다며 자신의 존재를 알리는 단창으로 인해 공포에 질린 아군의 얼굴이 보였다.

틸라크 궁병은 이를 악물고 세 번째 철시를 빼 들었다. 화살을 메기느라 고개를 숙였지만 아군의 고통에 찬 비명이 고막에 울리는 것은 막을 수 없었다. 갑자기 자신의 앞에 줄줄이 늘어선 쟈므 군이 미워졌다.

"으아악!"

"적기병이 돌진해 온다! 쟈므 군은 장창을 세워라!"

"각하!"

기어이 아군 기병이 구축한 방어막을 뚫고 가나트의 투창기병이 본진으로 돌진해 오자 시밀 레아든이 다급한 눈길로 지멘을 보았다. 지멘은 이를 악문 채 돌진해 오는 가나트의 투창기병과 쟈므 군을 번갈아 보았다. 기병 병력수에 여유가 있기에 1만의 기병을 우회 기동시켰지만 투창기병은 우회 기동한 아군 기병이 공격할 틈을 주지 않았다. 잠시만이라도 투창기병을 막아 세우기라도 했으면…….

"퇴각한다. 전장의 장병들에게 개별 퇴각하라 명하고 마법사를 본진으로 불러들여라."

"옛! 마틴! 퇴각 신호를 올리고 전장에 투입된 마법사에게 투창기병을 상대하라 전하게! 본진 틸라크 군은 전차에 오르라! 퇴각한다!"

시밀의 명령에 본진에 남아 있던 틸라크 군 2만이 재빠른 동작으로 전차에 오르기 시작했다. 그러나 그때는 이미 투창기병이 장창을 치켜세운 쟈므 군을 가볍게 뚫고 틸라크 군에게 쇄도하고 있었다.

수많은 틸라크 군이 전차에 오르지도 못하고 죽임을 당해야 했다. 가나트의 투창기병은 창만 잘 던지는 것이 아니었다. 하나같이 익스퍼터들이었기에 빼어 든 검이 마나를 가득 머금어 번뜩였다. 그 검을 휘두르며 돌격하자 틸라크 본진을 순식간에 관통해 버렸다. 가나트의 투창기병이 지나간 자리엔 쟈므 군과 틸라크 군의 시체들로 즐비했다. 그 자리를 틸라크 기병을 뿌리친 루시타니아 기병이 다시 내달렸다.

바닥에 널린 시체를 짓밟으며 도주하기에 여념이 없는 쟈므와 틸라크 군을 뒤쫓기 시작했다.

그런 모습은 전장 여기저기서 벌어졌다. 아브로즈의 민병과 용병을 상대하던 2만의 틸라크 군은 원호하던 마법사가 사라지자 그대로 말머리를 돌려 내빼기 시작했고, 본진 2아마지 앞에서 방어선을 구축하다 실패한 틸라크 잔여군도 사냥하듯 자신을 뒤쫓는 가나트의 궁기병을 피해 뒤도 돌아보지 않고 뿔뿔이 흩어지기 시작했다.

너무나 순식간에 투창기병에게 꿰뚫린 쟈므 군도 퇴각 신호가 하늘을 수놓자마자 약속이 되었던 듯 양 측면으로 빠지며 미리 대기하고 있던 틸라크 군의 빈 전차에 올라타기 위해 사력을 다했고, 알사스의 틸라크 기병이 쟈므 군을 뒤쫓는 루시타니아 기병을 상대하며 쟈므 군과 함께 삶을 도모했다.

유일하게 다른 모습을 보인 부대는 지멘이 이끄는 틸라크 전차보병이었다. 일단 전차에 탑승하는 것에 성공한 전차보병은 틸라크 본진을 관통한 투창기병의 양편으로 갈라서며 뒤쫓기 시작했다. 틸라크의 마법사는 하늘에서 적 마법사와 접전을 벌이면서 여유가 되는 대로 투창기병의 발목을 잡기 위해 마법을 난사하기 시작했고, 틸라크 전차보병은 자신을 뒤쫓는 루시타니아 기병을 견제하며 최대한 투창기병에게 피해를 입히기 위해 네 필의 말에 사정없이 채찍을 가했다.

틸라크 본진을 멋들어지게 관통한 투창기병이었지만 중갑에 이미 두 차례에 걸친 돌격으로 기마가 지쳐 틸라크 군을 뿌리칠 수 없었다. 공격을 하고 싶어도 속도에서 밀리기에 한편을 쫓으면 다른 편의 틸라크 군이 집중 사격을 가하고, 공격 방향을 바꾸면 도주하던 틸라크 군이 다시 쫓아오며 철시를 날렸다. 결국 투창기병은 가나트의 궁기병이 도주하는 틸라크 보병을 뒤쫓는 것을 포기하고 전차보병을 상대하기 위해 달려올 때까지 틸라크 전차보병에게 상당한 시달림을 받아야 했다.

틸라크 전차보병은 투창기병에게 피해를 줌으로써 전차도 없이 도주해야 하는 틸라크 보병에게 궁기병을 떼어놓는 데 성공하자 수많은 사상자와 비분한 마음을 남긴 채 전장을 이탈하기 시작했다.

제 6 화

산다는 건

"여황 폐하! 아라사의 도움이 절실한 이때입니다. 결단을 내려주십시오!"

"아직 어머님에게서 아무 말씀이 없어요."

"이번 패배로 틸라크는 무려 7만이 넘는 병력을 잃었습니다. 모두 적에게 죽임을 당한 것은 아니나 흩어진 병력을 수습할 시간이 없는 아군으로선 없는 것과 마찬가지입니다. 지금도 병력의 열세를 감당하지 못해 계속해서 아포리아 동부 방면으로 후퇴하고 있습니다. 용단을 바랍니다!"

지난밤 틸라크 황궁에 날아든 패전 소식은 틸라크 전체를 공황에 빠뜨리기에 충분했다. 틸라크 역사상 최악의 패전임은 말할 것도 없고, 자칫하다간 아포리아 전체를 잃을 수도 있는 상황이었다. 틸라크 중신들은 입을 모아 아젝스를 불렀다. 아젝스를 불러달라며 라미에르를 붙잡고 늘어졌다.

"가나트는 또다시 병력을 집결하고 있습니다. 이전에는 우리와의 전쟁으로 허약해진 아포리아를 도모할 목적이라 판단했지만 전쟁 상황이 이렇게 변했다면 가나트가 달리 마음먹을지도 모릅니다."

"패전 소식을 접한 수천의 틸라크 민중이 황성 앞에서 상황 폐하를 부르짖고 있으며, 시간이 갈수록 계속해서 불어나고 있습니다. 지금의 위난에서 틸라크를 구원할 수 있는 분은 상황 폐하뿐입니다! 여황 폐하, 부디……."

"제가, 제가 다시 어머니께 말씀드려 보겠어요. 그사이 여러분도 대책을 강구해 보도록 하세요."

라미에르는 틸라크 중신들의 간청에 끝내 자리에서 일어났다. 오늘만 벌써 두 번째, 어머니께서 입을 열지 않으면 얼마나 더 찾아야 할지 모른다. 그래도 찾아야 했다. 어떤 식으로든 오라버니의 일은 결론이 나야 했다. 회의장을 나서는 라미에르는 나직이 한숨을 쉬었다.

"가나트의 행보는 여전한가?"

라미에르가 회의장을 벗어나자 야메이가 지끈거리는 관자놀이를 누르며 누구를 지칭하지도 않고 물었다.

"예. 아군을 드베리아 쪽으로 모는 것에 치중하는 모습입니다. 덕분에 자렌 성에서 농성하기로 한 쟈므 군과 우리 틸라크 군 2만은 당분간 안전할 듯하지만 아군이 드베리아 관문에 갇힌다면 되려 수만의 아군을 잃는 꼴이 될 것입니다."

"샤론한테서는 아직 답이 없나?"

"예."

"그놈은 가나트의 속셈을 알면서도……."

"닥치시오! 이게 누구 때문에 벌어진 일인데…… 후우."

빌포드의 목소리에 반사적으로 고함치던 야메이는 참을 수 없는 두통이 몰려오자 한숨으로 마음을 가라앉혔다. 빌포드에게 일일이 화를 내기엔 생각할 것이 너무 많았다. 가나트의 진군도 막아야 하고, 모자란 병력도 다시 채워야 하고, 아브로즈와 가나트도 이간질시켜야 하고, 아젝스도 방구석에서 꺼내야 했다. 병력을 모으는 것이야 서두른다고 되는 일이 아니니 뒤로 미룬다 하더라도 아브로즈를 가나트로부터 떼어놓는 일은 한시가 급한 일이었다. 그 둘의 동맹만 깰 수 있다면 가나트의 진군을 막을 뿐 아니라 전세도 대번에 역전시킬 수 있었다. 최악의 패전을 당했지만 오히려 기회도 좋고 가능성도 높았다.

지난 전투에서 틸라크 군이 당한 것만큼이나 아브로즈와 후시타니아 역시 극심한 피해를 입었다. 보고상으로는 최소 5만 이상. 반면 가나트는 최소한의 피해로 전력을 보전시켰을 뿐 아니라 본토에서 병력을 집결시키고 있었다. 말로는 배신한 쟈므를 징치하기 위한 병력이라지만 세 살 먹은 애도 웃을 소리였다. 샤론도 그쯤은 알고 있을 것이기에 야메이는 밀사를 보냈다. 합심해 가나트를 몰아내고 다시 예전처럼 공존할 수 있는 길을 모색하자고 제안했다. 그러나 샤론은 아직까지 답을 주지 않고 있었다. 시간이 없었다. 더 이상 망설인다면 아브로즈에 의해 억지로 징집된 민병과 믿을 수 없는 용병들마저 가나트 군에게 흡수될 것이었다. 그들을 장악하고 있는 지금이 아니면 안 된다.

그러나 샤론보다 야메이를 더 고심케 하는 것은 아젝스였다.

패전 소식을 접하자마자 아젝스부터 찾았다. 아젝스만 있다면, 패전의 충격으로 사기가 땅에 떨어진 아군을 아젝스가 이끈다면 그깟 샤론이 문제가 아니었다. 병력의 열세는 아젝스를 도우러 올 아라사와 남부연방의 마법사로 메울 수 있고, 가나트가 자랑하는 궁기병과 투창기병도 아젝스의 기략에 먼지처럼 사라질 것이다. 그렇기에 현 상황과 앞으로 일어날 일을 설명하며 다시 틸라크 군을 이끌어달라 간청했다.

그러나 아젝스는 자신의 말을 듣고도 묵묵부답이었다. 멍하니 어두운 창밖만 바라보며 자신을 외면했다. 야메이는 다시 라미에르를 찾았다. 방구석에 처박혀 나올 생각을 않는 아젝스를 움직일 수 있는 사람은 태후뿐이라 생각한 것이다. 그러나 태후 역시 아젝스와 똑같았다. 답답했다.

"후우, 일단 기다려 봅시다. 샤론도 바보가 아니라면 조만간 연락이 올 것이오. 그리고 아젝스 틸라크 폐하께서 다시 아군을 이끄신다면 전세를 단번에 뒤집을 수 있소. 그러니 그때를 대비해 최대한 병력을 모으고, 아포리아에 흩어진 병력들도 수습해 아군에 합류할 방안을 마련하시오. 그리고 레미언 샤를 후작에겐 유사시 바로 전장으로 떠날 수 있도록 만반의 준비를 하라 하시오. 틸라크 성이 위험하겠지만 또다시 패한다면 틸라크엔 더 이상 희망이 없소."

차분한 목소리로 혼란스러워하는 귀족들을 달랜 야메이는 마음속으로 아젝스를 불렀다.

"처음 그 소식을 들었을 때는 뭐라 말할 수 없을 정도로 화가 나서 당장에 이곳으로 달려오려 했다. 아이작이 말리더구나. 콜린즈에게 연락해 함께 황궁에 가자고 했다. 영지에 일이 많아 못 가겠다고 하더라. 아젝스, 난 언니와 라미에르에게 보여준 네 마음이 진심이었다는 걸 믿는다. 그 마음을 알기에 내가 화났던 거야. 아이작도 콜린즈도 알아. 내가 황궁에 간다니까 그 무뚝뚝한 콜린즈가 뭐라는 줄 아니? 고맙다고 전해달랜다. 아젝스, 난 믿지 않는다. 넌 분명 언니의 아들이고 내 조카야. 네가 아젝스가 아니고서야 어쩜 그렇게 남을 지극 정성으로 어머니라 섬기겠니? 네 안엔 아젝스가 있어. 언니한테도 그렇게 말했다. 시간이 해결해 줄 거야. 지금은 네 말에 놀라 혼란스러워 그렇지, 그간 네가 행한 것들을 하나하나 생각하면 곧 네가 언니의 친아들임을 깨닫게 될 거야."

"감사합니다, 이모님."

"호호, 그래. 이렇게 꼬박꼬박 이모라고 부르는데 누가 널 내 조카가 아니라고 하겠니? 그나저나 네 색시가 참 곱구나. 파비올라 공주라고요? 그래, 얼마나 맘 고생이 심하세요? 조금만 참고 기다리세요. 원래 틸라크 가 사람들이 좀 문제가 많답니다. 호호."

"감사합니다, 멜라니 보어 백작 부인."

"근데 아젝스, 언제까지 이 방에만 있을 작정이니? 라미에르가 근심이 크더구나. 오라비로서 여동생한테 짐을 지운 것도 잘못인데 어려울 때 가만히 있어서야 되겠니? 도와주렴."

아젝스는 고개를 떨궜다. 자신이 무슨 자격으로 라미에르를 돕는단 말인가? 마음 같아서는 당장에 전장으로 달려가고 싶었다. 라미에르와 어머니를 걱정시키는 가나트를 완전히 지상에서 소멸시키고 싶었다. 그러나 무슨 자격으로?

"아젝스……."

멜리니가 아젝스의 손을 감싸왔다.

"누가 뭐래도 넌 내 조카다. 지금은 그것만 생각하거라."

아젝스가 고개를 들었다. 따뜻한 눈길로 자신을 바라보는 멜라니가 고마웠다. 그러나 차마 고개를 끄덕일 수는 없었다. 다른 누구의 말보다 어머니의 단 한 마디가 필요했다.

—아젝스.

"어머니."

"응?"

아젝스가 자리에 일어나 방문으로 향하자 멜라니와 파비올라가 의문 섞인 눈으로 아젝스를 좇았다. 그 눈길을 받으며 아젝스는 방문 앞에서 문이 열리길 기다렸다. 아니었다. 열까 말까 망설이듯 아젝스의 손이 문고리에서 어른거렸다. 그러나 망설임도 잠시, 아젝스는 문을 활짝 열어젖혔다.

"태후 폐하께서……."

"어머니."

근위가 자신의 존재를 알리기도 전에 방문이 열리며 아젝스가 보이자 아이마라는 주춤 한 발 뒤로 물러섰다. 나직이 어머니란 소리에 아젝스와 눈을 마주칠 수 없어 아젝스의 가슴에 시선을 모았다.

"들어가도 되겠니?"

아젝스는 조용히 문 옆으로 물러섰다.

아이마라는 방 안에 들어오며 선객이 있는 것을 보곤 한숨을 내쉬었다.

"아젝스와 단둘이 할 얘기가 있구나. 잠시 자리를 비켜주겠니?"

"아, 그래요, 언니! 파비올라 공주, 우리 나가서 오붓하게 차라도 한잔하지요. 생각해 보니 아젝스가 오랜만에 만난 이모한테 차 한잔 대접하지 않았어. 그저 엄마만 찾는다니까? 호호, 공주가 나중에 교육 좀 잘 시켜요. 제가 지금부터 요령을 알려 드리지요."

멜리나가 호들갑을 떨며 파비올라를 데리고 나가자 아이마라가 조용히 자리에 앉았다.

아젝스도 아이마라의 맞은편에 앉으며 기대 반 우려 반으로 시선을 탁자에 두었다.

그런 아젝스에게 아이마라는 안쓰러운 눈길을 주었다.

"…그라시스가 죽었을 때, 넌 울며 그라시스의 시신을 안고 오는 대신 사막 부족을 물리치는 데 전심전력을 쏟았지. 그때 처음 네가 품 안의 자식이 아니란 마음이 들었다. 그래, 그때 어렴풋이 알았던 게야, 네가 더 이상 나만의 아젝스가 아니란 걸."

남편의 관 옆에서 사막 부족을 몰아내고 입성하는 아젝스를 기다리던 날, 슬픔에 잠긴 자신을 떨리는 눈동자로 바라보는 아젝스를 보던 날 처음으로 아젝스의 품을 파고들었다. 그렇게 오열하며 아젝스의 가슴에 얼굴을 묻은 자신을 아젝스는 말없이 감싸며 달래주었다. 그 품에 안기어 슬픔을 잊을 수 있었다. 그 품이 있어 위안을 얻을 수 있었다. 그 품 안에서 다시 행복을 꿈꿀 수 있었다.

"더 이상 아버지의 회초리가 무서워 내 치마폭을 붙잡던 아젝스가 아니었다. 한 발 한 발 네가 틸라크를 이끌고 나갈 때마다 하나, 둘 네 등을 바라보는 사람들이 늘었다."

따스이 손 잡으며 곁에 있을 때는 자신의 아들이었지만 전장에 나가서는 수만 병사들의 목숨을 책임지는 장군이었고, 십수만이 외치는 승전의 환성 속에 왕좌에 앉았을 때는 거대한 틸라크의 주인이었다. 그 아젝스가 다시 아들로 자신의 곁에 앉았을 때, 나의 아들이란 생각에 자랑스러웠고, 나만의 아들이 아니란 생각에 쓸쓸함을 느꼈다.

"내 아들이 아니라 고백하며 다시 나의 아들이라 말하는 널 어떻게 받아들여야 할지 몰랐다. 휴우. 사실 지금도 잘 모르겠구나. 아젝스, 넌 누구니?"

"어머니······."

차마 고개를 들 수 없었다. 습막에 가려 흐릴지언정 언제라도, 아니, 한 번이라도 더 보고 싶은 얼굴이었다. 그러나 볼 수 없었다. 자신이 어머니의 아들이라고, 그토록 어머니를 사랑하고 사랑해 주신 아젝스라 외치고 싶었지만 목이라도 막혔는지 소리가 되어 나오지 않았다.

"그렇지? 난 네 어미지?"

눈물에 젖은 아이마라의 목소리에 아젝스는 고개를 벌떡 쳐들었다. 흐릿한 어머니가 보이자 소매로 눈가를 훔쳤다. 보였다. 어머니가 보였다. 슬픔과 연민, 애증이 버무려진 눈동자에서 눈물이 흘러내리는 어머니가 보였다.

아젝스는 눈을 질끈 감았다. 탁자에 고개를 처박고 두 손을 으스러져라 쥐었다. 이것이 아니었다. 자신이 원했던 것은 저런 눈길이 아니었다. 아젝스의 눈에서 기어이 눈물이 흘러나왔다. 그리고 짐승 같은 울음을 터뜨렸다.

"끄으으으으!"

"아젝스."

어머니의 눈물이 아젝스의 목덜미를 타고 흘러내렸다. 자신의 등을 감싸는 어머니의 따스한 온기가 전신에 퍼졌다. 똑같았다. 예나 지금이나 어머니의 품은 한없이 포근했다. 그래서 더 서러웠다.

"끄으, 흐흐흐흑!"

"아젝스, 난 네 어미지? 그렇지? 이 검은 머릿결과 이 오뚝한 콧날을 지닌 넌, 나와 그라시스의 아젝스지? 나만의 아젝스는 아니어도 나의, 나의 아젝스가 맞지? 말해 다오."

아니었다. 아니었다. 자신은 오직 어머니의 아들이어야만 했다. 내 어머니가 아닌 어머니의 아젝스여야 했다. 그렇게 말하고 싶었다. 그러나 고개를 들어 바라본 어머니의 두 눈엔 불안한 소망만이 한가득 들어차 있었다.

"어머니, 크흑!"

"이리 오너라, 아젝스."

아이마라가 아젝스의 얼굴을 가슴에 묻자 아젝스는 그대로 허물어졌다. 스러지듯 자신의 가슴에서 무릎 위로 아젝스가 고개를 떨구며 흐느끼자 아이마라는 아젝스의 등에 뜨거운 눈물이 흐르는 볼을 대며 아들의 등을 손으로 쓰다듬었다. 자신의 아들은 잃었지만 이제 아젝스의 어미가 되었다. 지금은 그것으로 족했다, 지금은. 하지만 언제고 자신의 아들을 되찾으리라 믿었다. 아젝스라면, 자신의 무릎에서 서럽게 눈물을 흘리는 아젝스라면 자신의 아들을 되찾아주리라 믿었다. 처음으로 아이마라의 입에서 신음 같은 울음소리가 터졌다.

내일의 결전을 준비하는 틸라크 진영의 회의장은 긴장감이 감돌았다. 내일은 반드시 가나트에게 대승을 거둬야 하는 것이다. 아브로즈의 샤론은 함께 힘을 모아 가나트를 몰아내고 양국의 관계를 정상화하자는 틸라크의 제의에 에를리히에 최대한의 병력을 집결시켜 쟈므를 압박하는 것으로 답했다.

샤론의 의도는 명확했다. 가나트와 틸라크가 공멸해 힘의 공백이 생기는 동안 쟈므를 도모할 생각인 것이다. 비록 쟈므의 친아브로즈파 중심 세력을 처단함으로써 국왕파와 쟈므의 국왕인 오초아가 정권을 주도하고 있지만 틸라크의 상황이 불리해지고 아브로즈의 압력이 거세어진다면 오초아와 국왕파도 어쩔 수 없게 된다.

현재 쟈므는 수군을 제외하곤 아브로즈의 침략을 막을 병사들이 없다시피 하다. 가나트가 집결 중인 병력의 쓰임새는 쟈므를 병탄함으로써 아브로즈 등을 공략할 발판을 확보하는 데 있다. 따라서 쟈므로서는 가나트에게 침략당하느니 차라리 아브로즈와 협상을 벌여 최소한의 삶을 연명하는 것으로 결단을 내릴 수도 있는 것이다.

그렇기에 틸라크로서는 쟈므에게 뭔가를 보여줘야 했다. 쟈므를 달래고 아브로즈가 쟈므에 더 이상 신경 쓰지 못하게 함으로써 쟈므와의 동맹 관계를 계속 유지해야 했다.

"이미 쟈므의 수송선이 원군을 태우기 위해 자렌 성으로 향하고 있습니다. 물론 현재 가나트의 다르크 항에 집결 중인 병력이 쟈므에 도착하는 것이 더 빠르지만 가나트로서도 그 병력을 쉬이 움직이지는 못할 것입니다. 우리 틸라크 군이 쟈므의 수송선이 오기 전에 눈앞의 가나트 군에 대승을 거두고 대규모 원정군을 파견하는 동시에, 여력의 마법사를 쟈므에 급파하면 가나트도 쟈므에서의 상륙전에서 상당한 피해를 입을뿐더러 아군이 도착할 때까지 쟈므 왕성에서 농성전을 벌일 수 있기 때문입니다."

"문제는 코앞의 가나트 군을 과연 아군이 최소한의 피해로 궤멸시킬 수 있느냐 하는 점입니다. 생각할수록 아브로즈가 저주스럽군요. 마법사만 빼갔으면 좋았을 것을, 마법사는 물론 민병과 용병들마저 고스란히 가나트에 넘기다니!"

"우리도 남부연방의 여러 마법사들을 초빙할 수 있었으니 병력의 열세는 이미 극복했네. 그렇기에 막무가내로 밀고 나오던 가나트 군이 이틀째 진군을 멈춘 게 아닌가?"

"그렇지요. 이 모두가 여러분 덕분입니다. 틸라크를 대신해 저 기니비서가 다시 한 번 사의를 표합니다."

지멘의 말을 받아 기니비서가 남부연방의 마법사들에게 정중히 고개를 숙이자 아라사의 레피두스가 대표로 말했다.

"어인 말씀을. 어려움에 처한 우방을 돕는 것은 당연한 일입니다. 더구나 말도 안 되는 억지를 부리는 상대에겐 말보다 매가 더욱 효과적인 때가 많지요. 일례로 120여 년 전, 같은 방언을 쓰고 풍습이 비슷하다는 이유로 롯트베이를 침략하며 자국의 일이니 타국은 상관해선 안 된다는 가나트의, 응? 아, 내일 우리도 최선을 다하겠습니다. 계속 회의하시지요."

옆에서 소매를 잡아끌자 레피두스는 서둘러 말을 줄였다. 이미 밤이 깊었다. 그럼에도 심리적으로 부담을 지우지 못해 잠자는 시간까지 아끼며 숙의를 거듭하는 상황이었다. 자신의 고견을 들을 시간이 이들에게 없음을 레피두스도 피부로 느끼고 있는 것이다. 그런 레피두스에게 살짝 고개를 숙인 지멘이 다시 회의를 주도했다.

"그럼 마지막으로 작전을 검토해 보세. 베런?"

"예. 현 가나트 군은 24만의 대군을 낮은 구릉에 위치한 본진을 중심으로 넓게 분산, 포진해 아군의 마법 공격에 대비하는 동시에, 유사시 포위섬멸전이 가능한 진형을 구축하고 있습니다. 전면에 비정규병인 5만의 민병과 용병 부대, 1만의 아브로즈 잔여군을 두고 그 뒤에 궁병과 궁기병을 합한 4만 병력을 두어 적 진지로 돌격할 아군 보병에게 최대한의 피해를 입힐 태세를 갖추었으며, 그 후위엔 다시 4만의 중장기병을 포진시켜 아군 기병의 중앙 돌파와 측면 및 후위 공격에 대비하고 있습니다. 양 측면엔 각기 2만의 기병과 1만의 중장보병을 배치시켜 아군의 측면 및 후위를 노리는 형태를 취하고 있고, 본진에는 예비 병력으로 투창기병 및 일반 기병 각각 1만, 궁병 1만, 중장보병 1만을 두고 있습니다. 반면 아군은 총병력 14만 7천으로 병력수에서 절대적 열세인데다 병력비마저 기병 7만 5천에 보병 7만 2천으로 불균형인 상태입니다. 일반적인 전투를 벌인다면 보병 중 최소 2만은 궁병으로 활용해야 하는 바, 본진에 예비 병력을 두지 않는다 하더라도 적 진형의 측면을 공략할 병력을 빼야 하므로 최초 돌격 시 보병의 수는 3만을 넘기 힘듭니다. 또한 우리는 전투에서 일반적인 승리가 아닌 최소한의 피해로 적을 궤멸, 가능하다면 전멸에 가까운 타격을 주는 압승을 거둬야 합니다. 보통이라면 불가능에 가까운 일이지요. 하나 남부연방에서 지원해 준 마법사들과 어느 병과라도 활용이 가능한 우리 틸라크 군, 그리고 이번 작전을 세우신 아젝스 틸라크 상황 폐하께서 계시기에 우리는 내일의 승리를 장담할 수 있습니다."

베런이 말을 끊고 회의장을 둘러보자 누구는 주먹을 쥐며 결의를 다지고, 누구는 고개를 끄덕이며 희미한 미소를 짓기도 했다. 그러나 고개를 숙이거나 이를 악물며 얼굴을 굳히는 장수들도 여럿 보였다.

베런은 다시 회의장 중앙에 자리한 아젝스를 보았다. 여전히 말이 없다. 틸라크 무장들의 태도를 알면서도 묵묵히 자리만 차지하고 있다. 아젝스는 이곳 전장에 온 이후 작전을 짤 때 외에는 거의 말이 없었다. 남부연방의 마법사들이 도착해 휴식을 취하는 동안에도 작전회의 외에는 특별한 일이 없는 한 자신의 막사에서 나오지도 않았다. 베런은 크게 숨을 들이쉬었다. 틸라크 제국은 누가 뭐래도 아젝스 틸라크 상황 폐하께서 세우신 나라다. 저들을 이해할 순 있어도 저들에게 동조할 순 없다. 개구쟁이 아젝스를 쫓아다니며 속 썩던 추억도 소중하지만 하루 살기도 힘들던 틸라크 인들에게 내일을 꿈꾸게 한 아젝스 틸라크 상황 폐하가 자신에겐 더 소중하다. 내일의 전투 결과를 보면 저들도 깨닫게 될 것이다. 과연 자신에게, 자신의 후대에게 누가 더 소중한지.

베런은 숨을 내뱉으며 다시 입을 떼었다.

"우리가 적보다 유리한 것은 세 가지, 바로 절대적 우위의 마법사 전력과 신속한 기동력, 그리고 병과에 상관없이 활용이 가능한 틸라크 군의 능력입니다. 거기에 적들은 아군의 마법을 두려워해 병력을 너무 넓게 분산시켰다는 치명적인 실수를 저질렀습니다. 본 작전의 요지는 이를 최대한 활용하여 적 마법사 전력을 고갈시키고 여분의 마법사로 하여금 적들의 연계를 끊어놓은 사이 각개격파를 한다는 것입니다. 우선 시멀레이러 공작 전하와 아라사의 레피두스님이 적 본진에 연속적으로 고위 마법을 시전하여 적의 고위 마법사를 적 본진에 집중시킴과 동시에 마법력을 고갈시켜 더 이상 전장에 참여하지 못하게 합니다. 적에겐 9서클의 마법사가 없으므로 8서클의 마법사는 물론이고 7서클의 마법사 7인 중 적어도 다섯 명의 마법사는 붙들어 맬 수 있을 것입니다. 그사이 아군은 보병 대신 3만의 기병이 돌격 부대로 출격하고 다시 2만의 전차보병이 뒤를 받쳐 아군 기병이 적 비정규 보병을 무찌르는 데 일조케 합니다. 이때 적군은 돌격하는 아군의 측면을 노리기 위해 양 측면의 기보 합동군 중 한쪽, 혹은 양쪽 모두를 투입할 것입니다. 어느 쪽이든 우리는 아군 진영에서 좌측의 적 병력을 7서클 급 마법사 3인과 기병 1만, 보병 1만을 투입해 돌격한 아군의 측면을 공격하지 못하도록 저지시킵니다. 반면 우측면의 적 기보 합동군에는 아군의 기병 2만과 전차보병 2만, 그리고 7서클 마법사 2인과 하위 마법사 중 7할을 집중해 조기에 적군을 섬멸합니다. 그리고 최초 돌격한 기병과 후위의 전차보병은 적 비정규군을 궤멸시킴과 동시에 다시 좌측의 아군을 도와 적의 나머지 기보 합동군을 섬멸합니다. 여기서 적 본진의 예비 병력 4만은 무시합니다. 문제는 적 비정규군 뒤에서 호신 무장이 빈약한 아군을 노리는 적 궁병과 궁기병, 그리고 그 궁병 뒤의 4만 중장보병입니다. 아군 기병이 적 비정규군에게 그대로 돌격한다면, 비록 7서클 마법사 2인과 하위 마법사 전력의 2할이 투입된다 해도 돌격 과정과 적 비정규보병과 대치하는 과정에서 상당한 피해를 입을 것입니다. 아군 전차보병이 합세하면 적보다 두 배 이상의 전과를 얻겠지만, 최대한 피해 규모를 줄여야 하는 아군으로서는 이도 엄청난 부담입니다. 이 문제를 해결하기 위해 별동대로 전차보병 1만을 투입합니다. 별동대만 제 역할을 한다면 내일 전투에서 아군의 승리를 장담할 수 있습니다. 별동대는 돌격 부대의 후미를 따라 기동하다 아군 기병이 적 비정규군을 뚫고 활로를 개척하는 동시에 전차에서 내려 적 궁기병을 향합니다. 별동대의 역할은 적이 쏘는 화살을 별동대에게 집중시키는 것과 가능하다면 적 궁기병에게 최대한 피해를 주는 것입니다. 이를 위해 별동대에 검술이 뛰어난 병사 1천을 투입했으며 아젝스 틸라크 상황 폐하께서 친히 별동대를 지휘하실 것입니다. 별동대가 적 궁병을 무력화시키고자 하는 움직임이 간파되면 적 궁병 후위에 대기하던 가나트의 중장보병이 긴급 투입될 것입니다. 이때 별동대는 작전이 제대로 시행될 경우엔 그대로 퇴각하지만 만약 작전에 차질이 빚어진다면 최대한 시간을 벌기 위해 옥쇄를 각오해야 합니다. 별동대의 생존율을 높이기 위해서는 별동대가 활약하는 동안 처음 돌격한 부대가 최대한 빨리 적 비정규군을 척살하고 좌측면의 적 기보 합동군을 섬멸하기 위해 아군과 합세해야 하고, 우측면의 적 기보 연합군을 상대하는 아군 중 2만의 전차보병은 적군을 섬멸, 혹은 궤멸적 타격을 입히는 즉시 적 궁기병을 견제해 별동대의 퇴각을 도와야 합니다. 마지막으로 예비로 남긴 아군의 나머지 병력은 별동대를 쫓는 적 중장보병을 상대하기 위해 출격합니다. 또한 여력이 되는 각 부대와 마법사들도 중장보병을 전멸시키기 위해 최대한 전력을 기울입니다. 이렇게 전투가 종결되는 시점에서 아군은 3만 이내의 피해를 감수하며 적에게 최소 14만, 최대 20만의 피해를 강요해야 합니다. 이상으로 아군의 대략적인 작전 설명을 마치겠습니다. 마지막이니만큼 조금의 의문이라도 있으면 기탄없이 말씀하시기 바랍니다."

베런이 작전 설명을 마치며 작전의 타당성에 대한 의견을 구하자 지멘이 침중한 목소리로 물었다.

"정말 투창기병을 무시해도 된다고 확신하나?"

"물론입니다."

베런이 입을 떼기도 전에 지멘 옆에 앉은 기니비셔가 나섰다.

"공작께서 투창기병에 우려하시는 바는 잘 알고 있지만 이전 전투에서 공작께서 확인하셨듯이 정면 공격이 아니라면 투창기병은 그리 두려운 존재만은 아니라 생각합니다. 더구나 적들은 아군의 마법이 두려워 너무 분산되어 있기 때문에 우리가 선공을 가한다면 투창기병의 돌격에 이어 뒤따라 아군을 몰아칠 병력이 없습니다. 결국 투창기병이 돌격한다면 아군은 꿰뚫리겠지만 단지 그뿐, 양 측면으로 갈라진 아군의 전차보병과 마법사에 전멸을 면치 못할 것입니다. 또한 남부연방의 미에바를 봐도 수세에서 투창기병은 제 역할을 다하지 못했습니다. 이전 미에바의 투창기병이 용력을 발휘한 것은 투창기병을 받쳐 줄 병력과 마법에 의한 저지가 없었던 탓입니다. 하지만 지금은 그 사정이 다르지 않습니까? 물론 그렇다고 투창기병의 활용을 배제할 수는 없지요. 아마 움직이기는 할 것입니다. 그리고 목표는 별동대일 확률이 높습니다. 별동대를 처리해 적 궁기병이 제대로 움직인다면 가나트 군이 노리는 바대로 틸라크 군은 쟈므를 지원할 능력을 상실할 것입니다. 하나 이에도 이미 대비책을 마련해 두었고 우리 모두가 검토를 마쳤지 않습니까? 공작께서 상황 폐하를 걱정하시는 것은 당연합니다. 저도 별동대를 지휘할 상황 폐하께서 위험을 감수하시는 것을 우려하고 있습니다. 하나 상황 폐하십니다. 누가 감히 상황 폐하께 위해를 가할 수 있겠습니까? 안 그렇소, 여러분?"

"맞습니다!"

"상황 폐하께선 대륙 제일의 검사십니다!"

기니비셔가 마지막에 회의장을 돌아보며 기운찬 목소리로 묻자 여기저기서 큰 소리로 답한다. 지멘은 그런 모습을 보며 씁쓸하게 고개를 가로저으며 말했다.

"한마디만 하겠소. 내일 우리는 중요한 결전을 치러야 하오. 다른 적들은 다 놓쳐도 적 보병은 놓쳐선 안 된다는 걸 모두가 알 것이오. 하나 그보다 더 중요한 것은 아군에게 피해가 있어선 절대 안 된다는 것이오. 모두 이를 명심하고 첫 돌격이 시작되면 정신없이 적들과 싸워야겠지만, 각 제장들은 돌격 부대의 움직임에 이목을 집중하시오. 만약 돌격 부대가 목적을 달성하지 못하면 여하한 경우라도 즉각 퇴각해야 하오. 그럼…… 마지막으로 할 말씀이 계시면 하시지요."

지멘은 회의를 마치려다 아젝스를 돌아보며 말했다.

"없소."

"……예. 이만 회의를 마치겠소. 모두 내일을 위해 푹 쉬도록 하시오."

지멘의 말에 회의에 참석했던 사람들이 어수선하게 자리에서 일어나 막사를 나섰다. 그들을 따라 막사를 벗어나려던 지멘은 잠시 뒤를 돌아 아젝스를 보았다. 철두철미한 작전으로 아군 장수들을 감탄시키는 예전 그대로의 아젝스건만 뭔가가 부족했다. 마치 자신의 일이 아닌 양 한발 떨어져 있는 듯해 전혀 열의를 느낄 수가 없었다. 아젝스의 어깨를 다정하게 두드리던 시멀레이러가 자신과 눈길이 부딪치자 어색하게 시선을 피하며 서둘러 막사를 나갔다. 지멘은 다시 아젝스를 일별하곤 막사 밖으로 나갔다.

"젠장, 대체 난 누굴 위해 싸우는 거지? 내가 왜 여기서 피를 흘려야 하는거야?"

"야, 임마, 조용히 해. 그리고 누굴 위해 싸우다니? 난 내 귀여운 샤로네를 위해 싸운다. 내 딸이 가나트나 아브로즈 놈들한테 죽는 꼴은 절대 못 봐."

"야, 앙리! 그럼 넌 우리 아젝스 도련님은, 읍!"

"시꺼! 조용히 하라니깐. 그리고 난 지금 내 딸이 가장 소중해. 지금은 그것만 생각할 거야. 아니, 다음에도 그 다음에도 샤로네가 최우선이다."

"이이익, 젠장!"

나지막이 다투는 한스와 앙리의 모습에 지멘은 착잡한 눈길로 밤하늘을 보았다. 과연 자신의 행동이 잘하고 있는 짓인지 확신할 수 없었다.

'그라시스 틸라크 공작 각하, 전 어찌해야 합니까?'

어머니가 없다. 날 친자식으로 여기며 미우나 고우나 한없이 따스한 눈길을 주시던 어머니는 더 이상 이 세상에 없다. 그동안 행복했으니 덤으로 산 것 치곤 즐거웠어. 고통조차도 행복이었던 거야. 그렇지? 후훗, 그래. 틸라크의 옛 땅도 되찾았고 소드 마스터도 되었으니 아버지의 유언은 다 이루지 않았나? 지금 내가 여기 있는 것은 내게 꿈을 꾸게 한 마지막 대가라 생각하자. 그래, 그럼 된 거야. 그런데 아젝스, 그런데…… 만족하니?

"모든 장수들이 출정 준비를 마치고 상황 폐하를 기다리고 있습니다. 곧 해가 뜰 것입니다. 어서……"

어머니는 어떻게 할 거니? 널 아들로 생각하며 사시겠다는 어머니는 어떻게 할 거냐? 어머니를 버릴 수 있어? 그 자애로운 손길로 네 등을, 네 얼굴을, 갈기갈기 찢어진 네 마음을 쓰다듬으며 당신의 공허한 마음을 달래시던 어머니를 잊을 수 있겠어? 널 위해 눈물짓는 파비올라는? 그 안에서 자라는 네놈의 아이는?

"오늘 우리는 절대! 질 수 없는 결전을 치러야 한다! 저 간악한 가나트에게서 우리의 틸라크! 우리의 아들딸! 우리의 미래를 지켜내야 한다! 우리는 할 수 있다! 나 지멘과 너희가 있고 여기! 아젝스 틸라크! 상황 폐하께서 계시기 때문이다! 용맹무쌍한 너희들은 누구냐!"

"틸! 라크!"

"여기! 너희를 이끌 자 누구냐!"

"아젝스! 틸! 라크!"

"아, 젝스! 아, 젝스! 아, 젝스!"

"이것이…… 황실에서 상황 폐하를 받아들이기로 결정했으니 제가 따르는 것이 도리라 생각합니다. 그리고 저놈들의 사기를 올리는 데 상황 폐하께서 함께하신다는 말보다 더 좋은 말을 전 모르겠군요. 그 뿐입니다."

너희들도 있었느냐? 제발 그런 눈으로 보지 마라. 내가 원했던 건 그저 행복해하는 어머니의 웃음뿐이었단 말이다. 그러니 제발…….

"부대에! 돌격하라아!"

"와아아!"

"상황 폐하, 그라시스 틸라크…… 공작께서도 자랑스러워하실 것입니다."

지멘, 너의 그 어쩔 수 없이 받아들인다는 눈빛도 싫다. 그 속에 담긴 애증과 갈등이 날 더 비참하게 만든단 말이다. 자랑스러워? 그분은 내가 아들이라 생각하고, 내 대신 죽음을 맞이하셨다. 하늘에서 원통해한다면 모를까 자랑스러워? 가증스럽게 말하지 말고 차라리 저놈들처럼 살기 어린 검끝을 내밀어라. 그럼 내 깨끗이 죽어주마. 아직 때가 아니냐? 그럼 이놈들을 모조리 죽이고 네 앞에 서마!

"크아악!"

"꺼어억!"

"길이 뚫렸다! 상황 폐하를 따라 적 궁병을 쳐라!"

"방패를 세워라! 화살받이도 제대로 못하나!"

어머니, 그 슬픈 눈을 보며 저보고 어떻게 살란 말입니까? 어머니의 가슴에 맺힌 아젝스를 파내고 제가 들어가고 싶단 말입니다! 싫습니다. 제 어미로 살겠다고 다짐하는 어머니도 싫고, 피 흘리며 죽어가면서도 절 보며 환한 웃음을 짓는 저놈들도 싫고, 파비올라도, 내 아이도, 내 아이도…… 벗어나고 싶다. 어머니, 파비올라, 내 아이, 내 등만 바라보는 저들이 두렵다. 난 하나뿐인데 왜 갈가리 찢으려 하느냔 말이다!

"으아아아!"

"커허헉!"

"난전을 벌여라! 마법사는 무얼 하는가! 최대한 적 궁병을 붙잡고 늘어져라!"

─아젝스, 들리니? 황성 밖에서 수많은 사람들이 널 원하고 있구나. 내 아들이 아닌, 위험에 처한 틸라크를 구원할 아젝스 틸라크를 부르고 있다. 너와 내가 아무리 원해도 넌 내 아들로만 살 수는 없단다. 가거라. 내가 네 어미로 살겠다. 이곳에서 틸라크의 주인으로서 제 몫을 다하고 다시 내 아들로 돌아올 너를 기다리고 있으마.

─다치지 말아요. 저와 당신의 아이를 위해서. 그리고 모든 걸 다 잊고 우리끼리만 살아요. 제가 항상 당신과 함께할게요, 네?

─아젝스야, 누가 뭐래도 내 제자는 너뿐이다. 그라시스 틸라크 공작한테는 미안하다만 내 마음을 속이긴 싫구나. 넌 할 만큼 했어. 그러

니 이제 네 삶을 살거라. 설혹 네가 틸라크를 갖고 싶다고 해도 아무도 반대하진 못할 게다. 네가 스스로 비밀을 밝힌 것도 너와 네 아이를 위해서가 아니겠니? 비록 내 자식이 없어 어버이의 심정은 알지 못하겠다만, 만약 네 앞을 가로막는 놈이 있다면 지멘이라도 잡아다 족칠 수 있다. 정말이라니까? 그러니 당당하거라. 네가 누구이든 내 제자라는 사실만은 불변이잖니? 마찬가지다. 우리가 뭐라 부르던 네가 생각하는 사람이 바로 너란다.

"크아악!"

"가나트의 중장보병입니다!"

"제길, 아군은 대체 훈련도 제대로 안 된 놈들을 아직까지 처리하지 못하고 뭘 하고 있는가! 우측의 아군 상황은 어떤가?"

"적 기보 합동군이 뒤로 빠지며 아군을 유인하고 있어 애를 먹고 있답니다! 시간이 걸리겠지만 적 비정규군은 어떻게 처리할 듯합니다! 옥쇄를 각오하고 중장보병을 막아야……!"

"상황 폐하, 폐하! 젠장, 별동대는 목숨으로 상황 폐하를 따르라! 곧 구원군이 올 것이다! 진형을 갖추고 가나트의 중장보병에 대응하라!"

"와아아, 상황 폐하를 따르자!"

"적들을 죽여라!"

인정할 수 없다. 인정하기 싫다. 나는 오직 어머니의 아들이고 싶다. 왜 나에게 다른 삶을 강요하는가? 왜 내게 짐을 지우고 책임을 묻는가? 스승님, 당당하게 살아갈 제 삶은 누구의 삶입니까? 파비올라, 난 어머니를 떠날 수 없다. 어머니, 전 지금도 어머니의 아젝스란 말입니다!

"으아아아!"

"꺼어억!"

"소드 마스터다!"

"아젝스 틸라크다!"

인정받고 싶었다. 단 한 명, 오직 어머니께 자신이 아들임을 인정받고 싶었다. 그렇게 외치고 싶었다. 자신은 오직 하나뿐이라고, 어머니의 아들 아젝스 틸라크일 뿐이라고, 그 외의 삶은 있을 수 없다고 외치고 싶었다. 그러나 차마 그렇게 못하기에 떨리는 가슴을 숨긴 채 하루 종일 방구석에 처박혔다. 이제나저제나 자신의 진심을 알고 달려올 어머니를 기다리며 귀를 세웠다. 파비올라 때문이다. 그녀의 안에 숨 쉬는 내 분신 때문이다. 그들을 인정하고 받아들인 나 때문이다.

"아젝, 커흑!"

"적 진형이 무너진다! 허점을 놓치지 마라!"

"익스플로젼!"

아젝스의 눈에서 눈물이 흘렀다. 얼굴에 묻은 적의 피를 씻으며 흘러내리자 피눈물이 되었다. 자신도 알고 있었다. 파비올라의 몸에서 자신의 분신이 자라고 있다는 것을 안 날, 한밤에 어머니를 찾아가 모든 사실을 고한 날, 다시는 자신이 어머니의 아들로만 존재할 수 없음을 알게 되었다. 그 마음을 받아들일 수 없기에 억지를 부렸다. 그 억지가 통하지 않기에 이렇게 눈물을 흘리는 것이다.

"어, 중장보병이 퇴각한다!"

"투창기병이다!"

"마법사를 보호하라! 상황 폐하를 보호하라!"

"크어억!"

"프로츄브런스!"

"돌기둥에 투창기병이 막혔다!"

"상황 폐하께서 적진에 계신다! 아군이 올 때까지 돌기둥에 의지해 적들을 저지하라! 옥쇄를 각오하고 적들을 죽여라!"

이제 날 아들로 여기며 남은 삶을 살고자 하는 어머니의 아들로 살 것이다. 사랑 하나만으로 날 따르고, 날 감싸주는 한 여인의 남편으로 살 것이다. 그리고 이 세상에 태어날 한 아이의 아버지와 죽으면서도 잊지 않고 나에게 웃음으로 인사하는 틸라크 군의 수장으로 살 것이다. 그게 나니까, 모두가 나니까. 하나도 버릴 수 없는, 모두가 소중한 이들이니까. 아끼고 사랑하고 믿고 의지하며 나를 만들고, 내 존재를 확인시켜 주니까. 그들이 바로 내가 살아갈 이유와 목적이니까. 그리고 잊지 않을 것이다. 내가 그 어떤 나로 변해도 전생에서 슬픔만 안겨준 어머니와 이생에서 행복을 주신 어머니를 늘 마음에 품고 살 것이다. 그들을 소중히 여기고 애써 잊지 않으려 하는 것 역시 나의 모습이니까.

"크허헉!"

"드라칸!"

"예, 상황 폐하!"

"별동대를 퇴각시켜라! 마법사와 내가 후미를 맡을 것이다!"

"폐하!"

"서둘러라!"

아젝스는 마법으로 세워진 돌기둥 너머 아직도 우왕좌왕하는 가나트의 투창기병을 향해 내달렸다. 고마웠다. 왠지 답답하고, 허전하고, 억울하고, 분한 가슴을 후련하게 풀어줄 상대가 있어 기뻤다. 그래, 이 것도 나다. 적의 피로 목욕을 하며 전장을 누비고 다니는 모습 역시 자신의 일부였다. 이제 나로 살겠다. 내 의지로 내 삶을 살겠다. 세상 어디엔가 또 다른 내 모습이 있을 것이다. 다 찾아내겠다. 죽는 그 순간까지 나를 찾을 것이다. 아젝스는 한 번 칼을 휘두르며 자신을 설득했다. 적의 목에서 뿜어지는 핏줄기를 뒤집어쓰며 다짐에 다짐을 거듭했다.

"이익, 컥!"

"크아악!"

아젝스의 칼이 한차례 휩쓸고 지나간 곳엔 온통 피 범벅이었다. 그러나 그뿐 전장의 상황엔 별 영향을 주진 못하고 있었다. 틸라크 군의 퇴각을 돕기 위해 아젝스가 홀로 남아 고군분투하지만 한 손이 열 손을 당할 수 없듯이 가나트 군은 아젝스를 지나쳐 차례차례 돌기둥을 빠져나가 틸라크 군을 뒤쫓았다. 아젝스를 돕던 마법사도 모두 하늘에 오른 터라 더 이상 아젝스에게 도움을 주지 못하고 있었다.

주변에 자신을 공격하거나 공격할 만한 마땅한 대상이 안 보이자 아젝스는 칼끝을 내리고 거친 호흡을 가다듬으며 전장을 살폈다. 전황은 그리 나쁘지 않았다. 비록 아군의 작전에 차질이 생겨 별동대가 심하게 타격을 입고 지금도 투창기병에게 사냥당하듯 쫓기고 있지만, 아군의 예비 병력이 투창기병과 중장기병을 상대하기 위해 달려오는 중이었다.

우측의 아군은 별반 소득도 없이 그저 적군을 견제하는 수준에 그쳐 가나트 군을 각개격파한다는 목적은 이루지 못했지만, 다행히 뒤로 후퇴한 궁기병은 물론 적 본진의 병력까지 견제하는 데는 성공해 아군의 피해를 줄일 수 있었다.

반면 최초 돌격한 아군 기병과 전차보병은 좀 늦기는 했어도 적 비정규군을 섬멸한 데 이어 좌측의 적들을 가열 차게 몰아치고 있었다. 게다가 여유가 되는지 상당수의 전차보병이 중앙의 중장보병을 상대하기 위해 기동 중이었다.

"허! 적진 한복판에 홀로 떨어져 있으면서도 투창기병이 털끝 하나 건드리지 못하다니, 과연 대륙 제일의 검사답군요."

그래, 그것도 내 모습이다. 또 하나 찾았다. 아젝스는 적의 피로 뻘겋게 물든 이를 드러냈다.

"와라."

"전투는 틸라크 군의 승리로 끝을 맺겠군요. 아군 병력의 절반 이상이 궤멸되다니, 원래 계획은 이게 아니었는데 제 처지가 참 처량하게 되었습니다. 허허. 뭐, 그래도 대륙 제일의 검사이신 아젝스 틸라크 상황 폐하와 단둘이 검을 맞댈 수 있으니 적어도 제 소원만큼은 이뤄지겠군요. 제 청을 받아주시겠습니까?"

아젝스는 아직 마르지 않아 검끝에 맺힌 핏방울을 털었다. 가나트의 장수는 만족한 미소를 지으며 말에서 내려 아젝스의 앞에 섰다.

챙!

"가나트의 파츠 슈타르크가 존경하는 아젝스 틸라크 상황 폐하께 결투를 신청합니다."

"나는……."

아젝스는 파란 하늘을 바라보았다. 동이 틀과 동시에 전투가 시작되었는데 어느새 중천에 뜬 태양이 눈부시게 빛난다. 난 누구지? 저놈에

게 뭐라 소개해야 하나? 갑자기 웃음이 나온다. 조금 전 그렇게 다짐에
다짐을 거듭하고도 또 잊어먹다니. 아무렴 어떤가? 모두가 나인데. 이
젠 나로 살 자신이 조금은 생긴 것 같다.

　"나는 아젝스 틸라크다. 와라!"

제8권 終

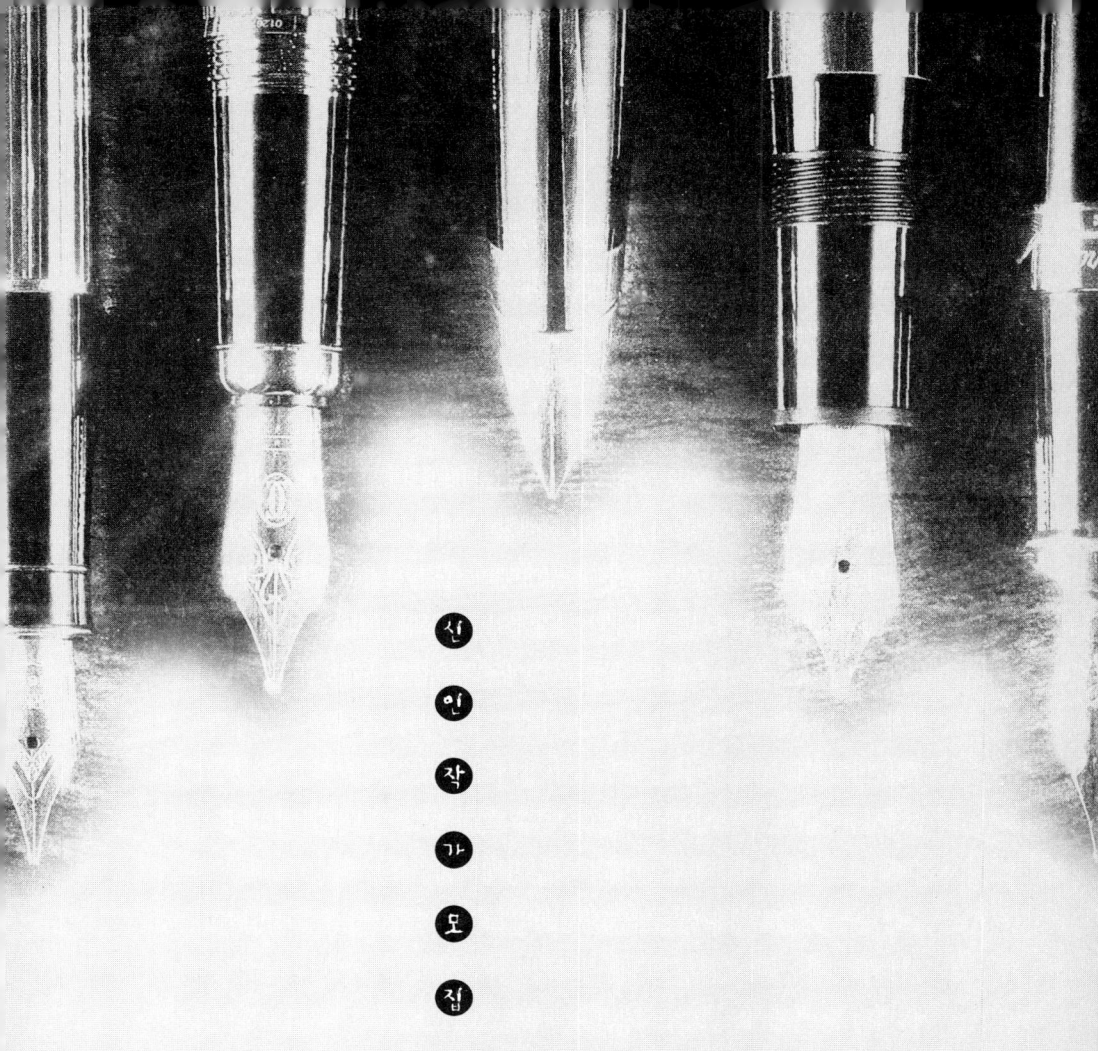

신
인
작
가
모
집

시작이 반이라고 했습니다.
작가의 길에 대한 보이지 않는 벽을 과감히 깨뜨리십시오!
청어람은 작가 지망생 여러분들의
멋진 방향타가 되어드리겠습니다.

저희 도서출판 청어람에서는
소설 신인 작가분들을 모집합니다.
판타지와 무협을 사랑하시는 분들의 많은 참여를 바랍니다.
소정의 원고(A4용지 150매)를 메일이나 우편으로 보내주시면
검토 후 출판 여부를 알려드리겠습니다.

주소:경기도 부천시 원미구 심곡1동 350-1 남성B/D 3F 우편번호420-011
TEL:032-656-4452 · **FAX**:032-656-4453
http://www.chungeoram.com
e-mail:chungeoram@chungeoram.com